Frozen às avessas

Universo dos Livros Editora Ltda.
Avenida Ordem e Progresso, 157 - 8º andar - Conj. 803
CEP 01141-030 - Barra Funda - São Paulo/SP
Telefone/Fax: (11) 3392-3336
www.universodoslivros.com.br
e-mail: editor@universodoslivros.com.br
Siga-nos no Twitter: @univdoslivros

JEN CALONITA

Frozen às avessas

E se Anna e Elsa nunca tivessem se conhecido?

São Paulo
2021

Conceal, don't feel: A Twisted Tale

Copyright © 2015 by Disney Enterprises, Inc.

© 2021 by Universo dos Livros

Todos os direitos reservados e protegidos pela Lei 9.610 de 19/02/1998. Nenhuma parte deste livro, sem autorização prévia por escrito da editora, poderá ser reproduzida ou transmitida sejam quais forem os meios empregados: eletrônicos, mecânicos, fotográficos, gravação ou quaisquer outros.

Diretor editorial: Luis Matos

Gerente editorial: Marcia Batista

Assistentes editoriais: Letícia Nakamura e Raquel F. Abranches

Tradução: Jana Bianchi

Preparação: Marina Constantino

Revisão: Ricardo Franzin e Tássia Carvalho

Arte: Valdinei Gomes

Diagramação: Vanúcia Santos

Adaptação de capa: Vitor Martins

Dados Internacionais de Catalogação na Publicação (CIP)
Angélica Ilacqua CRB-8/7057

C164f   Calonita, Jen
        Frozen às avessas : e se Anna e Elsa nunca tivessem se conhecido? / Jen Calonita ; tradução de Jana Bianchi. – – São Paulo : Universo dos Livros, 2021.
        336 p. (Twisted Tales ; 2)

        ISBN 978-85-503-0482-3
        Título original: Conceal, don't feel

        1. Literatura infantojuvenil 2. Disney - Princesas I. Título II. Bianchi, Jana

21-1113   CDD 028.5

Para as minhas companheiras de aventuras amantes de Frozen, Joanie Cook *e* Kristen Marino.

—J. C.

CAPÍTULO UM

ELSA

— **APRESENTAMOS A PRINCESA** Elsa de Arendelle!

Elsa deixou a sombra dos pais e saiu para o mundo banhado pelo sol. Seu povo a esperava, recebendo-a na praça da vila com uma salva de palmas estrondosa. Devia haver centenas de súditos reunidos; jovens e velhos, balançando bandeirinhas com o emblema da família real, jogando flores e comemorando. Crianças estavam sentadas nos ombros dos pais, algumas pessoas se empoleiravam em carruagens e outras se inclinavam nos parapeitos de janelas próximas. Todos queriam ver melhor a princesa. Os pais dela estavam acostumados a interagir com o reino, mas Elsa, aos dezoito anos, só havia sido convidada a se juntar a eles nos passeios oficiais nos últimos tempos.

E verdade fosse dita: ela ainda preferia viver nas sombras, mas o dever a chamava.

– Bem-vinda, princesa Elsa! – gritavam as pessoas.

Ela e os pais estavam em uma plataforma elevada construída para o evento. O palanque se voltava para o grande pátio além dos portões do castelo, o que dava a Elsa uma boa vista – mas também a fazia se sentir como se estivesse exposta em uma vitrine. O que provavelmente era a intenção.

– Olha lá! É a princesa de Arendelle – ouviu uma mãe dizer à filhinha. – Ela não é linda? Dá o seu presente pra ela.

A menininha estava diante do palco segurando um buquê de urze-roxa, a flor preferida de Elsa. Toda vez que se esticava para entregar o buquê à princesa, era empurrada para longe pela multidão.

Elsa olhou para a própria mãe em busca de orientação. A rainha deu um leve aceno afirmativo com a cabeça e Elsa desceu pelos degraus erguendo a barra do vestido azul-pastel, que para aquela ocasião ela havia incrementado com uma capa justa da mesma cor. Ela e a mãe tinham os mesmos olhos, mas Elsa se parecia mais com o pai por causa do cabelo claro, que costumava usar em um coque trançado na altura da nuca.

– Obrigada pelas belas flores – disse Elsa à menina, aceitando o buquê com graciosidade antes de retornar à plataforma para falar com a multidão. O pai vinha ensinando-lhe o poder único de se pronunciar diante de um grupo grande de pessoas.

– É um prazer contar com a presença de todos vocês nesta tarde em que Axel Ludenburg revelará a escultura da família real com a qual graciosamente presenteia nosso reino – começou ela. O povo aplaudiu. – Uma observação antes de revelá-la: como o senhor Ludenburg passou anos trabalhando nesta obra, suspeito que parecerei muito mais jovem moldada em bronze do que hoje, diante de vocês.

A multidão irrompeu em risadinhas e Elsa olhou para o pai, orgulhosa. Aquela parte do discurso tinha sido ideia dela. Ele retribuiu com um sorriso encorajador.

– A contribuição dele a este reino é primordial. – Elsa sorriu para o escultor. – E agora, sem mais delongas, gostaria de apresentar o senhor Ludenburg. – Ela deu um passo para o lado a fim de permitir que o cavalheiro mais velho se juntasse a eles.

– Muito agradecido, princesa. – O senhor Ludenburg fez uma mesura na direção dela, a barba branca quase tocando os joelhos. Então, voltou-se para a multidão. – Sou grato ao rei Agnarr, à rainha Iduna e à nossa bela princesa Elsa por me permitirem criar uma escultura em sua homenagem. Meu desejo é que esta obra saúde cada convidado ou convidada que viaje de vilas próximas ou distantes para visitar o Castelo de Arendelle e adentre seus portões. – Ele olhou para seu assistente, que disparou adiante, desamarrou a corda que prendia o pano escondendo a escultura posicionada no centro da fonte e o puxou. – Permitam-me apresentar a família real de Arendelle!

Houve um arquejo audível vindo da multidão, seguido por aplausos arrebatados.

Era a primeira vez que o rei, a rainha e Elsa viam a escultura completa. Elsa se lembrava de posar para os esboços do senhor Ludenburg quando tinha cerca de onze anos, mas havia se esquecido de que ele seguia trabalhando na obra até pouco tempo antes, quando o pai lhe dissera que seria a responsável pelo discurso no evento real de sua revelação.

– É muito bela – disse Elsa ao senhor Ludenburg. E estava sendo sincera.

Olhar para a escultura de bronze era como ver um momento congelado no tempo. O senhor Ludenburg tinha moldado a família real com perfeição. O jovial rei estava majestoso com sua coroa e sua capa ao lado da bela rainha, seu diadema e seu vestido elegante. Acomodada entre os dois estava a filha única, princesa Elsa de Arendelle, que parecia muito mais nova do que em seus dezoito anos.

Ver a imagem de si mesma aos onze anos inundou Elsa de emoção. Como filha única, a vida no castelo havia sido solitária. Os pais estavam sempre ocupados com os assuntos do reino; e, embora ela tivesse muitas sessões de estudo, ainda passava a maior parte do tempo vagando pelos cômodos vazios, vendo os minutos passarem. Claro que os pais haviam arranjado companheiros de brincadeira entre os filhos de seus conselheiros e de outros nobres, mas não era o mesmo de ter um irmão ou uma irmã com quem crescer e em quem confiar. Aquele era um fardo que ela aguentava sozinha, sem querer sobrecarregar os pais com seus sentimentos. A mãe não pudera engravidar de novo depois de ter Elsa.

– Nossa escultura não é uma graça, mamãe? – perguntou a princesa.

A mãe estava em silêncio ao lado dela. Elsa viu os olhos azuis analisando cada centímetro da estátua de bronze antes que desse um suspiro profundo e quase inaudível. Quando se virou para Elsa, o olhar da rainha parecia triste.

– Realmente – disse, apertando a mão da filha. – É um lindo retrato de nossa família e de quem somos. Não é mesmo? – adicionou, voltando-se para o rei.

Para uma ocasião tão alegre quanto aquela, os pais de Elsa pareciam levemente melancólicos. Seria porque a estátua refletia um tempo em que eram muito mais jovens? Ou estavam tristes porque pensavam em como o tempo havia passado rápido? O pai sempre falava sobre o dia em que ela assumiria o trono, embora ainda fosse um rei enérgico. Elsa tentou imaginar o que os entristecia tanto, mas guardou os pensamentos para si. Não era sua função questionar os pais em público.

– Sim, é uma grande honra – respondeu o pai, e olhou para Elsa. Ele parecia querer dizer mais coisas, mas engoliu em seco. – Você devia agradecer aos nossos súditos pela presença, Elsa – disse, por fim. – Há um jantar em homenagem ao senhor Ludenburg sendo organizado no castelo, então precisamos voltar e nos aprontar para receber nossos convidados.

– Sim, papai – disse Elsa, e o obedeceu.

———

– A Axel Ludenburg e seu refinado trabalho! – disse o rei, erguendo alto seu cálice acima da mesa posta para o banquete no Grande Salão. Os demais convidados fizeram o mesmo.

FROZEN ÀS AVESSAS

– A Axel! – gritaram antes de brindarem com as taças.

A comida era abundante, a companhia era barulhenta e a longa mesa estava lotada. O rei havia pedido a lorde Peterssen, seu amigo mais leal, que se juntasse a eles na celebração. A família do senhor Ludenburg também estava ali, vinda de navio da nação de Weselton, parceira comercial de Arendelle de longa data. O duque de Weselton viera com eles, e estava sentado ao lado de Elsa.

– E a Arendelle e Weselton! – adicionou o duque, cuja boca era grande demais para um homem tão pequenino. Quando ele se levantou, Elsa não pôde deixar de notar que ele era pelo menos um palmo mais baixo que a maioria das pessoas à mesa. – Que nossos países cresçam juntos e prósperos!

– A Arendelle e Weselton! – ecoaram os demais.

Elsa brindou com a mãe.

– Estou muito grato por enfim termos uma chance de jantar juntos – disse o duque à rainha enquanto a louça do jantar era retirada e os garçons se preparavam para trazer a sobremesa. – É um deleite conhecer a princesa e vislumbrar o futuro brilhante de Arendelle. – Ele franziu o cenho. – Há muito percebi que ela não costuma aparecer em muitos eventos públicos.

Elsa retribuiu o sorriso dele educadamente, mas não disse nada. Uma das funções de uma princesa – como a mãe fazia questão de lembrá-la – era dar ouvido às pessoas, mas falar apenas quando houvesse algo importante a ser dito.

– Elsa está tão ocupada com os estudos que ainda não pedimos que se juntasse a nós em muitas aparições públicas – respondeu a rainha, e olhou na direção de senhor Ludenburg. – Mas, evidentemente, não poderíamos permitir que perdesse a revelação da escultura de nossa família. É sobre isso que o dia de hoje se trata: família.

Elsa cobriu a boca para esconder uma risadinha. A mãe tinha um jeitinho todo especial de manter as conversas focadas.

Aquela era a primeira vez que Elsa via o duque de Weselton. E ela já podia dizer de antemão que preferia o duque de Blakeston, que tinha olhos gentis e sempre vinha ao castelo com os bolsos cheios de chocolate, que contrabandeava para a princesa durante discussões particularmente chatas ao longo do jantar.

Correção: *negociações importantes.* Como a mãe vivia relembrando, ela precisava estar pronta para o trono quando a hora chegasse. Naqueles dias, dividia o tempo entre as lições de caligrafia, ciência e política que tinha com a governanta e as reuniões com o pai. Ela também já tinha idade suficiente para frequentar os banquetes oferecidos no castelo, que eram muitos. Os dias em que era trazida para cumprimentar os convidados e depois enviada para jantar em outro cômodo haviam ficado para trás. A vida era menos solitária, mas ela ainda sentia falta de alguém da mesma idade para trocar confidências. Os tempos de receber amiguinhos para brincar também haviam acabado.

– Concordo, concordo! Mas ela é um recurso precioso demais para ficar trancafiada. – O duque deu um soquinho na mesa para reforçar o ponto. Ele se mexia tanto enquanto falava que a parte de trás de sua peruca não parava quieta.

FROZEN ÀS AVESSAS

– Muito bem apontado, vossa graça – disse lorde Peterssen, juntando-se à conversa. – Ela é uma jovem dama agora, e já está pronta para participar das conversas sobre os assuntos do reino.

Elsa sorriu para ele. O pai e lorde Peterssen eram tão próximos que ele era mais do que apenas um conselheiro; era um membro da família. Elsa o considerava um tio. E, como faria um tio, ele havia avisado Elsa antes do jantar sobre a tendência do duque de meter o nariz onde não era chamado.

– Exatamente! – concordou o duque. – Princesa Elsa, tenho certeza de que seus estudos serviram para lhe ensinar muito sobre fiordes e como podem ser úteis – completou, e Elsa concordou com a cabeça. – Bom, em Weselton, foi meu avô que descobriu o primeiro fiorde. Foi por causa dele que nós...

O duque desembestou em um falatório, até que lorde Peterssen pigarreou.

– Fascinante, vossa graça! Mas que tal terminarmos esta conversa mais tarde? Creio que a sobremesa está sendo servida. – Ele se virou antes que o duque pudesse interrompê-lo. – Senhor Ludenburg, espero que ainda tenha espaço para os doces!

Como se combinado, os garçons apareceram à porta com bandejas cheias de frutas e doces, e as depositaram sobre a mesa.

– Temos todas essas iguarias e mais em Weselton – soltou o duque, enquanto se servia de um pedaço de bolo e dois biscoitos.

Elsa sabia que era errado pensar aquilo, mas a pronúncia de "Weselton" soava muito como "é isso, então", e o duque tinha mesmo o jeito de um sabichão que se intrometia nas conversas para questionar qualquer coisa com "é isso, então?". Ela olhou para o pai. Será que ele nunca havia percebido a ligação entre a personalidade do duque e o nome de seu país? O rei nunca deixava transparecer o que estava pensando. Naquele momento, conversava em paralelo com a esposa do senhor Ludenburg. O lorde Peterssen falava com o próprio escultor sobre seu próximo projeto, o que deixava o duque, a rainha e Elsa sem assunto.

– Vossa majestade tem uma filha adorável – disse o duque, fazendo Elsa se sentir imediatamente culpada pelos seus pensamentos. – Ela será uma excelente rainha.

– Obrigada – agradeceu a mãe de Elsa. – De fato, ela será.

– Meus pais me ensinaram muito bem – adicionou Elsa, sorrindo para a mãe. – Quando minha hora chegar, sei que estarei pronta para governar Arendelle.

O duque olhou para ela com interesse.

– Sim! Sim! Tenho certeza! Só é lamentável que seja a única herdeira. Veja, o rei das Ilhas do Sul tem treze filhos na linha de sucessão do trono.

Elsa agarrou o cálice que estava sobre a mesa para não falar algo de que se arrependeria. E, para sua surpresa, percebeu que o objeto estava estranhamente gelado como a neve.

– Senhor, não creio que...

A mãe a interrompeu.

– O que Elsa está tentando dizer é que de fato são muitos herdeiros. – A rainha parecia plácida, como se já tivesse sido questionada sobre aquilo antes. – Meu destino foi ter apenas uma filha, mas o mundo é uma caixinha de surpresas. – Ela olhou para Elsa com olhos brilhantes. – Sei que ela ficará bem no futuro.

– Nosso reino só precisa que a pessoa que o lidere seja forte – adicionou Elsa, com a voz firme. – E já podem contar comigo nesse quesito.

O duque franziu as sobrancelhas.

– Certo, mas e se algo impedir que a senhorita assuma o trono…

– Estamos totalmente preparados para guiar Arendelle ao futuro, duque. Posso garantir ao senhor – disse a mãe, com um sorriso.

O duque coçou a cabeça, entortando um pouco a peruca. Ele alternou o olhar entre a rainha e Elsa, espiando por cima dos óculos.

– Ela atingirá a maioridade em poucos anos. Há potenciais pretendentes em vista? Uma união entre nossas duas nações ou com algum outro parceiro de negócios seria de fato muito próspera.

Elsa fitou o guardanapo pousado no colo. Sentiu o rosto queimar.

– Elsa ainda tem muito tempo para encontrar um pretendente – disse a mãe. – No momento, só precisamos que nossa filha dedique atenção aos seus deveres para com o reino.

A prova sobre política que a governanta aplicara naquela manhã era muito mais importante do que encontrar um pretendente.

– Obrigada por se preocupar comigo, vossa graça – adicionou Elsa. – Quando eu encontrar um pretendente, tenho certeza de que o senhor será o primeiro a saber. – Ela foi irônica, mas o duque pareceu satisfeito com a resposta. A mãe a repreendeu com o olhar, mas Elsa não foi capaz de evitar.

Depois que o duque enfim se retirou e o senhor Ludenburg e sua família se despediram, o rei, a rainha e Elsa foram para seus aposentos privados.

– Você se portou bem – disse a mãe. – Foi excelente nas conversas e impressionou o duque com seus conhecimentos sobre negociações comerciais.

– Ele ficou surpreso com o tanto que eu sabia – disse Elsa. Seus ombros estavam tensos, como se tivessem suportado todo o peso do reino durante toda a noite. Ela começava a sentir dor de cabeça, e o que mais queria era o silêncio de seu quarto.

– Estou muito orgulhoso de você – disse o pai, baixando a guarda pela primeira vez naquele dia. Ele sorriu para a rainha e tocou seu braço.

Elsa amava ver os pais juntos. Eles ainda pareciam tão apaixonados… Era difícil não invejar a conexão que tinham um com o outro.

– Você será uma ótima rainha algum dia, Elsa – adicionou ele.

– Obrigada, papai – agradeceu ela, mas não pensou muito sobre aquilo.

Afinal, ser rainha estava a uma vida inteira de distância.

CAPÍTULO DOIS

ELSA

— **ÀS SEGUNDAS, OS** súditos são convidados a se encontrar comigo e com sua mãe para discutir quaisquer preocupações que possam ter sobre o reino. Creio que é melhor mantermos esse compromisso. Você e lorde Peterssen podem se encontrar com eles e dar ouvidos ao que os preocupa. Tenha compaixão, seja atenciosa e prometa que todas as queixas que possam ter serão transmitidas a nós quando voltarmos. Já às terças... Elsa? Está prestando atenção?

– Sim, papai – disse Elsa, mas na verdade sua mente estava em outro lugar.

Estavam na biblioteca, discutindo o cronograma semanal, mas a princesa estava distraída. Tinha passado muito tempo naquele cômodo ao longo dos anos; e, mesmo quando era só uma garotinha, sentia a mente vagar quando ficava cercada por aqueles livros.

O salão escuro era preenchido por prateleiras cheias de livros que iam do chão ao teto. Seu pai estava sempre lendo, e vários tomos ficavam abertos sobre a mesa. Naquele dia, ele consultava um que parecia ser escrito em um idioma estrangeiro. Era preenchido por símbolos e ilustrações de trolls. Elsa tinha vontade de saber o que o pai estudava, mas não perguntou.

O que o rei queria que ela soubesse naquele momento era o que devia fazer quando ele e a mãe estivessem ausentes. Tinham uma viagem diplomática de pelo menos duas semanas de duração agendada para dali alguns dias. Elsa não se lembrava de outra ocasião em que haviam ficado longe por tanto tempo. Uma parte dela estava nervosa. Sabia que ficaria ocupada em meio ao próprio trabalho e aos compromissos do rei, mas já sentia saudades dos pais – e eles ainda nem sequer haviam partido.

Agnarr pousou as mãos sobre o colo e sorriu para ela.

– O que foi, Elsa?

Mesmo quando estavam sozinhos, o pai ainda parecia um rei. Não só pelo fato de estar sempre trajado de acordo, em seu uniforme repleto de medalhas e com a insígnia de Arendelle pendurada no pescoço. Quer estivesse falando com um dignitário estrangeiro, quer estivesse agradecendo um dos funcionários do castelo, seus modos eram sempre régios. Ele era poderoso e tinha tudo sob controle, mesmo quando não precisava – como, por exemplo, durante uma partida de xadrez contra a própria filha. Ela ainda se sentia tímida às vezes. Aquele era mesmo o jeito dela, ou era o fato de não ter muita gente da própria idade com quem conversar?

Falar em público no evento do senhor Ludenburg a tinha deixado nervosa. O pai nunca parecia desconfortável. Será que aquela confiança se ganhava com o tempo?

– Nada – mentiu Elsa. Era impossível resumir em poucas palavras tudo em que estava pensando.

– Ah, pois é alguma coisa, sim. – Ele se inclinou na cadeira e a observou com atenção. – Eu conheço essa carinha. Você está pensando em algo. Sua mãe diz que eu fico com esse olhar distante quando estou pensando em algo. Você, minha cria, é muito parecida comigo.

– Sério? – Elsa afastou uma mecha invisível de cabelo dos olhos.

Ela se orgulhava de ser a cara do pai. Adorava a mãe e amava passar tempo com ela, mas constantemente era incapaz de saber o que a mãe pensava. Às vezes, a rainha perdia o fio da meada quando ia ao quarto de Elsa, ou se interrompia do nada depois de começar a falar algo. Havia uma tristeza persistente na mãe que Elsa não conseguia explicar.

Como naquele mesmo dia, por exemplo. Todos os meses, a mãe desaparecia por um dia inteiro. Isso vinha ocorrendo há anos, e Elsa não fazia ideia do paradeiro dela. Nem o pai nem a própria mãe explicavam nada. Daquela vez, Elsa não conseguira se segurar. Estava cansada de segredos, então reuniu coragem para perguntar à mãe se podia se juntar a ela em seu compromisso. A rainha pareceu surpresa, depois preocupada e, enfim, pesarosa.

– Bem que gostaria de poder levá-la, meu bem, mas é algo que preciso fazer sozinha. – Ela havia tocado o rosto de Elsa, os olhos

FROZEN ÀS AVESSAS

úmidos de lágrimas, o que só confundiu ainda mais a princesa. – Gostaria que você pudesse ir. – Mas, mesmo assim, ela partira só.

Com o pai, as coisas eram diferentes.

– Não estou pensando em nada importante, papai. De verdade.

– Algo está perturbando sua mente, Elsa – insistiu ele. – O que é?

Ela achou que seria bobagem dizer que não queria que eles viajassem, mas parte da razão era aquela. Com os dois longe, Arendelle estava em suas mãos. Sim, os conselheiros e lorde Peterssen estariam por ali se algo importante exigisse atenção especial, mas ela era a representante do reino na ausência deles, e já podia sentir o peso daquela reponsabilidade sobre os ombros. Logo eles estariam de volta e a vida seguiria como antes, mas aquela viagem parecia uma lembrança persistente de que, algum dia, ela teria que governar sozinha. E o pensamento era aterrorizante.

– Elsa?

Duas semanas sozinha naquele grande castelo. Elsa não tinha certeza se seria capaz de suportar.

– Os senhores realmente precisam ir? – perguntou ela. Não conseguiu evitar.

– Você vai ficar bem, Elsa – prometeu ele.

Bateram à porta.

– Vossa majestade? – Kai perguntou entrando no aposento. Ele já trabalhava no castelo desde antes do nascimento de Elsa. Enquanto o rei liderava o reino, Kai liderava o castelo. Sabia o lugar de cada coisa e onde cada pessoa devia estar. Desempenhava um papel tão importante na vida do rei e da rainha que tinha até um quarto anexo aos aposentos deles. Kai cutucou um fio solto do paletó do traje verde que sempre usava. – O duque de Weselton está aqui para vê-lo.

– Obrigado. Por favor, diga a ele que irei encontrá-lo em breve na câmara do conselho.

– Sim, vossa majestade. – Kai sorriu para Elsa e desapareceu.

O pai se voltou para ela.

– Parece que você tem mais a dizer.

Tanto para dividir em tão poucos momentos.

– Estava tentando decidir o que servir na sessão com os súditos – disse Elsa, em vez de tantas outras coisas que poderia haver dito. – Os senhores servem algo para comer? Acho que seria interessante alimentá-los depois da jornada até o castelo para nos ver. O que o senhor acha?

Ele sorriu.

– Acho que é uma ideia esplêndida. Sempre adorei os seus *krumkakes*, aqueles biscoitinhos enrolados.

– *Meus* biscoitinhos? – Elsa não se lembrava de uma vez haver cozinhado para os pais. – O senhor está me dando os créditos por algo que Olina deve ter feito, mas será um prazer pedir que ela os faça.

Olina era a responsável pela cozinha do castelo, comandando todos os seus funcionários. Quando Elsa era uma garotinha, costumava fugir para a cozinha e ficar um pouco com ela. Havia muito tempo não fazia aquilo. E não se lembrava de já ter preparado biscoitos.

O pai franziu o cenho.

– Certo. Ainda assim, seria delicioso servi-los. Talvez Olina os faça para nossos convidados.

FROZEN ÀS AVESSAS

Elsa começou a se levantar.

– Há mais alguma coisa, papai?

– Sim. – Ele se ergueu. – Antes de você ir, há algo que quero lhe dar. Siga-me, por favor.

Elsa seguiu o rei até o quarto dos pais, onde o acompanhou caminhar até uma estante e pressionar um dos livros nas prateleiras. A parede toda se abriu, como se fosse uma porta. Uma pequena câmara escura aguardava atrás dela. Elsa se esforçou para ver aonde ela levava, mas o pai não pediu que ela o seguisse. O castelo estava cheio de cômodos e quartos escondidos como aquele. Ela e o pai costumavam brincar de esconde-esconde em alguns deles muito tempo antes, mas agora ela sabia que a função dos cômodos era servir de abrigo seguro para a família real se houvesse uma invasão.

Pouco depois, o pai voltou carregando uma grande caixa verde de madeira. Era do tamanho de uma bandeja de servir refeições e tinha, pintado à mão em branco e dourado, um motivo de flores de açafrão, a planta oficial de Arendelle. A tampa da caixa era abaulada em um belo arco.

– Quero que você fique com isso. – Ele colocou a caixa na mesa diante dela. Os dedos da princesa traçaram o emblema da família gravado no topo convexo. A caixa era idêntica ao cofre que o rei guardava em sua escrivaninha e levava com ele quando ia se encontrar com conselheiros. Geralmente continha decretos importantes a serem assinados, assim como documentos particulares e cartas vindas da força militar do país e de reinos vizinhos. Havia sido incutida em Elsa, desde criancinha, a ideia de que aquela caixa era um negócio com o qual não deveria se meter.

– Posso? – perguntou ela, a mão suspensa sobre o fecho. O pai concordou com a cabeça.

A caixa estava vazia. O interior era revestido de um belo veludo verde.

– Essa caixa foi feita para que você a use durante seu reinado – disse ele. Elsa levantou o olhar, surpresa. – Como você é a próxima na sucessão do trono, e está a apenas alguns anos da maioridade, sua mãe e eu sentimos que era hora de ter seu próprio cofre.

– É lindo, papai – disse ela. – Mas não preciso de um cofre agora.

– Não – concordou ele, suavemente. – Mas um dia você precisará, e queríamos que estivesse preparada. Kai e os demais funcionários conhecem esse tipo de caixa de longe, e sabem que o conteúdo delas é privado. O que quer que coloque dentro desse cofre será só seu, Elsa. Seus segredos estão seguros aqui. Por enquanto, sugiro que o guarde nos seus aposentos. – Os olhos dele procuraram os dela em busca de compreensão.

Elsa alisou o interior de veludo verde.

– Obrigada, papai.

Ele colocou as mãos sobre as dela.

– Pode não parecer agora, mas algum dia sua vida inteira vai mudar de uma maneira que você é incapaz de imaginar. – Ele hesitou. – Prometa que, quando isso acontecer, se eu não estiver por aqui para guiá-la...

FROZEN ÀS AVESSAS

– Papai...

Ele a interrompeu.

– Prometa que, quando esse dia chegar, você buscará essa caixa atrás de orientação.

Atrás de orientação? Aquilo era uma caixa. Uma caixa linda, mas ainda assim uma caixa. De qualquer forma, era um grande passo receber um cofre como aqueles que o pai e os reis e rainhas antes dele haviam usado.

– Prometo – disse ela.

Ele a beijou na testa.

– Guarde-a em algum lugar seguro.

Elsa pegou a caixa e caminhou na direção da porta do quarto dos pais. O pai a seguiu até o corredor, observando-a.

– Vou guardar – prometeu ela.

O pai sorriu e voltou para seu trabalho na biblioteca.

Elsa tomou o caminho do seu quarto, aninhando a caixa nos braços. O ar estava quente, e os sons do vilarejo flutuavam para dentro junto à leve brisa que passava pelas janelas abertas. Elsa parou diante de uma janela próxima e olhou por cima das muralhas do castelo e da praça na frente delas para ver o mundo que havia além. A vila estava viva e cheia de pessoas. Cavalos e carruagens chegavam e saíam. A fonte que exibia a estátua da família real, próxima dos portões do castelo, jorrava água no ar como um gêiser. Crianças brincavam na fonte de roupa e tudo, tentando se refrescar. Ela viu quando uma mãe puxou o filho para fora da fonte e o repreendeu. Apesar do puxão de orelha, o menino parecia se divertir. Quando Elsa havia feito algo assim pela última vez?

Ela queria que a mãe estivesse ali para tomar um chá naquela tarde. Era uma pena ter que ficar sentada sozinha no castelo em um dia de verão quente como aquele. Onde a rainha estaria em um dia tão espetacular? Por que não havia permitido que Elsa se juntasse a ela?

– Está precisando de algo, princesa Elsa? – perguntou Gerda. – Água, talvez? Está tão quente!

Assim como Kai, Gerda estava por ali desde antes do nascimento de Elsa. Ela se assegurava de que Elsa estivesse sempre bem cuidada. No momento, carregava uma bandeja com cálices cheios de água gelada. A princesa suspeitava que eram para seu pai e o duque.

– Obrigada, Gerda, mas estou bem – disse Elsa.

Gerda apertou o passo.

– Certo. Contanto que a senhorita esteja fresquinha! Não quero vê-la superaquecendo!

Elsa continuou caminhando, abraçando a caixa mais forte. Precisava encontrar algo para passar o tempo até que a mãe retornasse. Gerda provavelmente tinha razão: ela precisava ficar fresquinha – ou, ao menos, de cabeça fresca. Talvez pudesse dar uma volta pelo pátio. Ou ainda ler por um tempinho. O pai havia lhe dado alguns livros que explicavam acordos que Arendelle tinha com outros reinos. Ela poderia dar uma olhada.

Elsa sabia que a intenção do pai era de que ela se familiarizasse com as coisas com as quais teria que lidar no futuro, mas ler sobre os acordos do reino não parecia nada divertido. Elsa abriu as

FROZEN ÀS AVESSAS

portas do quarto e foi até a escrivaninha que usava desde a infância. Colocou a caixa sobre ela e a observou por um tempo. Ao lado de seus demais pertences, o cofre verde parecia deslocado.

Talvez uma caixa tão solene como aquela não devesse ficar à vista. Quais papéis importantes tinha para guardar nela? Que tipo de correspondência trocava? Não, ela não era rainha por enquanto. O cofre não era necessário, e com sorte não seria por muito tempo. Ela o levou até o baú aos pés da cama, a mão direita traçando a letra "E" pintada à mão na tampa. Depositou-o com segurança dentro do espaço e o cobriu com uma manta que a mãe fizera quando Elsa era bebê. Então, fechou o tampo. Pouco depois, Elsa pegou um livro de cima da mesa de cabeceira e praticamente se esqueceu do cofre.

CAPÍTULO TRÊS

ELSA

ELSA OUVIU BATEREM NA porta e acordou em um sobressalto. O sol do fim da tarde projetava sombras que subiam devagar pelas paredes. Ela devia ter caído no sono enquanto lia.

Gerda espiou para dentro do quarto.

– Ai, princesa Elsa! – exclamou, surpresa. – Não queria acordar a senhorita. Só tinha vindo buscá-la para a ceia antes de chamar seus pais.

– Tudo bem. Já estou me levantando – disse Elsa, espreguiçando-se. Se os pais se juntariam a ela para comer, significava que a reunião do pai com o duque de Weselton já tinha acabado e a mãe já havia voltado. – Que tal se eu os chamar para você?

Gerda foi até a cama de Elsa e começou a alisar a colcha e ajeitar os travesseiros.

– Muito obrigada, princesa!

FROZEN ÀS AVESSAS

O quarto de Elsa ficava sobre os aposentos dos pais, que por sua vez ficavam sobre o Grande Salão, onde a refeição seria servida. Enquanto Gerda terminava de arrumar a cama, Elsa desceu pelas escadas e parou de supetão quando ouviu o pai e a mãe discutindo. Eles nunca brigavam, e ela estava tão surpresa que acabou ficando para tentar ouvir o que diziam.

– Deve haver algo que possamos fazer! Não podemos continuar assim!

Era a mãe que falava.

– Iduna, já falamos disso várias vezes. – O pai parecia frustrado. – Não temos escolha. Temos que esperar.

– Estou cansada de esperar! Vivemos assim por tempo demais!

– Quando se trata de magia, não há um calendário fixo. Ele nos avisou a respeito disso.

Magia? Magia era coisa da imaginação das crianças. Era coisa de livrinhos infantis. Por que os pais estariam falando sobre algo que não existia?

– Estávamos desesperados. Não pensamos direito. Devíamos ter tentado mudar o destino delas. Quem sabe, se apelássemos ao Vovô Pabbie mais uma vez...

– Não! Ninguém pode nos ver por lá. Mesmo suas idas à vila estão ficando arriscadas demais. E se alguém descobrir aonde você está indo? Com quem está se encontrando? Você sabe o que aconteceria se a trouxessem para cá?

Sobre quem estavam falando? Elsa apurou o ouvido para escutar mais. Será que aquilo era sobre o lugar ao qual a mãe se dirigia quando desaparecia? Nada do que diziam fazia sentido.

– Sempre fui discreta, não vou parar com as visitas. – A mãe soou desafiadora. – Já perdemos muito.

– Era o único jeito. Você e eu sabemos disso muito bem. O feitiço vai ser quebrado em breve.

– Já faz mais de dez anos, e ele ainda não se quebrou. Não é justo com nenhum de nós, especialmente com Elsa.

A princesa se aprumou. O que tinha a ver com aquilo?

– Elsa está bem.

– Ela *não* está bem, Agnarr. Ela está se sentindo sozinha.

Sim! Elsa queria gritar. *Estou me sentindo sozinha.* A mãe conhecia seus pensamentos mais profundos. Ouvir aquilo quase a fez chorar de alívio. Mas ela não entendia o que tinha a ver com a discussão.

– Vamos apresentá-la a mais pessoas. O duque de Weselton mencionou um príncipe que ela poderia conhecer. Já permitimos que ela participe das aparições reais. O importante é que ela está em segurança. As duas estão. Não é isso que queríamos?

– Ela merece saber do que é capaz, Agnarr.

– Ela saberá quando for a hora. Não tivemos nenhum sinal de que ela ainda pode…

– Achei a senhorita, princesa! – Gerda chegou por trás e Elsa deu um salto no lugar. – Estava me perguntando se a senhorita tinha se perdido. Olina já está pronta para servir a ceia. Já falou com seus pais?

– Eu… – Elsa sentiu o rosto enrubescer quando os pais saíram ao corredor, olhando de Elsa para Gerda.

A mãe a beijou na testa.

– Você está por aqui há quanto tempo? – perguntou.

– Alcancei a porta assim que Gerda chegou – mentiu Elsa.

A expressão da mãe relaxou.

– Senti sua falta hoje. – Ela deu o braço para Elsa e começou a avançar com ela pelo corredor na direção da escadaria. – Quero saber o que fez enquanto estive fora.

– Nada de mais. – Era verdade, embora Elsa soubesse que havia muito mais a dizer.

Os pais falaram sobre coisas banais na caminhada até a ceia, mas Elsa era incapaz de se concentrar. Continuava pensando sobre a discussão entre eles e sobre o que o pai havia dito. *Você sabe o que aconteceria se a trouxessem para cá?*

Elsa era incapaz de não se perguntar: quem era *ela*?

CAPÍTULO QUATRO

ANNA

A CAMA DELA ESTAVA quentinha e confortável, e as batidas incessantes pareciam vir de muito longe. Anna limpou a baba da boca e tentou continuar sonhando, mas era difícil. Alguém insistia em interromper.

– Anna?

O nome dela parecia um sussurro trazido pelo vento. Foi seguido de mais batidas irritantes à porta.

– Anna?

– Oi? – Anna tirou uma mecha de cabelo úmido da boca e se sentou.

– Desculpa acordar você, mas...

– Não, não, não, você não me acordou – bocejou Anna com os olhos ainda fechados. – Já estou de pé faz um tempão.

Normalmente, ela estaria mesmo. Sempre se levantava antes do nascer do sol para ajudar os pais no preparo do pão. O estabelecimento deles, a Tomally Pães e Doces, oferecia dezenas de pães e produtos de panificação todos os dias. Mas, na noite anterior, Anna tivera problemas para dormir e sonhos inquietos. Neles, não parava de chamar por alguém, mas não conseguia lembrar quem era essa pessoa – só sabia que sentia muita falta dela. Anna começou a cair no sono outra vez.

– Anna?

Ela soltou um ronco sonoro e acordou de novo em um supetão.

– O quê?

– É hora de se aprontar. A Freya vem essa manhã.

– Claro – disse Anna, enquanto seus olhos começavam a se fechar de novo. – Freya.

Espera. O quê?

Ela arregalou os olhos.

– A Freya vem essa manhã!

Anna praticamente saltou para fora da cama, escorregando os pés descalços pelo assoalho. Nem se preocupou em olhar no espelho. Seus longos cabelos ruivos, cujas tranças tinha desfeito na noite anterior, não poderiam estar tão embaraçados, poderiam? Hummm... talvez ela desse só uma olhadinha nele antes de tirar a camisola. Olhou-se no espelho. Nada bom. O cabelo parecia um ninho de passarinho.

Será que tinha tempo para arrumá-lo?

Ela precisava arrumá-lo.

Onde estava a escova?

Deveria estar na penteadeira como sempre, mas não estava. Onde estaria?

Pensa, Anna. Ela se lembrou de ter escovado os cabelos na manhã anterior, sentada no banco sob a janela, porque dali tinha a melhor vista de Arendelle. Olhar para o reino a fazia sonhar sobre o lugar e sobre o que faria quando se mudasse para lá algum dia. Ela poderia ter a própria padaria, claro, e seus biscoitos seriam tão populares que as pessoas fariam fila dia e noite para comprá-los. Ela conheceria pessoas novas e faria novas amizades, e tudo aquilo soava tão glorioso que ela começara a cantar e a girar pelo cômodo com a escova de cabelo... Ah! Agora ela se recordava de onde o objeto tinha ido parar. Anna se ajoelhou e olhou debaixo da cama. Recuperou a escova e a deslizou pelos cabelos enquanto andava pelo cômodo.

O guarda-roupas pintado à mão tinha os mesmos arabescos florais da penteadeira, da cama e da colcha cor-de-rosa. Ela e a mãe haviam pintado as peças juntas. O pai tinha feito a cadeira de balanço em que ela se sentava quando lia, geralmente acomodada sob uma coberta branca e fofa. Mas o presente favorito que ele havia feito para a filha era a réplica do Castelo de Arendelle esculpida em madeira, que havia ganhado em seu aniversário de doze anos. Ela mantinha a réplica no assento sob a janela e admirava dia e noite. O quarto todo cor-de-rosa não era muito grande, mas ela o amava. Pendurado no guarda-roupas estava o avental azul-marinho novo, que a mãe havia bordado em vermelho e verde. Anna o estava guardando para a próxima visita de Freya, e essa visita era naquele dia!

FROZEN ÀS AVESSAS

Os pais ficavam tão ocupados com o trabalho na padaria que não socializavam muito, mas a mãe sempre arrumava um tempinho para as visitas de sua melhor amiga, Freya. Elas eram amigas desde pequenas, e adoravam passar algum tempo juntas. Ela os visitava em Harmon mais ou menos uma vez por mês, e Anna, a mãe e Freya passavam o dia inteiro juntas, assando coisas e conversando. Anna amava ouvir Freya falar sobre Arendelle, onde a mulher trabalhava como costureira, e amava quando ela trazia presentes! Como aquela boneca de porcelana, aquele chocolate amargo que derretia na boca como gelo e aquele vestido verde de festa vindo de um país estrangeiro que ela havia deixado pendurado no guarda-roupas por dois anos. Anna não tinha aonde ir com um vestido tão fino quanto aquele, já que passava os dias coberta de farinha e manchas de manteiga. Um vestido daqueles merecia ir a um lugar com danças, iluminação bonita, muitas conversas e *nada* de sujeira de farinha. Havia festas na vila, mas Anna era uma das únicas garotas de quinze anos do lugar. Ela supunha que em Arendelle havia muito mais gente jovem do que em Harmon.

Ela enfiou pela cabeça o vestido branco e o casaco verde, apanhou o avental e terminou de escovar o cabelo, prendendo-o em um coque particularmente justo.

Alguém bateu mais uma vez à porta.

– Anna!

– Tô indo!

O sol começava a nascer lá fora, e ela tinha tarefas para fazer até a chegada de Freya. A mulher nunca se atrasava, enquanto

Anna tendia a se distrair e a sempre aparecer alguns minutos depois da hora marcada, independentemente do quanto tentasse ser pontual.

Anna pegou os sapatos do chão e saltitou até a porta, tentando andar e vesti-los ao mesmo tempo. Quase caiu em cima do pai, Johan, que esperava pacientemente do lado de fora do quarto.

– Papai! – Anna o abraçou. – Desculpa!

– Tá tudo certo – disse ele, dando tapinhas nas costas dela.

Ele era um homem rechonchudo, cerca de um palmo mais baixo que a filha, e sempre emanava o cheiro da hortelã que mascava sem parar (porque se sentia mal do estômago quase todos os dias). Fora careca desde quando Anna podia se lembrar, mas o visual combinava com ele.

– Por que o senhor não me lembrou de que a Freya vinha? – perguntou Anna enquanto tentava ajeitar melhor o cabelo.

O riso do pai era profundo e nascia em sua barriga avantajada (ele sempre dizia que testava a qualidade do sabor de quase tantos biscoitos quanto vendia).

– Anna, a gente avisou na noite passada, e todos os dias da última semana.

– Tá bom! – concordou Anna, embora não tivesse certeza de se lembrar. No dia anterior, ela havia entregado dois bolos no Posto de Comércio e Spa do Oaken para o aniversário dos seus filhos gêmeos (Anna insistira que cada um devia ter o próprio bolo), levado *krumkakes* ao salão do vilarejo para o encontro da assembleia e também preparado mais uma leva dos seus famosos biscoitos de boneco de neve para manter o estoque abastecido. Era o biscoito preferido da criançada, mesmo durante o verão.

Freya também os amava. Ela sempre pedia uma dúzia para levar para casa quando ia embora. Anna se perguntou se havia algum biscoito de boneco de neve sobrando para dar de presente a ela.

– Acho bom eu ir ajudar a mamãe a aprontar as coisas – disse Anna ao pai, e se apressou escada abaixo. Ela passou correndo pela sala de estar aconchegante e pela pequena cozinha e enfim disparou pela porta que levava à padaria, anexa à casa. Uma mulher baixinha e de cabelos castanhos já estava diante da mesa de madeira, misturando farinha e ovos em uma tigela. Ela olhou para Anna e sorriu.

– Já era hora de você aparecer aqui embaixo. – A mãe a beijou na bochecha, empurrou uma mecha de cabelo arrepiado para trás da orelha de Anna e depois arrumou o avental da filha. Ela sempre queria que Anna tivesse a melhor aparência possível quando Freya ia visitar.

– Eu sei, desculpa – disse Anna, andando de um lado para o outro e conferindo os produtos disponíveis para venda nos balcões. Como suspeitava, a bandeja de bonecos de neve estava vazia. – E estou sem biscoitos! A Freya ama esses biscoitos...

– Já estou preparando a massa pra uma fornada. – Os olhos castanhos da mãe pareciam cansados.

Estava ficando cada vez mais difícil para ela passar tantas horas na padaria. Anna tentava da melhor maneira possível assumir mais trabalho quando não estava estudando, mas os pais insistiam que ela investisse nos estudos mesmo quando não havia aulas. O pai vivia lhe dizendo: "Dinheiro vai e vem, mas ninguém pode tirar de você a sua educação".

Ela compreendia, mas aquilo significava que, às vezes, os dias dela eram tão longos quanto os dos pais: acordar cedo, cozinhar, realizar as tarefas do dia a dia, ir para a escola, fazer a tarefa de casa ou passar algum tempo lendo, escrevendo e fazendo contas, trabalhar na padaria e, enfim, desmaiar de cansaço antes de fazer tudo aquilo de novo no dia seguinte. A rotina não deixava muito espaço para coisas como fazer amigos. Era por isso que ela sempre esperava ansiosamente as visitas de Freya: elas eram como vislumbres do mundo além de Harmon.

– A gente pode fazer alguns biscoitos com a Freya hoje – disse a mãe.

– Boa ideia! – Anna pegou um pouquinho de massa com a ponta do dedo e lambeu. A mãe deu batidinhas nela com a colher. – Desculpa! Mas você sempre diz que uma boa cozinheira deve experimentar o que faz.

A mãe soltou uma risada.

– Tem razão. Você me dá trabalho mesmo, dona Anna Ursinha.

Anna beijou a mãe na bochecha.

– Isso é bom, né? A senhora consegue imaginar a vida sem mim, mamãe?

A mãe parou de misturar a massa e olhou para ela com o sorriso morrendo no rosto. Então, tocou o queixo de Anna.

– Não, não consigo. Mas esse dia vai chegar logo, tenho certeza.

FROZEN ÀS AVESSAS

Anna não disse mais nada. Ela se sentia mal quando a mãe falava daquele jeito. Era por causa daquele tipo de coisa que não contava a ela os planos de ir embora de Harmon e se mudar para Arendelle quando fizesse dezoito anos. Ela amava Harmon e seus cidadãos, mas o local era pequeno em comparação a outras vilas, e o mundo era um lugar grande. Ela queria ver como era a vida onde a família real vivia.

– Olha pra mim se a gente tem chá o suficiente? – pediu a mãe.

Anna conferiu a despensa, onde ficavam os mantimentos secos.

– Não tem chá aqui, não.

– Por que você não dá um pulo no mercado, então? – A mãe de Anna mediu uma xícara de açúcar e o jogou na tigela. – Gosto de sempre ter chá quando ela chega. Freya faz uma viagem tão longa... Será que ela vai precisar de mais alguma coisa?

Freya gostava de chegar cedo para suas visitas. Deixava Arendelle antes do nascer do sol, então geralmente ainda não tinha tomado o desjejum quando chegava.

– Será que ela gostaria de uns ovos?

A mãe de Anna sorriu.

– É uma ótima ideia.

Anna tirou os sapatos e calçou as botas antes mesmo de a mãe terminar a frase. Pegou a capa roxa pendurada na porta.

– Vou voando.

– Anna, você nunca vai voando – disse a mãe, com uma risadinha.

– A senhora vai ver só, dessa vez eu vou voando mesmo.

Anna saiu correndo pela porta, pegou a cesta que ficava na varanda e seguiu pela rua. Primeiro, pararia no mercado para comprar chá; então, seguiria até a fazenda que ficava a umas quadras de distância para buscar ovos. O céu era como um grande mar de tons azuis, bem parecido com o oceano lá longe. O ar estava cálido, mas o dia não estava abafado. Uma coisa boa da vida nas montanhas, conforme Anna ouvia repetidamente, era que lá nunca fazia tanto calor quanto em Arendelle. O ar das montanhas era muito mais fresco e mais calmo. Anna lançou outro olhar na direção da encosta da montanha, procurando Arendelle lá embaixo, e se perguntou o que as pessoas faziam por lá naquele exato momento. Quando ouviu alguém falando, parou de supetão, com a cesta ainda balançando de um lado para o outro.

– O que você quer, Sven?

A mãe de Anna a chamava de arroz de festa. O pai a chamava de recepcionista oficial de Harmon. Ela realmente gostava de falar com as pessoas, mas aquela era uma voz que não pertencia a nenhum residente do pequeno vilarejo. Harmon consistia em apenas uma fileira de casinhas, agrupadas bem juntas na encosta da montanha que dava para a vista de Arendelle. Cada uma era pintada de uma cor viva diferente – verde, azul, vermelho. A padaria era laranja. Anna conhecia os moradores de cada uma daquelas casas. E a pessoa que estava falando não era nenhum deles.

– Me dá um lanchinho! – Era uma segunda voz, muito mais grave que a primeira.

FROZEN ÀS AVESSAS

Curiosa, Anna virou a esquina na rua do mercado e viu um rapaz mais ou menos da idade dela. Estava junto de uma grande rena atrelada a um trenó carregando grandes blocos de gelo. Durante o ano letivo, ela conhecia garotos e garotas de várias idades, mas nunca tinha visto aquele rapaz antes. Oaken vivia no topo da montanha e seus filhos quase não desciam até Harmon, mas aquele tampouco parecia ser um dos seus meninos. Ele tinha um cabelo loiro e bagunçado e vestia uma camisa azul-escura com as mangas enroladas até o cotovelo, calças escuras e botas beges. E, mais importante de tudo: ele parecia estar *falando* com uma rena.

– Qual é a palavrinha mágica? – ele perguntou à rena.

Homens passavam ao redor dele, ocupados com o transporte das caixas de vegetais que seriam vendidos no mercado. Anna viu o garoto surrupiar um maço de cenouras de um caixote quando ninguém estava olhando. Ele segurou um dos tubérculos no ar, acima da cabeça da rena.

– Por favorzinho! – disse ele, forçando uma voz mais grave.

Anna assistiu à rena morder a cenoura, que era balançada acima de seu focinho.

– Opa, opa, opa! – O garoto afastou a cenoura. – Tem que dividir! – Então, o rapaz deu uma mordida no legume, quebrou o que sobrou em duas partes e deu uma metade à rena.

Certo, aquilo era meio nojento, mas curioso. O rapaz estava falando com a rena, mas também falava como se fosse a rena. Esquisito. Ela não conteve uma risadinha. O garoto olhou para cima, surpreendido, e a pegou observando.

Anna se sobressaltou. Será que era melhor falar oi? Correr? Aquela era a sua chance de conhecer alguém da mesma idade – mesmo que essa pessoa tivesse acabado de afanar algumas cenouras. Certo, ela falaria oi. Deu um passo à frente.

O som de cascos batendo contra os paralelepípedos a fez dar um salto para trás. Uma carroça parou com um rangido na frente dela e alguns homens começaram a descarregar vegetais com agilidade, enquanto outros levavam as caixas até o mercado.

Preciso comprar chá e ovos! Olha só eu me distraindo... Anna tinha prometido à mãe que ia se apressar, e lá estava ela, enrolando de novo. Mas, mesmo assim, bem que poderia dizer um oizinho enquanto estivesse indo para o mercado... Ela deu a volta nos cavalos à procura do garoto. Ele tinha sumido.

Não era pra ser, acho. Anna suspirou, mas não havia muito tempo para remoer o assunto. Ela correu para dentro do mercado atrás do chá, colocou-o no cesto e então correu rua abaixo. A senhora Aagard, a esposa do sapateiro, varria os degraus de casa.

– Bom dia, senhora Aagard – gritou Anna.

– Bom dia, Anna! Obrigada de novo pelo pão de ontem – disse a mulher.

– Eu que agradeço. – Anna passou por ela apressada, deixando outra fileira de lares para trás, e pegou o caminho para a fazenda onde mantinham o viveiro de galinhas do vilarejo. Ela abriu a grade para coletar uma leva fresquinha de ovos. – Bom dia, Erik, Elin e Elise – ela cumprimentou as galinhas. – Preciso ser rápida hoje. A Freya já tá chegando!

Anna apanhou pelo menos uma dúzia de ovos, fechou o viveiro e carregou o cesto cheio de ovos e o chá de volta para casa.

Um homem idoso empurrava um carrinho cheio de flores rua abaixo.

– Bom dia, Anna!

– Bom dia, seu Erling! – respondeu Anna. – Maravilhosos esses seus botões hoje. Por acaso o senhor tem da minha flor preferida?

Erling sacou do carrinho dois ramos de açafrão. As flores amarelas eram tão brilhantes quanto o sol. Anna inalou o aroma doce.

– Muito obrigada! Passa aqui mais tarde pra pegar um pão fresquinho. A primeira fornada deve sair lá pelo meio da manhã.

– Obrigado, Anna! Vou passar mesmo – disse ele, e Anna voltou a se apressar, tentando não quebrar os ovos nem parar no meio do caminho de novo. A garota tinha o hábito de parar para conversar. Muitas vezes.

– Mãe! Cheguei com os ovos e o chá! A Freya já chegou? – gritou Anna, entrando pela porta. Antes que pudesse fechá-la, uma carruagem parou diante da casa. Freya havia chegado.

CAPÍTULO CINCO

ANNA

ANNA E A MÃE se apressaram a cumprimentar a convidada. Como sempre, a melhor amiga da mãe havia chegado em uma carruagem com dois homens que ficavam esperando enquanto ela aproveitava a visita. Uma vez, Freya havia explicado a Anna que ela se sentia mais segura viajando com cocheiros confiáveis, já que o marido ou a filha não a acompanhavam.

As duas ficaram olhando enquanto um dos cocheiros ajudava a mulher de capuz e capa escuros a descer da carruagem. Ela logo entrou na padaria, fechou a porta e só então tirou o capuz.

– Tomally! – disse Freya, carinhosa, puxando a amiga para perto. As duas se abraçavam por tanto tempo quando se encontravam que Anna ficava preocupada com a possibilidade de a vez dela nunca chegar.

A mãe contava que Freya havia sido a primeira pessoa a visitar Anna depois de sua adoção, ainda bebê. Anna e Freya haviam passado tanto tempo juntas ao longo dos anos que Anna a considerava uma tia. Não conseguia imaginar a vida sem ela.

Freya e Tomally finalmente desfizeram o abraço e Freya olhou para Anna, com o rosto marcado pela emoção.

– Anna – disse, suavemente, e abriu os braços.

Freya sempre tinha um cheirinho adocicado, que lembrava urze-roxa. Anna correu para dentro dos braços da mulher e a apertou. Ela amava um bom abraço; não podia evitar.

– É tão bom ver você!

Freya deu um passo para trás, segurando os ombros de Anna, e a mirou com atenção.

– Por acaso você cresceu? Tomally, ela cresceu? Ela definitivamente cresceu uns centímetros!

– Não cresci – respondeu Anna, e todas riram. – Eu tinha a mesma altura dois meses atrás. *Acho.*

– Você parece mais alta – sentenciou Freya. Ela pendurou a capa ao lado da porta e tirou o chapéu, revelando seu lindo cabelo castanho-escuro. Anna amava os vestidos dela. O que ela usava naquele dia era verde-escuro, com detalhes amarelos e azuis e flores vermelhas bordadas. Anna ficou imaginando se Freya o tinha feito com as próprias mãos. Ela era costureira e sempre levava vestidos novos para Anna. – Ou talvez você só esteja ficando mais velha.

– Tô com quinze – admitiu Anna.

Freya deu um sorriso gentil.

– É, deve ser isso. Você já está virando uma mocinha. – Ela olhou para Tomally. – Você a criou muito bem.

Tomally pegou a mão de Freya e elas se fitaram com carinho.

– É uma honra. Ela é meu presente mais precioso.

– Mãe… – Anna revirou os olhos. Odiava quando a mãe ficava toda emotiva daquele jeito. Ela e Anna sempre acabavam chorando em algum momento quando se encontravam.

– Perdão, perdão. – Tomally foi se ocupar da mesa. – Você deve estar com fome. A Anna quis preparar o desjejum para você.

– Quero servir o desjejum pra senhora também – disse Anna, virando-se para a mãe. – Sabe, eles trabalham tanto que às vezes não comem direito – acrescentou para Freya, que se sentou à mesa ao lado de Tomally enquanto Anna aquecia uma frigideira e quebrava alguns ovos para prepará-los mexidos.

– E como vão os negócios? Bem, espero? – perguntou Freya.

– A gente ama a padaria, mas ela cresceu bastante graças a algumas especialidades da Anna. Com isso, o número de pedidos aumentou também.

– E como estão indo os estudos, Anna? – perguntou Freya.

– Bem – disse Anna com um suspiro, enquanto mexia os ovos na frigideira. – Prefiro quando estamos no período letivo, porque gosto de ver pessoas. Estudar só com a minha mãe não é tão legal. Sem ofensa, claro.

Freya e Tomally trocaram sorrisinhos.

– Bom, pode até ser, mas estudar é importante. Especialmente história e ciências.

Freya sempre queria se certificar de que Anna estava se dedicando, o que era muito simpático da parte dela, mas o que Anna realmente queria era saber sobre a vida *dela*.

FROZEN ÀS AVESSAS

– Então, conte o que tá acontecendo lá no pé da montanha! Como está Arendelle? Tem algum festival acontecendo ou alguma festa à vista? A senhora já viu o rei e a rainha quando estava no castelo? Ou a princesa?

A expressão de Freya congelou, e Anna se perguntou o que tinha dito de errado.

Tomally deu um tapinha na mão de Anna.

– Acho que sua tia fez uma viagem muito longa. Que tal guardar as perguntas para depois? Vamos tomar o desjejum e depois preparar alguns biscoitos. O que acha?

Anna concordou com a cabeça.

Pouco depois, estavam todas cobertas de farinha.

– Anna, por que raios você tem que usar tanta farinha? – perguntou a mãe, abanando com a mão para dissipar a nuvem branca diante do rosto.

– Odeio quando os biscoitos ficam grudando, mãe. A senhora sabe muito bem. – Anna polvilhou mais farinha sobre a mesa de madeira, que também servia como balcão de trabalho. Amava farinha e a usava sem parcimônia, mas aquilo fazia com que a limpeza fosse bem mais complicada.

A padaria não era muito grande nem muito iluminada; as janelas ficavam bem no alto, logo abaixo das vigas do teto. Anna precisava apertar os olhos para enxergar as medidas direito. Colheres e panelas ficavam penduradas nas paredes; a grande mesa de madeira ficava bem no centro do espaço, e era onde Anna e a mãe preparavam pães, bolos de canela e os famosos biscoitos de Anna. A maioria dos produtos era assada no forno de ferro fundido. Ele era tão bonito quanto funcional, e Anna estava sempre tropeçando nele – ou trombando com ele, razão das marquinhas de queimado que tinha nos antebraços. Elas também surgiam quando a garota colocava ou tirava os pães do forno. Os pais diziam que ela era quem conhecia melhor a temperatura correta do forno para produzir os pães mais macios. Talvez fosse mesmo meio bagunceira enquanto trabalhava com panificação, mas aquilo não a incomodava. Ela ergueu a peneira mais uma vez e farinha voou pelos ares, fazendo com que Freya espirrasse.

– Desculpa! – pediu Anna.

– Não precisa pedir desculpas – disse a tia, enquanto tirava o lenço do bolso. Anna notou que havia um emblema de Arendelle bordado nele.

A garota depositou uma bolota grande de massa na mesa e então pegou mais um punhado de farinha.

– Amo ver a farinha caindo. Faz com que eu me lembre da neve.

O olhar de Freya ficou baço.

– Você gosta de neve?

Anna incorporou a farinha na massa com umas batidinhas e então usou o rolo para abri-la.

– Gosto, sim! Neva muito aqui no topo da montanha, claro, e eu sempre gostei de esquiar, de brincar nela e de fazer os bons e velhos bonecos de neve.

– De todos os seus biscoitos, esse sempre foi o meu favorito – disse a tia de Anna, olhando com carinho para o cortador de biscoitos metálico em forma de boneco de neve que estava sobre a mesa. – Quando começou a fazê-los nesse formato? No ano passado?

– Isso. – Anna levantou o cortador de biscoitos. – Parece que eu o conheço. Não conhecer tipo *conhecer*, mas é como se eu já o tivesse visto antes.

– Como assim? – perguntou Freya.

O boneco de neve que Anna imaginava sempre tinha uma parte inferior maior, uma bola menor no meio e uma cabeça oval, com dois bracinhos feitos de gravetos. Ela adorava o fato de ele ter um nariz de cenoura e três botões de carvão, além da cobertura de glacê real.

– Eu o vejo nos meus sonhos. Não parava de fazer desenhos dele, até que por fim o papai me deu um cortador de biscoitos que se parecia com ele. Agora eu faço tanto biscoito nesse formato que o papai teve que fazer um monte de cortadores. A gente vendeu todos os biscoitos ontem. Quem diria que tanta gente gostava de bonecos de neve no verão?

A tia sorriu.

– É uma alegria poder ajudá-la a preparar mais biscoitos. Adoro vê-la trabalhando. Sua mãe está certa: você é uma ótima confeiteira.

– A Anna inventou sozinha essa receita de massa – disse a mãe, orgulhosa.

– Jura? – perguntou Freya.

Anna fez que sim com a cabeça.

– Eu gosto de experimentar. Puxei o amor pela confeitaria da minha mãe.

– Dá para ver. – Freya observou, enquanto Anna usava uma faca para, com cuidado, levantar os biscoitos de boneco de neve da mesa e colocá-los sobre uma folha de papel-manteiga.

Anna ergueu os olhos.

– A senhora não chegou a me dizer se as pessoas gostaram do *sirupskake*.

– Seu bolo de especiarias e laranja? Estava incrível! – disse a tia, retomando o sorriso. – Seu pa... meu esposo pediu que você assasse outro logo, para que eu levasse para ele.

Freya sempre se confundia com as palavras daquele jeito. Anna também. Era o preço que pagava por dizer tanta coisa em tão pouco tempo. Ela era como uma panela cheia de chocolate derretido: as palavras borbulhavam até a superfície.

– Ele gostou das laranjas cristalizadas que coloquei em cima?

– Sim! Disse que nunca tinha visto ninguém fazer o bolo desse jeito.

Anna deu de ombros.

– Adoro dar o meu pequeno toque especial nas receitas. Gosto de ser única... nem dá pra perceber, né?

– Dá, sim. – Freya sorriu. – Acho que meu esposo ia adorar conhecê-la. Você e eu temos um espírito brincalhão muito parecido, enquanto ele – ela suspirou – carrega o peso do mundo sobre os ombros, creio. Exatamente como faz a minha filha.

Freya falava muito da filha, mas infelizmente nunca a trazia nas visitas. Pelo que Anna sabia, a garota era bem esperta e séria. Anna queria conhecê-la, e quem sabe ajudá-la a relaxar um pouco. Todo mundo precisava se divertir às vezes. Fora que ia ser ótimo ter uma amiga mais ou menos da idade dela.

O relógio na cozinha badalou e Anna olhou para ele. A primeira fornada de biscoitos logo ficaria pronta, bem a tempo de colocar outra bandeja para assar. Depois, ainda precisavam fazer quatro tipos diferentes de pão, *krumkakes* (mas ela não os rechearia de creme com aquele calor) e pelo menos dois bolos de especiarias. A mãe odiava a ideia de deixar que Anna assasse bolos que talvez não vendessem ("Os ingredientes custam dinheiro"), mas Anna sabia que as pessoas iriam comprá-los. Ademais, o lucro obtido com os bolos era razoável. Todo mundo saía ganhando.

– Você deveria falar para ele não se preocupar tanto – disse a mãe de Anna. – O que for para ser, será.

– Eu sei. E tenho certeza de que ele também sabe, Tomally. Mas às vezes o futuro parece tão distante... – disse Freya.

– Então, concentre-se no presente – disse Anna. – Agorinha mesmo a senhora tá fazendo uma coisa superdivertida comigo.

A tia riu.

– Tem razão. Somos abençoados de tantas formas...

Anna tirou os biscoitos do forno e os deixou esfriar. Tinham ficado com um tom de dourado-claro, exatamente como ela gostava. Ela sempre calculava certinho o tempo de forno dos biscoitos.

– Falando em comida, quase me esqueci... – Freya remexeu o interior da cesta que levava com ela e desfez um embrulho de papel pardo. Dentro dele, havia exatamente o que Anna queria: vários tabletes do chocolate mais escuro e grosso que já havia visto.

Anna aproximou um pedaço do nariz. O chocolate tinha um aroma divino.

– Muito obrigada! Prometo que vou fazer esse chocolate durar até a sua próxima visita! Quer dizer, talvez...

– Sei, sei – riu-se Freya. – Talvez eu consiga trazer chocolate de um outro reino para você. Meu esposo e eu faremos uma viagem nas próximas semanas.

– Viagem? – O olhar de Anna brilhou enquanto ela colocava mais uma bandeja de biscoitos no forno. – Aonde vão? Como vão fazer para chegar lá? Sua filha vai junto? Ela gosta de viajar também, né? O que vão vestir?

Freya voltou a rir.

– Quantas perguntas!

A mãe de Anna chacoalhou a cabeça.

– Sempre. Essa menina nunca fecha a boca.

Anna sorriu.

– Não consigo evitar...

– Vamos só nós dois, e nossa filha ficará em casa com... umas pessoas – disse Freya, gaguejando até encontrar as palavras certas. – A viagem é longa, e vai ser bom ter alguém para ficar cuidando dos nossos negócios. Ela é três anos mais velha do que você, então é praticamente uma adulta.

Anna começou a preparar o glacê batendo claras de ovos com açúcar.

– Eu nunca viajei. Nunca saí destas montanhas.

– Eu sei – disse Freya, pensativa. Ela olhou para a mãe de Anna.

– Seria ótimo se você pudesse, enfim, visitar Arendelle.

Anna derrubou a colher dentro do glacê, causando um barulho alto.

– Posso? Eu posso levar biscoitos. Quais são os favoritos da sua filha? Os de boneco de neve? Seu esposo gosta do bolo com especiarias, isso eu já sei, e...

A mãe a interrompeu.

– Devagar, Anna.

Freya ficou em silêncio por uns instantes, perdida em pensamentos.

– Se eu conseguir arrumar um jeito de levar você para visitar, gostaria de ficar na minha casa? – perguntou Freya, com a voz hesitante.

– Se eu *gostaria*? Mas é claro que eu gostaria de ir! – gritou Anna, deliciada.

A mãe de Anna dirigiu um olhar triste para Freya.

– Anna sempre quis visitar Arendelle. Você acha que é possível dar um jeito de fazer uma viagem assim acontecer?

– Jamais saberemos se não perguntarmos – disse Freya para a mãe de Anna. Então, olhou para a garota. – Você já esperou demais.

Era como se elas estivessem falando em código. Nada daquilo fazia sentido para ela. Era só uma viagem até o reino. Por que hesitavam tanto? Anna queria decorar os biscoitos com glacê o mais rápido possível, para então se concentrar na conversa. Sem demora, ela testou o glacê no primeiro boneco de neve, deixando-o pingar da colher para o biscoito e vendo a cobertura se espalhar e escorrer pelas beiradas, cobrindo o boneco de neve de branco. Ela fez vários outros bonecos, então colocou o glacê de lado e falou:

– Quero tanto visitar a tia Freya em Arendelle… – Não queria chatear os pais, mas sabia que ficar em Harmon não estava em seus planos para o futuro. – Posso ir? Por favorzinho, mamãe?

A mãe suspirou e olhou para Freya.

– A gente tá tão ocupado com a padaria que não podemos deixá-la longe por muito tempo. – Ela fez uma pausa. – Mas vou falar com o seu pai. Não tô garantindo nada – reforçou –, mas vou falar com ele. Você vai acabar dando um jeito de ir para lá em algum momento.

– Sempre quis conhecer a filha da senhora – disse Anna, virando-se para Freya. – Seria ótimo fazer biscoitos e bolos com alguém da minha idade. Quer dizer, sem querer ofender.

Freya e a mãe de Anna riram.

– Algum dia, muito em breve, vocês estarão juntas – disse Freya. – O encontro entre vocês já demorou demais.

Arendelle. Anna quase podia imaginar o reino que havia observado a distância ao longo de tantos anos. Ela enfim veria mais do que o telhado das torres. Estaria lá, bem no meio de tudo – e com Freya, que conhecia o lugar como a palma da mão.

– Você acha que o papai vai concordar? – perguntou Anna à mãe.

– Talvez – respondeu ela.

Freya sorriu e pegou a mão de Anna. Ela parecia esperançosa.

– Quanto eu voltar da minha viagem, encontraremos um jeito de levá-la até Arendelle.

CAPÍTULO SEIS

ELSA

VOU MORRER DE TÉDIO.

Elsa nunca falaria aquelas palavras em voz alta, é claro. Mas ali, olhando para o teto e sentada em uma grande poltrona de veludo que ficava no salão cheio de retratos, não conseguia evitar o pensamento. Os pais tinham partido havia uma semana, mas ela já podia sentir o peso da ausência. Tinha estudado todas as lições para os próximos três dias, ido às visitas que o pai havia agendado para ela, caminhado na praça diariamente e visitado Olina na cozinha. Na verdade, a cozinheira do castelo era a pessoa mais próxima de uma amiga que tinha. A senhorita Olina – que insistia ser chamada só de Olina agora que Elsa era praticamente adulta – não ligava para o fato de ela ser a futura rainha de Arendelle. Ela havia dito aquilo na cara de Elsa.

FROZEN ÀS AVESSAS

– A senhorita precisa fazer amigos e amigas. Ou, melhor ainda, arrumar um pretendente – Olina disse para Elsa naquela manhã. A princesa estava na cozinha com ela, comendo ovos no desjejum.

Elsa soltou um grunhido.

– Nossa, está falando como o duque de Weselton agora.

Sabia para onde a conversa se encaminhava: estava prestes a levar um sermão.

– E por acaso seria tão ruim assim encontrar alguém que combinasse com você? – perguntou Olina, e Elsa suspirou fundo. – É melhor me escutar, querida. – Olina brandiu uma colher de madeira, as bochechas vermelhas por causa do calor do forno ficando cada vez mais coradas conforme ela se irritava. – A senhorita passa muito tempo sozinha.

– Mas... – começou Elsa, logo interrompida por Olina.

– Eu sei que está tentando seguir os passos do seu pai, o que é ótimo, mas quando foi a última vez que saiu das muralhas do castelo? Com alguém que não fosse um funcionário? Uma boa rainha conhece a si mesma, mas também o que acontece ao seu redor. O único jeito de entender as pessoas a quem a senhorita serve é conhecê-las. Deveria passar um tempo com elas. Ouvir as histórias que têm para contar. No processo, a senhorita provavelmente vai descobrir do que gosta também, quando não estiver tão focada nos estudos e no futuro.

Olina havia levantado um bom ponto. O que *mais* Elsa gostava de fazer além de passar tempo com os pais e aprender como ser uma governante mais sábia? A cozinheira tinha razão. Ela precisava de amigos e amigas. Precisava de algo para passar o tempo. Precisava de algo para fazer. Mas o quê?

– Ai, meu senhor! – disse Olina quando viu Kai passando pela porta com uma grande caixa nos braços. Vários pergaminhos e chapéus caíam dela. Olina correu para auxiliá-lo a colocar a caixa no chão. – Deixe-me ajudar com isso.

– Obrigado – disse Kai. – Era mais pesado do que eu pensava. – Ele notou a presença de Elsa. – Olá, princesa.

– Olá. – Elsa o cumprimentou com a cabeça.

– Quem mandou você carregar esse treco do sótão até aqui sozinho? – Olina deu uma bronca nele, voltando até o fogão para misturar o conteúdo de uma grande panela. O que quer que estivesse cozinhando, cheirava extremamente bem. – Como as coisas estão lá no sótão?

– Tudo certo. Fizemos uma limpa em várias caixas. Já dá para ver o chão de novo.

– Por acaso, você não deu fim em nada que o rei ou a rainha possam querer, né? – perguntou Olina, pousando as mãos no quadril.

– Não, não. Só nesses chapéus velhos avulsos e em algumas coisas quebradas. – Kai ergueu um chapéu *viking* com um único chifre e um vaso azul trincado. – Achei que você ia gostar disso – completou, erguendo uma panelona.

O olhar de Olina se acendeu.

– Mas olha só! Posso arrumar um uso para ela, sim.

– Amanhã, quando não estiver tão quente, voltarei ao sótão para ver o que mais tem por lá. Trago para você qualquer coisa

FROZEN ÀS AVESSAS

especial que achar. Tenha uma boa tarde, princesa Elsa – disse Kai, antes de erguer a caixa e ir embora.

– Igualmente – respondeu Elsa.

Ela não sabia que havia coisas guardadas no sótão. Nunca havia estado lá em cima. Tinha uma tarde inteira pela frente; não seria nada de mais dar uma espiada nas coisas que ficavam guardadas no cômodo imediatamente acima do quarto dela. Não era bem um passatempo, mas era um começo.

Depois de se despedir de Olina, Elsa decidiu parar no quarto para apanhar uma lamparina. Com os pais longe e nenhum compromisso organizado no castelo até o retorno deles, parecia que todos os funcionários aproveitavam para realizar velhas tarefas atrasadas. Ela passou por empregados que limpavam molduras de bronze dos quadros pendurados nos corredores e por alguém que delicadamente espanava a poeira acumulada no retrato da família, que havia sido pintado quando Elsa tinha oito anos. Por fim, a princesa começou a subir as escadas até o sótão, sentindo o calor aumentar conforme subia.

A luz da lamparina preencheu o espaço escuro e apertado. O cômodo cheirava a mofo, como se não tivesse sido visitado em séculos – embora Kai tivesse acabado de sair de lá. Elsa podia ver as marcas de poeira no chão que indicavam o lugar de onde Kai havia tirado as caixas que carregara para baixo. O espaço precisava de uma boa faxina. Havia móveis empilhados em um dos cantos, um trenó se encontrava pendurado em outro, e o aposento apertado estava lotado de baús volumosos com a pintura descascando e arabescos que começavam a sumir. Elsa deu um jeito de chegar até o baú mais próximo para espiar. Estava trancado. O seguinte não tinha nada além de mantas. O terceiro estava cheio de velhos chapéus e algumas capas. O quarto também tinha sido trancado – mas a fechadura estava meio solta, então Elsa deu um puxão e ela se soltou. Estava cheio de equipamentos de alpinismo sem graça, luvas de pelinho e botas de neve que pareciam ter sido usadas para escalar a Montanha do Norte. Dava para entender por que Kai estava limpando o lugar. A excursão ao sótão havia sido uma perda de tempo; não havia nada interessante para ver. Ou havia?

O pai de Elsa vivia no castelo desde que era um garotinho, e seria péssimo que coisas da infância dele fossem jogadas fora por acidente. Afinal de contas, faziam parte da história da família e ela precisava protegê-la. Elsa desviou de um dos baús e inclinou a lamparina para ver as áreas mais escuras do cômodo. A luz bateu em um quadro quebrado que emoldurava um mapa amarelado do reino. O pai dela gostaria de ver aquilo. Ela se aproximou, demorando os olhos nas marcas feitas à mão, e ergueu o quadro para iluminá-lo melhor. Foi quando percebeu um baú esquecido atrás dele. Era diferente dos outros, pintado de branco e decorado com flores brilhantes na parte da frente. Elsa notou imediatamente por que lhe parecera familiar: era igualzinho ao baú que ela tinha aos pés da cama.

Será que era um baú que pertencera à mãe antes do casamento?

Elsa passou a mão pela tampa do baú, limpando uma camada grossa de poeira. A pintura era idêntica à do baú que ela tinha em

FROZEN ÀS AVESSAS

seu quarto – mas, em vez de uma letra E, as formas de uma letra diferente estavam ocultas sob o pó. Ela esfregou a mão no local, limpando a sujeira até que a letra ficasse nítida. Era um A.

Um A? O nome da mãe dela era Iduna. O do pai era Agnarr, mas claramente o móvel não pertencia a ele. De quem era aquele A?

Elsa forçou a cabeça, tentando pensar nos possíveis donos daquele baú. Um nome parecia estar na ponta da língua, mas não vinha de jeito nenhum. *A... A... A...* Ela tentou fazer a memória funcionar, mas não parecia sair do lugar.

Em vez disso, lembrou-se da discussão entre os pais que havia entreouvido. Eles tinham se referido a "ela". A mãe tinha insistido em ver a pessoa, enquanto o pai continuava a reforçar o quanto as visitas eram perigosas. Elsa nunca tinha ouvido os pais bravos um com o outro antes. Agora, perguntava-se: será que "ela" e "A" eram a mesma pessoa?

– Princesa Elsa!

Ela se afastou do baú, como se tivesse sigo pega no flagra.

– Princesa Elsa?

Ela se apressou a colocar o quadro de volta no lugar, escondendo o baú de vista, e andou na direção das escadas. Havia uma comoção. Podia ouvir pessoas chorando, enquanto outras a chamavam pelo nome.

– Estou aqui – gritou Elsa, sentindo-se imediatamente culpada por fazer as pessoas se preocuparem com o seu paradeiro. Voltou por onde tinha passado e encontrou vários funcionários do castelo juntos. Gerda estava inconsolável. Olina chorava, escondendo o rosto em um lenço. Várias pessoas se abraçavam, com os olhos úmidos de lágrimas.

– Princesa Elsa! – Kai colocou a mão no peito. – A senhorita está bem. – O rosto dele estava inchado, como se também estivesse chorando. – Achávamos que a senhorita já sabia…

– Sabia o quê? – Elsa sentiu o coração acelerar. Um nó lhe subiu pela garganta quando viu Olina enxugar os olhos. Todos olhavam para ela. Algo muito ruim havia acontecido. – O que houve?

Lorde Peterssen surgiu no meio do grupo de pessoas. O rosto dele estava sóbrio e os olhos, vermelhos.

– Elsa – sussurrou, o nome dela soando estranho na boca dele –, será que podemos ter uma palavra a sós, por gentileza?

Assim que olhou para ele, ela soube.

– Não. – Ela recuou. Não queria ouvir o que ele tinha a dizer. Era como se as paredes estivessem se fechando ao redor dela. O choro e os soluços ao redor aumentaram. Ela sentiu o coração acelerando. Sua boca estava seca e havia um zumbido em seus ouvidos. Ela sabia que o que quer que ele tivesse para contar a ela, mudaria sua vida para sempre – e, por um único momento, quis impedi-lo. – Não a sós. Quero ficar aqui, junto com todo mundo.

Gerda passou o braço pelos ombros de Elsa, sustentando-a.

Lorde Peterssen olhou ao redor, com os olhos marejados.

– Certo. Elsa, não há jeito fácil de dar essa notícia.

Ela inspirou fundo. *Não dê, então*, quis gritar.

– O navio de seus pais não chegou ao porto – disse ele, e sua voz vacilou.

– Talvez tenham saído da rota. – Elsa sentiu a ponta dos dedos começarem a formigar. Era uma sensação esquisita. Afastou-se de Gerda e agitou as mãos. – Envie outro navio atrás deles.

Ele negou com a cabeça.

– Já fizemos isso. Procuramos notícias em todos os portos próximos, em todos os reinos da região. Já recebemos notícias de todos: o navio não está em lugar algum. Além disso, os Mares do Sul podem ser traiçoeiros, e soubemos de muitas tempestades nos últimos tempos. – Ele fez uma pausa. – Só há uma conclusão plausível.

– *Não*. – A voz de Elsa estava mais rouca agora. Gerda imediatamente irrompeu em lágrimas de novo. – Não pode ser!

Lorde Peterssen engoliu em seco, e ela viu seu pomo de Adão se mover para cima e para baixo. Os lábios dele tremeram e Olina soltou um soluço audível. Vários outros funcionários baixaram as cabeças. Ela ouviu Kai rezando.

– Elsa. O rei Agnarr e a rainha Iduna se foram.

– Que descansem em paz – disse Olina, fechando os olhos e erguendo o rosto para os céus. Outros fizeram o mesmo.

– Não – repetiu Elsa.

Seu corpo inteiro começou a tremer. Os dedos começaram a formigar de novo. Ela teve a súbita impressão de que explodiria em um milhão de pedacinhos, desfazendo-se em fragmentos de luz. Lorde Peterssen estendeu a mão na direção dela, mas Elsa recuou, querendo desaparecer. Kai ergueu um pequeno pedaço de seda preta. Ele e Gerda o penduraram no retrato dos pais que ficava no corredor.

Os pais não poderiam estar... mortos. Eles eram a única família dela. Sem eles, estava realmente sozinha. A respiração de Elsa falhou, e o coração passou a bater tão rápido que parecia estar prestes a sair pela boca. Cada som que ouvia era amplificado milhares de vezes.

– *Não!* – Seus dedos agora ardiam. – *Não!* – Ela se virou e correu, parando apenas quando chegou ao quarto.

Elsa entrou tão rápido que a porta bateu atrás de si. Acabou caindo sobre o tapete redondo, sem mais forças para se mexer. Encolheu-se e mirou a parede rosa, de onde um retrato dela quando criança a encarava de volta. Aquela garotinha sorria, feliz da vida. Ela tinha uma família.

Agora, Elsa não tinha ninguém.

A sensação de queimação nos dedos cresceu cada vez mais, seu coração batia tão rápido que ela achou que seria capaz de escutá-lo. Lágrimas começaram a escorrer pelo seu rosto, umedecendo a gola do vestido e escorrendo até o colo quente. Trêmula, Elsa obrigou-se a levantar e procurar por alguém – qualquer pessoa – com quem pudesse falar. Mas ninguém estava por perto. Ela havia se fechado de novo. Elsa se arrastou até o baú aos pés da cama. As mãos tremiam enquanto empurrava para o lado a caixa verde envolta na manta. Remexeu o baú até encontrar o que procurava: o pinguinzinho costurado à mão que era seu confidente quando ela não passava de uma garotinha – Sir JorgenBjorgen. Ela ergueu o pinguim com as mãos trêmulas, mas não foi capaz de traduzir os pensamentos em palavras. Mamãe e papai haviam morrido.

Vou morrer de tédio. Não era isso em que tinha pensado mais cedo, naquele mesmo dia? Como podia ter sido tão egoísta? Apertou Sir JorgenBjorgen com tanta força que achou que ele poderia se desintegrar em suas mãos quentes. Elas começaram a tremer tão intensamente que Elsa não conseguiu mais segurá-lo. Atirou o boneco do outro lado do quarto e se jogou na cama.

Sozinha. Sozinha. Sozinha.

Mortos. Mortos. Mortos.

Fim. Fim. Fim.

Ela fechou os olhos. Sentiu um grito nascendo dentro de si. Era tão primitivo que sabia que chacoalharia o castelo todo, mas não se importava. Ele subiu por sua garganta, ameaçando tomar conta dela – até que enfim conseguiu, e Elsa gritou tão alto que achou que jamais pararia de gritar. Suas mãos passaram de quentes a trincando de geladas enquanto se estendiam sozinhas. Algo dentro dela havia despertado, como um abismo que jamais se fecharia novamente. Quanto abriu os olhos, Elsa – descrente – o viu surgir no ar, nascendo de seus dedos.

Gelo.

O jato de gelo cruzou a sala, atingindo a parede oposta e subindo até o teto. Aterrorizada, e ainda soluçando de tanto chorar, Elsa deu um salto para trás enquanto o gelo continuava a crescer. Ele começou a estalar enquanto se formava sob os seus pés, espalhando-se pelo chão até começar a tomar também a outra parede.

O que estava acontecendo?

O gelo vinha de dentro dela. Não fazia sentido, e mesmo assim ela sabia que era real. Ela havia provocado aquilo. Mas o que estava acontecendo?

Magia.

Elsa ouvira o pai usar aquela palavra quando discutiu com a mãe dela. Será que estavam falando sobre ela?

Escorregou pela parede mais próxima, desfazendo-se em luto.

Sozinha. Sozinha. Sozinha.

Fim. Fim. Fim.

Mais e mais gelo irrompeu de seus dedos enquanto ela se engasgava com os soluços. Era seu coração partido que estava causando aquilo? Os pais sabiam que ela era capaz de fazer aquele tipo de magia? Ou era algo com que ela havia nascido, mas que eles desconheciam? Ela nunca estivera tão assustada em toda a sua vida. Sem os pais, não havia ninguém em quem confiava para falar sobre aquilo. Ela precisava deles mais do que nunca.

Encostou a cabeça na parede e fechou os olhos. Sua voz não era mais do que um suspiro.

– Papai, mamãe. Por favor. Não me deixem aqui sozinha.

CAPÍTULO SETE

ANNA

ANNA NÃO CONSEGUIA SE lembrar da última vez em que havia se jogado de volta na cama antes do pôr do sol. O pai e a mãe haviam insistido que ela descansasse um pouquinho. Havia ficado acordada até tarde na noite anterior, montando um bolo tradicional de casamento à moda de Arendelle pelo qual a família Larsen tinha pagado muito bem. Ela raramente preparava aquele tipo de bolo porque demorava demais – levava algumas horas para fazer a decoração e assar todas as camadas –, mas o resultado valia a pena. Anna sabia que a filha dos Larsen, que se casaria naquele dia, adoraria o bolo. Então, foi com um suspiro grato e sonolento que puxou a manta, afofou o travesseiro e fechou os olhos.

Ela não conseguiu dormir de primeira. Sua mente continuava voltando ao bolo. Imaginava os Larsen elogiando-o para os convidados – convidados que haviam vindo de Arendelle, e que voltariam para o reino falando sobre o trabalho de Anna. Logo, o rei e a rainha ficariam sabendo de seu talento com bolos e biscoitos. Talvez pedissem que ela trabalhasse para eles no castelo. Os pais dela e Freya não iam morrer de orgulho? De jeito nenhum eles conseguiriam impedir que ela se mudasse para Arendelle se soubessem que o rei e a rainha assim desejavam. Ela já podia se imaginar fazendo biscoitos de boneco de neve para a família real. E os biscoitos imediatamente a fizeram se lembrar da tia.

Anna esperava que Freya voltasse logo de viagem e que, ao retornar, convencesse a mãe e o pai a deixar que ela visitasse Arendelle. Sua mãe continuava reforçando que não havia nenhuma garantia. "Freya trabalha muito. Precisamos encontrar o momento certo para você ir, e isso se você for mesmo", dizia. A mãe nunca parava de se preocupar! Assim como o pai. Ele falava sobre dar ele mesmo uma carona para ela, levando-a montanha abaixo e esperando por perto caso ela decidisse ir embora mais cedo. Anna não era capaz de se lembrar da última vez que o pai havia deixado Harmon. Tentava convencê-lo de que deveriam fechar a padaria e irem todos juntos, assim passariam uns dias descansando, mas o pai não dava ouvidos. "Nem sabemos se vai dar certo de você ir", dizia ele. Mas Anna sabia lá no fundo do coração que Arendelle tinha um lugar em seu futuro. Ela podia sentir aquilo em cada pedacinho do corpo.

Quando Anna enfim caiu no sono, não sonhou com bonecos de neve. O sonho foi desagradável. Ela sentia frio, como se estivesse sentada em um bloco de gelo, e não conseguia ver um palmo à frente do nariz. Flocos de neve rodopiavam ao redor, como se ela estivesse no meio de uma nevasca, mas o clima não se parecia com o de uma tempestade normal. Havia uma escuridão que ameaçava engoli-la por inteiro. Pior ainda: ela sentia que havia outra pessoa por ali que precisava desesperadamente ser encontrada.

Anna tentou lutar contra o clima para chegar até essa pessoa, encarando o gelo penetrante e o vento para procurá-la, mas não era capaz de vê-la. Ela podia ouvir alguns lamentos, mas soavam tão longínquos que não conseguia identificar de onde vinham. Tudo o que ela sabia era que precisava encontrar aquela pessoa antes que fosse tarde demais. Algo lhe dizia que, se seguisse seu coração e acreditasse em seus instintos, conseguiria.

– Tem alguém aí? – gritou Anna, tentando superar o barulho do vento, mas ninguém respondeu. Ela nunca havia se sentido tão sozinha. Deu um passo à frente e despencou pela borda de um desfiladeiro nevado.

Anna acordou sem ar.

– Socorro! Ela precisa de ajuda! – Ela levou as mãos ao peito, como se ele estivesse doendo. – Foi só um sonho – repetiu para si mesma, várias vezes. Mas não parecia um sonho. Parecia real.

Ela precisava sair do quarto.

Jogou as cobertas para o lado e enfiou os sapatos. O sol já estava mais baixo no céu. Os pais logo terminariam a jornada do dia. Talvez uma caminhada lhe fizesse bem.

Ela escapuliu pela porta da frente sem se despedir e começou a caminhar a esmo pela vila. Pela primeira vez, não parou para falar com cada pessoa com quem cruzou. Em vez disso, manteve a cabeça baixa e cruzou os braços como num abraço, tentando afastar o frio que parecia ter impregnado seu corpo. Havia sido um sonho, e mesmo assim parecia muito real.

Alguém sofria terrivelmente, mas nem tudo estava perdido. Anna sabia que, se confiasse em seus instintos, poderia ajudar. Que esquisito...

Esfregou os braços para manter o calor, ainda caminhando sem rumo. Subitamente, uma carruagem passou voando pela estrada, assustando-a. Anna viu quando ela parou com um sacolejo na frente da igreja e um guarda do palácio desembarcou. Nunca havia visto uma carruagem oficial do reino em Harmon. O guarda pregou um aviso na porta da igreja, falou com o sacerdote que veio cumprimentá-lo e então voltou para a carruagem, que partiu em disparada. O sacerdote começou a falar com as pessoas que se aproximavam, e muitas logo voltavam correndo para suas casas com a notícia. Outras começaram a sair às ruas, indo até o aviso para ver com os próprios olhos o que estava escrito. Anna se aproximou e ouviu uma mulher se engasgar depois de ler sobre o ocorrido. Outra pessoa perto dela irrompeu em lágrimas. Havia comoção e lamentos. Subitamente, os sinos da igreja começaram a soar. Anna tentou passar pela multidão para ver o que estava escrito, mas as pessoas empurravam e se acotovelavam na tentativa de ver o aviso de perto. Ela ainda abraçava o corpo, tentando se manter aquecida. Era bobo, mas quase sentia como se ainda estivesse sonhando.

– Com licença – disse Anna, abordando um homem que estava parado nos degraus da igreja. – O senhor pode me dizer o que o guarda acabou de pregar na porta da igreja?

Ele esfregou os olhos.

– O rei e a rainha, que descansem em paz, se perderam no mar. O navio deles nunca chegou ao destino.

– O quê? – Anna levou as mãos ao peito. – Não!

– Sim – disse ele, avançando para o meio da multidão. – O aviso diz que um período de luto foi decretado.

– E a princesa Elsa? – disse Anna, com medo de ouvir a resposta.

– Ela tá viva – disse ele. – Espalhe a notícia e reze por Arendelle e por nossa futura rainha. Ela não tem mais com quem contar agora.

Preciso avisar a mamãe e o papai, pensou Anna. Ela correu por todo o caminho até a padaria e encontrou o pai varrendo o chão da loja. Quando ele a viu passar voando pela porta e batê-la atrás de si, ergueu os olhos, assustado.

– O que houve? – Ele largou a vassoura e se aproximou dela. – Anna Ursinha, tá tudo bem? Ouvi a carruagem passando. Alguém disse que era a carruagem real, mas não saí para ver. É algo importante?

Anna concordou com a cabeça, esforçando-se para não chorar.

– Cadê a mamãe?

– Aqui. – A mãe de Anna chegou pela passagem que levava da padaria até a casa da família, enxugando as mãos no avental. Sua expressão também mudou quando viu a de Anna. – Qual é o problema?

– Acho melhor vocês dois se sentarem – disse Anna. – Vamos pra sala.

FROZEN ÀS AVESSAS

Os pais a seguiram, mas não se sentaram. Estavam de mãos dadas. Anna respirou fundo.

– Aconteceu uma tragédia horrível. O rei e a rainha se perderam no mar. – Ela fechou os olhos. A notícia era terrível demais.

– Não! – A mãe lamentou tão alto que Anna começou a tremer. – Não é possível! O que aconteceu?

O lábio inferior de Anna começou a tremer.

– O castelo acabou de soltar um aviso. A gente tá em um período de luto. O navio do rei e da rainha nunca chegou ao destino. – Ela baixou a cabeça. – Rei Agnarr e rainha Iduna, descansem em paz. – Era tão triste que ela não era capaz de aguentar, e os pais estavam inconsoláveis. A mãe de Anna despencou em uma cadeira, enquanto o pai andava de um lado para o outro.

– Não acredito… Por quê? *Por quê?* – perguntava ele, olhando para os céus.

Anna tentou confortar a mãe.

– É terrível, eu sei… Mas nem tudo tá perdido. A princesa tá bem. A gente vai ter uma rainha de novo.

A mãe de Anna começou a chorar ainda mais. O pai envolveu Anna em um braço.

– Quando ela fizer vinte e um anos, vai assumir o trono. Mas por enquanto…

– Pobre menina – murmurou Anna. Ela se imaginou sozinha naquele castelo enorme. Esfregou o peito, mas não conseguia se aquecer. – Não posso acreditar que a princesa perdeu os pais.

O cômodo caiu em silêncio. Finalmente, o pai falou.

– Tomally, precisamos contar para ela – disse.

Anna olhou do pai para a mãe.

– Contar o quê?

– Sim – concordou a mãe, pegando as mãos de Anna. – Tem algo que você não sabe. – Ela suspirou fundo. – Anna Ursinha, muitas damas da corte acompanhavam a rainha no navio. Uma delas era Freya. – A mãe de Anna irrompeu em lágrimas de novo, e o pai a envolveu com o braço.

– Freya? Não! Freya? – Anna começou a chorar imediatamente. – Tem certeza? E a família dela? Eles estavam juntos com ela?

A mãe olhou para o pai de Anna.

– O esposo dela provavelmente também partiu, mas Freya disse que a filha ia ficar em casa.

– A gente deve ir atrás dela? Ela tem outros parentes? – murmurou Anna, arrasada pelo luto. – Será que ela vai ficar bem?

– Ela vai ficar bem, sim – disse a mãe, mas não conseguia parar de chorar.

– Papai, isso não pode ser verdade, pode? Tem certeza de que Freya estava naquele navio? – perguntou Anna.

O pai hesitou.

– Sim. – O maxilar dele tremeu. – Essa era a viagem sobre a qual Freya falou na última visita. Ela não queria se exibir, mas ia viajar com o rei e a rainha. – Seus olhos se encheram de lágrimas. – Nossa querida amiga se foi.

Sim, Anna estava triste com a morte do rei e da rainha, mas Freya era parte da família. Anna sentiu os joelhos vacilarem. O pai estendeu o braço livre e a amparou. Ela escorregou até o chão, procurando a mãe em busca de conforto.

– Não a Freya... Não! – Anna enterrou o rosto no colo da mãe. Tomally acariciou os cabelos da menina.

– Anna Ursinha, eu sinto muito. Tanto, mas tanto... – engasgou. Então, afastou um pouco a filha para que pudesse olhar em seus olhos. – Há outra coisa que você também precisa saber.

– Tomally! – A voz do pai foi severa. – Você fez uma promessa. Não pode quebrá-la agora.

Anna estremeceu. Nunca havia ouvido o pai levantar a voz para a mãe.

– Eu preciso, Johan! Elsa precisa saber a verdade! Se não for agora, quando será?

– A verdade não lhe pertence. Você não tem o direito de contá-la! – argumentou ele.

Qual verdade?

– Eu já tenho quinze anos. Se há mais coisas envolvidas, quero saber.

A mãe sorriu, triste.

– Não é nada, meu bem. Perdoa a mamãe. Só estou muito, muito triste. Freya era minha amiga mais antiga e mais querida.

Anna se aproximou da mãe de novo e elas se enlaçaram em um abraço. O pai de Anna colocou um braço ao redor de cada uma.

Eles estavam de luto, fazia sentido que estivessem com as emoções à flor da pele. Anna podia sentir as lágrimas vindo com mais força. Freya nunca mais voltaria. O rei e a rainha haviam partido. Parecia que as paredes se fechavam ao seu redor, mas Anna se negava a permitir que aquilo acontecesse.

Os olhos dela buscaram uma visão reconfortante. Por sobre o ombro da mãe, encontrou a janela da sala de estar. Era difícil enxergar com os olhos cheios de lágrimas, mas Anna sabia o que havia ali. Ela espiou por entre as duas fileiras de casas e olhou na direção da base da montanha. Arendelle ainda estava ali, chamando por ela. Foi incapaz de não pensar no que se passava entre as paredes do castelo naquele exato momento. Quem estaria confortando a princesa Elsa?

Anna abraçou os pais com força. Mais do que tudo, ela esperava que Elsa não estivesse sozinha.

CAPÍTULO OITO

ELSA

ELSA ENCARAVA O TETO coberto de gelo enquanto a neve caía ao seu redor.

Fazia três dias desde que soubera que o navio dos pais havia se perdido no mar. Não tinha deixado o quarto desde então. Não dormia quando se deitava na cama. Mal tocava a comida que deixavam do lado de fora da porta. Recusava-se a ver qualquer pessoa, incluindo lorde Peterssen, que era a pessoa mais próxima de uma família que ainda tinha. Tudo o que queria era ficar sozinha.

Flocos de neve pousavam em seu nariz e bochechas enquanto observava os pingentes de gelo no teto. Pingentes de gelo que ela, de alguma maneira, havia criado.

Como era irônico ela ter sido agraciada com aqueles poderes no exato momento em que não tinha mais ninguém com quem compartilhá-los...

FROZEN ÀS AVESSAS

Ela ergueu a mão, com os dedos trêmulos, e sentiu o gelo se libertando de novo. O jato formou uma faixa congelada no teto. Elsa ainda não sabia muito bem como seu poder funcionava, mas pelo menos agora conseguia sentir quando ele estava prestes a se manifestar. Sentia os dedos formigando e o coração se acelerando. Notou que aquilo acontecia sempre que pensava nos pais. E ela conseguia pensar em alguma outra coisa naquele momento? Não.

Ela não se levantaria dali tão cedo.

Houve uma batida fraca na porta. Ela não precisava perguntar para saber quem era.

– Logo sairei para ir ao memorial. Por favor, considere ir comigo, Elsa.

Era lorde Peterssen. Mesmo sem sair do quarto pelos últimos dias, Elsa sabia do que ele estava falando. Kai, Gerda, Olina e lorde Peterssen tentavam falar com ela através da porta fechada.

Nada do que lhe contavam realmente importava. Ela já sabia quem governaria o reino. O pai havia dito antes da viagem que, se algo acontecesse com ele, lorde Peterssen tomaria conta dos assuntos do reino até que ela pudesse ser coroada, ao completar vinte e um anos. Qualquer outra coisa que falassem não tinha importância.

Ficava chateada de pensar que não conhecia os pais tão bem quanto imaginava. Tinha muito a refletir, principalmente sobre a discussão que havia entreouvido antes da partida deles, o baú no sótão com a misteriosa letra A e os estranhos poderes que agora tinha. Havia tantas perguntas que queria fazer aos pais... *Os senhores sabiam que eu era capaz de realizar magia? Se sabiam, por que nunca me contaram? Ficaram com vergonha quando souberam que eu tinha nascido com isso? Assustados? Preocupados com o que as outras pessoas pensariam? Nunca vou saber. Os senhores levaram esses segredos para o túmulo e me deixaram aqui, tendo que descobrir as coisas sozinha.*

– Elsa, por favor. Seus pais gostariam que a senhorita estivesse lá. Abra a porta.

Ela fechou os olhos com força. A cerimônia em memória aos seus pais aconteceria no topo do fiorde. Embora tivessem perecido no mar, pilares de pedra em homenagem a eles seriam instalados no fiorde. Centenas de súditos e súditas eram esperados. Estariam ali para oferecer suas condolências e compaixão, mas ela sabia que não seria capaz de lidar com a situação. Gelo irromperia da mão dela sem controle. Eles a chamariam de bruxa ou de monstro. Pediriam que ela abdicasse do trono. O legado dos pais seria destruído em segundos.

Não, ela não podia ir à cerimônia dedicada aos pais. Não poderia ir a qualquer lugar público antes que fosse capaz de controlar a própria magia.

Até lá, teria que ficar trancada no quarto. Nunca sairia do castelo. Evitaria o contato com a maior parte dos funcionários. O único objetivo que tinha era esconder os poderes. *Não sinta*, lembrava a si mesma. *Não deixe transparecer.*

Os pais a haviam amado muito. Ela ainda precisava deles – sentia-se desesperada para contar-lhes o que havia acontecido. E se não fosse capaz de controlar os poderes sozinha? Ela não podia contar

FROZEN ÀS AVESSAS

a lorde Peterssen, pois tinha medo de assustá-lo. O trono estava em risco. Ela não tinha nenhuma escolha senão sofrer em silêncio.

– Elsa. A senhorita está me ouvindo?

– O que ela disse? – perguntou uma segunda voz, muito mais insistente que a primeira.

Elsa ouviu lorde Peterssen explicando a situação pacientemente.

– Eu sei que ela está triste – disse a segunda voz –, mas não vai parecer adequado se a futura rainha não aparecer na cerimônia em homenagem aos pais. O que as pessoas vão pensar?

Claramente era o duque de Weselton. Ele não tinha voz alguma nas decisões do reino, mas aparentemente achava que ser um parceiro comercial próximo lhe dava o direito de opinar nas coisas. Ele havia corrido de volta a Arendelle quando a notícia do sumiço do rei e da rainha se espalhara. Por mais que a presença dele a frustrasse, Elsa sabia que ele estava certo. Ela deveria honrar os pais e comparecer à cerimônia. Mas aquilo significa que precisava recolher os próprios cacos e assumir o risco de que outras pessoas descobrissem do que era capaz.

– Por favor, deixe-me em paz – resmungou Elsa.

Silêncio.

– Ela não vem – Elsa ouviu lorde Peterssen dizer ao duque. Ele não discutiu. Momentos depois, escutou os dois se afastando.

Elsa se sentou e viu Sir JorgenBjorgen jogado na cama. Tinha ficado desde que ela o atirara longe, dias antes. Agora, estava coberto de gelo. Subitamente, teve o desejo de pegá-lo. Quando era uma criança, Elsa havia amado muito aquele brinquedo. Não só porque o bichinho era um bom ouvinte, mas também porque era um companheiro de todas as horas. Gostava de imaginar que o pinguinzinho a amava de volta.

Por uma fração de segundo, Elsa recuperou uma lembrança nova da própria infância. Estava construindo um boneco de neve com uma outra garotinha. Empurravam o boneco de um lado para o outro, rindo. Era claro que amavam uma à outra. Suas mãos começaram a formigar de um jeito diferente – como se estivessem se aquecendo – e logo a sensação se dissipou, deixando-a com uma dor de cabeça lancinante.

O que era aquilo?, perguntou-se Elsa. A menina só podia ser fruto da imaginação dela. Nunca havia usando magia antes daquela semana... Ou será que tinha?

Elsa se levantou, sentindo as pernas tremerem. Apoiou-se na estrutura da cama para não cair. Com o coração batendo forte e com os dedos doendo, fechou de novo os olhos e tentou relembrar o amor que havia sentido fluir pelas veias pouco antes. A emoção era mais forte do que o medo. Aquele sentimento havia nascido da realização de algo a partir do amor – um boneco de neve, para que as duas meninas pudessem se divertir. Se ela conseguisse ao menos capturar aquilo dentro de uma garrafa e manter sempre por perto... Principalmente agora que estava mais sozinha do que nunca.

Não custava tentar.

Chacoalhando os braços para a esquerda e depois para a direita, Elsa permitiu que o gelo e a neve disparassem – mas, dessa vez, tentou se concentrar no amor e deixar o medo de lado. Pensou novamente na visão dela com a outra menina, rindo e moldando juntas um boneco de neve. Quando abriu os olhos, a neve rodopiava diante dela como um ciclone. Formava um funil a partir do chão, criando bolas de neve que voavam pelo ar para se agrupar na forma de um boneco. Ele tinha uma base mais larga e dois pezinhos rechonchudos de neve, uma parte central menor e uma cabeça oval com uma bocona grande e dentes da frente bem pronunciados. Elsa tropeçou, surpresa com a própria criação. Ela tinha mesmo controlado os poderes para construir um boneco de neve? Quase riu do absurdo daquilo. Mas Elsa não se desconcentrou e focou no boneco de neve diante dela, buscando madeira da lareira para fazer os braços, pedaços de carvão para os botões e uma cenoura largada na bandeja do último jantar para servir de nariz. Quando deu um passo para trás para admirar o próprio trabalho, notou algo estranho. O boneco de neve subitamente foi tomado pelo mesmo brilho azulado que envolvia seus poderes. Quando o brilho desapareceu, o boneco de neve piscou os dois olhões. Elsa deu um salto para trás, surpresa.

– Oi! Eu sou o Olaf e eu gosto de abraços quentinhos!

Espera aí, o boneco de neve estava *vivo*? Os poderes dela podiam fazer mais do que criar neve – eles podiam criar um ser vivo? A respiração de Elsa falhou quando viu o boneco de neve começar a andar – a andar! – pelo quarto. Encarou as mãos, maravilhada. Como aquilo era possível?

– Ei, você acabou de falar? – murmurou Elsa, sem acreditar nos próprios olhos e ouvidos.

– Isso mesmo! Eu sou o Olaf – repetiu o boneco de neve. Ele apanhou Sir JorgenBjorgen. – Óin, que fofinho! Quem é esse? Oi! – disse ele para o bichinho. – Eu sou o Olaf.

– Olaf – repetiu ela, tentando se acalmar. Por que o nome daquele boneco de neve soava tão familiar?

– Elsa, foi você quem me fez – disse o boneco. – Não lembra, não?

– Você sabe quem eu sou?

– Opa, claro! Por quê? – Olaf cambaleou pelo espaço para conferir o banco diante da janela.

Elsa estava chocada com o acontecimento – mas mais incrível era o fato de que, por um segundo, tinha se esquecido do próprio luto. Uma memória amorosa a havia feito criar um boneco de neve que andava e falava.

– Óin, esse quarto é tão bonitinho – disse Olaf. – O que é aquilo? – perguntou, movendo-se até a janela aberta e olhando a paisagem abaixo. Elsa observava, impressionada. – Eita, é uma vila! Eu sempre quis conhecer uma vila com pessoas e animais, e é verão! Eu amo o verão! Dá pra ver as abelhinhas zumbindo por aí, as crianças assoprando os dentes-de-leão e… Ops. – Ele se virou na direção dela. O lado direito do seu rosto havia começado a derreter. – Temos um probleminha aqui.

Elsa girou as mãos no ar como tinha feito antes e quebrou a cabeça para pensar em algo que pudesse ajudá-lo a se manter refrigerado no calor. Uma pequena nuvem de neve surgiu sobre a cabeça de Olaf.

FROZEN ÀS AVESSAS

– Eba, uma nevasquinha só pra mim! – Olaf abraçou a si mesmo. Então, viu o olhar no rosto de Elsa. – Poxa, o que foi?

– Ainda estou tentando entender o que é você e como eu consegui criá-lo.

– Você não lembra? – perguntou Olaf. – Você me fez pra Anna!

O coração de Elsa quase parou por um instante.

Anna?

Será que era de Anna o baú no sótão com um "A"?

Elsa estava quase com medo de perguntar.

– Quem é Anna?

O sorrisão de Olaf se desfez.

– Não sei, não. Quem é Anna?

Certo. Era um bom começo. A garota tinha um nome agora.

– Também não sei – Elsa pegou Olaf pelo bracinho de graveto e o levou até o assento sob a janela. Ela contaria a ele tudo o que sabia. – Mas, juntos, vamos descobrir.

CAPÍTULO NOVE

ELSA

Três anos depois...

ELSA OLHOU PELA JANELA do quarto e ficou maravilhada com a cena que se desdobrava diante dela. Os portões do castelo estavam abertos, e funcionários em uniformes verdes preparavam o pátio e a capela para sua coroação. Estandartes roxos e dourados – alguns com a silhueta dela e outros com o emblema da família – estavam sendo pendurados em todos os mastros dentro e fora do pátio. A coroação seria dali a apenas alguns dias.

Elsa estava aterrorizada.

Ela respirou fundo e tentou controlar os batimentos cardíacos antes que o brilho azul surgisse nas mãos. *Não os deixe ver seu poder*, lembrou a si mesma. *Você precisa fazer com que eles a vejam como a boa governante que seus pais a criaram para ser, não*

FROZEN ÀS AVESSAS

como alguém que pode fazer magia, senão... Ela expirou devagar e pensou na pior situação: *Um movimento em falso e todos saberão a verdade. Eu não sou como as outras pessoas.*

Alguém bateu à porta do quarto.

– Princesa Elsa? Estão requisitando a sua presença no quarto de vestir para fazer uma última prova do vestido.

Era Gerda, chamando do corredor. Elsa era muito grata pela existência dela ao longo dos últimos três anos, assim como com Kai e lorde Peterssen. Seu quarto havia virado um santuário desde a morte dos pais e eles respeitavam isso, dando a ela o tempo de que havia precisado antes que voltasse a encarar o mundo. Ela passava muito tempo no quarto e no cômodo adjacente, no qual se vestia, mas não visitava os outros aposentos do castelo. Ainda se sentia assombrada pela memória dos pais.

– Obrigada, Gerda. Encontrarei você no quarto de vestir – respondeu Elsa pela porta.

Gerda a entendia melhor do que qualquer outra pessoa e, mesmo assim, não sabia do segredo. Só uma pessoa sabia daquilo.

– Óin, olha só! Você ganhou mais florezinhas! – disse Olaf, entrando com um grande buquê em mãos pela porta que separava o quarto de Elsa da sala onde se trocava.

– Olaf! – Elsa o puxou pela porta antes que Gerda o pudesse ver. – Você sabe que não pode ficar no quarto de vestir. Não pode sair dos meus aposentos sem mim de jeito nenhum. Especialmente esta semana, em que há tanta gente pelo castelo.

– Tecnicamente, eu não saí dos seus aposentos – Olaf argumentou. – O quarto de vestir faz parte deles, ué.

Elsa pegou as flores das mãos de Olaf e as depositou sobre a mesa.

– Eu sei, mas você prometeu que ficaria por aqui.

Os flocos de neve caíram mais rápido da nuvem que flutuava acima de Olaf.

– Mas lá fora parece tão divertido! Eu espiei pela fechadura e vi alguém empurrando um carrinho com um bolo de chocolate.

– Vou pedir para que tragam um pouco de bolo aqui para o quarto – prometeu Elsa. – Sei que é difícil, mas não podemos correr o risco de alguém descobrir um boneco de neve falante andando pelos corredores hoje.

Olaf franziu o cenho.

– Você fala isso todo dia.

Ela segurou suas mãozinhas de graveto.

– Eu sei. Sinto muito.

Não havia palavras para expressar como ela se sentia mal. Olaf era a pessoa mais próxima de uma família que tinha. Ele havia sido um companheiro fiel ao longo dos últimos três anos, e ela só permitia que ele deixasse o quarto dela quando tinha absoluta certeza de que ninguém o veria.

Ocasionalmente, os dois escapavam. Algumas vezes, ela havia escondido Olaf debaixo de um carrinho de chá e o empurrado até as escadas para que eles pudessem subir correndo até o sótão. Mesmo tendo feito muitas viagens, não tinham descoberto nada sobre Anna. O baú misterioso com a letra A abrigava vestidinhos e chapeuzinhos pequenos, mas não havia nada que sugerisse que o A fosse de Anna, muito menos algo que pudesse ser uma pista sobre quem Anna era. Elsa havia dado o máximo de si buscando informações sobre essa garotinha perdida que Olaf jurava que ela conhecia. A visita à biblioteca dos pais também não deu em nada, e não havia registro de nascimento de nenhuma Anna na capela. Uma vez, ela havia inclusive mencionado o nome a lorde Peterssen, esperando por uma reação, mas ele pareceu ter ficado apenas confuso. A única alma viva que se lembrava dela era Olaf, e aparentemente ele não tinha uma boa memória.

– Depois da coroação, vamos dar um jeito de você fuçar no sótão de novo – disse Elsa, empolgada, e os olhos de Olaf se arregalaram.

– Não só o sótão! – disse Olaf. – Quando você for a rainha, vai poder contar pra todo mundo sobre o seu dom.

Dom. Às vezes, o dom mais parecia uma maldição. Ela havia aprendido a controlar um pouco da magia nos últimos anos, mas só quando dizia respeito ao que criava intencionalmente. Montes de neve, sim. No entanto, quando ficava chateada ou ansiosa, era incapaz de impedir a neve que começava a cair, independentemente de quanto tentasse.

– Não sei se seria sábio da nossa parte.

– Por que não? Todo mundo ia curtir uma nevezinha num calorão desses. – Olaf andou até a janela, seguido por sua nevasquinha particular. – O pessoal tá derretendo lá fora preparando as coisas pra sua coroação. Olha só! Tem um montão de estandartes pra você. Oi, pessoal!

Elsa o puxou para longe da janela.

– Não sei se as pessoas do reino gostariam de descobrir que têm uma rainha que pode produzir gelo.

– A Anna sempre gostou – argumentou Olaf.

Era esse tipo de coisa que ele fazia às vezes. Jogava o nome da Anna no meio da conversa, como se os dois soubessem do que ele estava falando. Mas, assim que ela tentava seguir o novelo da história, a conversa perdia o rumo.

– Quando foi mesmo que eu fiz neve para a Anna?

Olaf bateu palminhas, empolgado.

– Ah, então… – Ele franziu o cenho. – Ixe, não lembro, não.

Elsa deu um sorriso triste.

– Tudo bem. Você vai lembrar algum dia.

Olaf concordou com a cabeça.

– Vai, vamos treinar a sua coroação de novo.

– Não sei se é uma boa hora de fazer isso de novo. – Elsa hesitou. – A Gerda está me esperando.

– Você vai conseguir dessa vez! – Olaf tentou animá-la. – Eu sei que você pode.

– Certo.

Elsa caminhou até a mesa e olhou para o pequeno vasinho de porcelana e o castiçal. Ela os estava usando como substitutos para o orbe e o cetro que precisaria portar durante sua coroação. Como já tinha feito tantas vezes, Elsa fechou os olhos e tentou se imaginar dentro da capela onde a cerimônia ocorreria. Pensou no coral que estaria cantando no mezanino, e era capaz de enxergar o púlpito no qual se posicionaria, diante do sacerdote e de todo o povo de

Arendelle, assim como diante de nobres e dignitários visitantes. Como não tinha família, estaria lá em cima sozinha. Elsa tentava não pensar nisso enquanto imaginava o sacerdote colocando a tiara cravejada de joias em sua cabeça. Então, ele estenderia a almofada com o orbe e o cetro para que ela os pegasse. Elsa não poderia usar as luvas verde-água nessa parte da cerimônia, por isso as removera durante aquele ensaio. Ultimamente, vinha usando luvas o tempo todo. Talvez fosse bobagem, mas achava que elas escondiam sua magia. Afinal, o lema dela era: "Esconda. Não sinta. Não transpareça".

– Quase lá – disse Olaf, encorajando-a.

Aquela era a parte mais difícil. Elsa estendeu as mãos, com os dedos formigando, e ergueu o vasinho de porcelana em uma das mãos e o castiçal na outra. Ela repetiu a prece que sabia que o sacerdote faria enquanto segurava os objetos. *"Sem hón heldr inum helgum eignum ok krýnd í þessum helga stað ek té fram fyrir yðr...* Rainha Elsa de Arendelle".

Então, ela precisaria se virar com o orbe e o cetro em mãos enquanto as pessoas saudassem: "Rainha Elsa de Arendelle!".

– Rainha Elsa de Arendelle! – gritou Olaf.

Elsa prendeu a respiração. *Eu consigo fazer isso. Eu consigo fazer isso. Eu consigo fazer isso*, disse a si mesma. As mãos tremeram apesar das tentativas de controlá-las. Olaf assistia, ansioso. *Eu consigo fazer isso.*

O fundo do vasinho de porcelana começou a trincar por conta do gelo. O castiçal congelou em seus dedos. Elsa imediatamente os largou e vestiu de novo as luvas.

– Quase conseguiu, né? – Olaf abriu um sorriso amarelo. – A gente tenta de novo mais tarde.

Ela era incapaz de dizer a Olaf que não ia ter jeito. Como passaria a cerimônia toda sem revelar o seu poder?

Mas Olaf já estava em outra.

– Olha suas flores, que lindonas! – disse Olaf. – Elas não têm um cheirinho delicioso? – Ele inspirou fundo e depois espirrou em cima delas. – Queria saber quem as enviou.

Elsa pegou o cartão enfiado no meio do buquê de urzes-roxas.

– Acho que tenho uma bela ideia.

Ela leu o bilhete.

Adorei passar um tempo com a senhorita ontem. Será que poderia entretê-la com outra caminhada pelo jardim nesta tarde? Creio que ajudaria a tranquilizar sua mente em relação ao seu grande dia.

Elsa sorriu lendo o bilhete.

– O príncipe realmente gosta de você, hein? – observou Olaf, espiando por sobre o ombro dela. – Acho.

– Talvez – concordou ela.

– Ele a convida pra caminhar todos os dias desde que chegou! – relembrou Olaf. – E mandou chocolates, flores e esse montão de livros pra você.

– Verdade.

O príncipe sempre contava para ela sobre os livros que lia – ele gostava de ler tanto quanto ela – e, sempre que terminava mais um, enviava o volume para o quarto dela com uma flor prensada entre as páginas.

O príncipe havia acompanhado o duque de Weselton em uma viagem a Arendelle alguns meses antes, e Elsa ficara surpresa sobre como os dois haviam se dado bem. Ao contrário do duque abelhudo, o príncipe era educado e parecia entender que ela precisava de um tempo para se aproximar das pessoas. Ele fazia perguntas profundas sobre os estudos dela e gostava de conversar sobre história e arquitetura. Haviam passado horas falando sobre o reinado da família dela em Arendelle e sobre como ele persistia havia décadas. A família dele havia assumido o trono muito mais recentemente, então ele gostava de ouvir as opiniões dela sobre negócios e relações exteriores. Os dois tinham se aproximando muito, e ainda assim havia muita coisa que ela não podia contar a ele.

Bateram de novo à porta da sala de vestir.

– Elsa? A senhorita está pronta?

– Já vou! – gritou Elsa. Ela olhou para Olaf.

– Tá, já sei o que fazer – disse ele. – Ficar aqui, bem quietinho. Se alguém aparecer, eu me escondo. Talvez eu até faça uma faxininha. Esse quarto tá precisando de um trato.

Ele não estava errado. Como Elsa nunca deixava ninguém entrar para limpar, o quarto estava um tanto bolorento.

– Ótima ideia. Se ficar entediado, talvez você possa mexer no meu baú para ver se tem alguma coisa da qual não preciso mais – disse ela. – Acho que faz anos que não dou uma olhada nele.

Olaf concordou com a cabeça.

– Oba! Eu adoro baús! – Ele caminhou até o móvel e o abriu. – Uia! Tem um tantão de coisa enfiada aqui!

Elsa o deixou com seu novo projeto. Ela cruzou a porta entre o dormitório e o quarto de vestir e encontrou Gerda a esperando pacientemente ao lado de um manequim que sustentava o vestido que Elsa vestiria para a coroação. Cada detalhe havia sido cuidadosamente planejado para o grande dia.

Gerda sorriu.

– É um vestido digno de uma rainha, não é?

Elsa retribuiu o sorriso. Ela não tinha tido coragem de dizer a Gerda que havia achado o vestido um pouco pesado para caminhar e que a gola estava um pouco apertada. Toda vez que o vestia, sentia-se claustrofóbica.

– Tudo o que faz é lindo, Gerda.

Aquele pequeno cômodo era um de seus favoritos. Elsa adorava os tons calmantes de azul do papel de parede e os detalhes de madeira branca, pintados à mão com motivos florais dourados e roxos, que combinavam com as cores do carpete. Às vezes, mal podia acreditar que tinha um aposento inteiro só para se vestir, mas ajudava saber que ela poderia apenas ir até o cômodo ao lado sem precisar esconder Olaf.

– Podemos fazer uma última prova? – perguntou Gerda.

Elsa obedeceu, indo para trás do biombo para colocar o vestido. Quando ressurgiu, Gerda a fez subir em um caixote de madeira diante de um grande espelho de três folhas para que pudesse fazer os ajustes finais.

FROZEN ÀS AVESSAS

Alguém bateu à porta.

– Posso entrar?

– Sim – disseram Gerda e Elsa, ao mesmo tempo.

Lorde Peterssen quase chorou quando a viu.

– Elsa, a senhorita está adorável. Se seus pais pudessem vê-la hoje...

Ela tocou a mão dele.

– Eu sei. Estariam orgulhosos.

Ele tirou um lenço do bolso do paletó azul.

– Realmente estariam. Assim como eu estou – disse ele, com um sorriso.

Os últimos três anos o haviam envelhecido. Seu cabelo preto e grosso havia rareado, e fios grisalhos começavam a surgir aqui e ali. Ele parecia exausto o tempo todo. Elsa podia entender. A ausência dos pais havia afetado os dois. Mas, agora, chegara o dia em que ele se afastaria do gerenciamento dos assuntos reais, enquanto ela começaria sua vida dedicada ao dever. Como é que conseguiria manter seu segredo escondido do reino?

Ela começou a sentir a ponta dos dedos formigarem dentro das luvas. Afastou a mão de Gerda, que estava dando uns pontinhos no corpete do vestido.

– O vestido está prontíssimo, assim como a senhorita – disse Gerda, tranquilizando-a.

Um barulho de algo caindo veio do dormitório. Então, Elsa ouviu um grito agudo.

Lorde Peterssen pareceu chocado.

– Há alguém nos seus aposentos?

Elsa desceu do caixote e começou a andar para fora do quarto de vestir.

– Por gentileza, só me deem um segundo. Deixei as janelas abertas. Um pássaro deve ter entrado no quarto – disse ela. *O que Olaf está aprontando?* – Eu cuido disso.

– Precisa de ajuda? – perguntou Gerda.

– Não! – disse Elsa, com um pouco mais de intensidade do que tinha planejado. – Volto em um instante.

Elsa se apressou pela porta que levava a seu quarto e a fechou. Quando olhou ao redor, viu que Olaf havia esvaziado o baú. Papéis, vestidos, quinquilharias e lembranças estavam espalhados pelo chão. Olaf estava curvado sobre um objeto que ela não conseguia ver e grunhia alto enquanto tentava erguê-lo.

– Olaf – sussurrou. – O que você... oh!

Olaf estava diante de uma caixa de madeira da qual Elsa havia se esquecido havia muito tempo. Era o cofre que o pai lhe dera logo antes de sua última viagem. Vê-lo encheu os olhos da princesa de lágrimas.

– Havia me esquecido disso – disse ela.

– É um presente? – perguntou Olaf. – É tão pesado!

– É como se fosse um presente – disse Elsa, com o coração se aquecendo ao ver o motivo floral que enfeitava a tampa. Ela acariciou o ornamento dourado no topo do cofre. – Meu pai usava uma caixa dessas quando era rei e me deu uma igual para que eu também tivesse uma quando fosse minha vez de governar. Acho que a hora chegou.

FROZEN ÀS AVESSAS

– O que tem aqui dentro? – perguntou Olaf, empolgado.

Era a primeira vez em anos que ela abria a caixa. Ela ergueu a tampa e ambos se depararam com o interior de veludo verde.

– Poxa, tá vazio. – Olaf fez uma careta.

– Elsa? – alguém a chamou da sala de vestir.

– Já vou! – Ela colocou o cofre sobre a mesa. – Obrigada por encontrar isso. Volto logo – disse a Olaf, antes de correr de volta ao quarto de vestir, onde Gerda aguardava pacientemente. – É, era um pássaro. Já foi embora agora – explicou.

– Por que a senhorita não se troca e me dá esse vestido para que o pendure? – sugeriu Gerda. – Lorde Peterssen precisou partir, mas há outro visitante aguardando lá fora.

Elsa correu para trás do biombo para se trocar. Olaf ficaria bem em seu quarto por um tempinho. O dia estava belo, e caminhar pelo terreno do castelo talvez fosse exatamente do que precisava. Depois de se vestir e se aprontar, Gerda abriu a porta para que Elsa pudesse receber seu visitante. Ela já imaginava quem era.

Ele fez uma mesura.

– Obrigado por aceitar me receber, princesa Elsa de Arendelle. – Ele ofereceu o braço dobrado. – Podemos dar uma volta?

Ela enlaçou o braço no dele.

– Seria um enorme prazer, príncipe Hans das Ilhas do Sul.

CAPÍTULO DEZ

HANS

— **NÃO PRECISA FAZER** uma mesura toda vez que me vê, Hans – disse Elsa, rindo.

Ele respondeu com um sorriso encantador e suspirou.

– É a força do hábito. Vou parar de fazer isso com o tempo.

Ao longo dos últimos meses, ele havia dado *muito tempo* a Elsa.

Havia sido paciente.

Havia sido um bom ouvinte.

Ele avançava com cautela, considerando com cuidado cada movimento ou declaração que fazia. Hans havia aprendido rápido que a princesa de Arendelle exigia uma aproximação delicada.

A pobrezinha estava tão machucada quando ele a conheceu que era óbvio que nunca havia se recuperado de verdade da perda dos pais. E ela não tinha nenhum irmão ou irmã para lhe oferecer apoio. Ele não podia imaginar como sua vida teria ficado depois de uma tragédia daquelas. O castelo grande e vazio devia parecer uma tumba.

Durante sua visita às Ilhas do Sul no último outono, o duque de Weselton havia falado bastante sobre Arendelle e a princesa órfã que logo governaria o reino. Os doze irmãos mais velhos não haviam prestado muita atenção, mas Hans escutara com carinho. Por que se importariam? A maioria deles já tinha uma posição no reino; alguns tinham a chance de governar as próprias ilhas, enquanto outros já haviam se casado muito bem e governariam algum outro lugar. Mas, como décimo terceiro na linha de sucessão, as chances de Hans governar eram escassas. Ele era o único que sabia como era ter que encontrar seu lugar no mundo. Conseguia entender Elsa de um jeito que mais ninguém poderia. Tinha decidido naquele instante que viajaria para conhecê-la. O duque de Weselton, aquele sujeitinho desonesto que estava sempre procurando novas parcerias, havia se deliciado. Hans estava hospedado em Arendelle desde então.

Sim, havia coisas de seu lar de que sentia falta. Dos irmãos (às vezes), da sabedoria do pai (o tempo todo) e das ilhas em si, que tinham um clima mais quente e eram mais exuberantes do que Arendelle. O problema era que não parecia que as Ilhas do Sul algum dia seriam o reino dele.

Arendelle, por outro lado, poderia muito bem ser.

Hans olhou por uma das janelas para a praça e viu os funcionários do castelo correndo de um lado para o outro, pendurando estandartes e enfeites para a coroação de Elsa. Depois de três longos anos, o reino estava pronto para ter uma rainha.

Mas também precisariam muito de um *rei*. Ele não estava cortejando Elsa oficialmente – não queria espantá-la com uma declaração daquelas –, mas parecia que estavam bem perto disso.

– Estou pronta – disse Elsa. Ele ouviu um ruído vindo do quarto atrás deles. A princesa fez uma careta. – Algo deve ter caído. Tenho certeza de que não é nada com que precisemos nos preocupar.

Elsa tinha muitos segredos. Ele a admirava por isso.

– Podemos dar uma volta?

Ela concordou com a cabeça.

– Sim. Creio que está certo. Um pouco de ar fresco me fará bem.

– Fará, sim – concordou ele. Os dois se encararam por um momento.

Hans esperava que ela o achasse bonito. Ele tinha cabelos castanho-avermelhados e costeletas – que nenhum dos irmãos dele usava e, por isso, eram motivo para caçoarem dele. A mãe dizia que combinavam com ele. Todos os irmãos tinham olhos castanho-escuros, enquanto os dele eram mais claros, como os da mãe. Ele era bem mais alto do que a princesa, além de muito esguio – característica que compartilhava com os doze irmãos mais velhos. Para ele, Elsa era como uma corça – tímida e facilmente assustável, com grandes olhos azuis que eram poços de tristeza.

– Sabe, eu estava pensando: esqueça o pátio. Está cheio de gente. – Hans a levou pelo corredor comprido. – Vamos a algum lugar mais silencioso. Que tal os estábulos? Faz tempo que não vou até lá para ver Sitron.

FROZEN ÀS AVESSAS

– Os estábulos – disse Elsa, lentamente. Ela definitivamente parecia gostar do cavalo de Hans, Sitron. Ele era muito dócil. – Creio que é uma ótima ideia.

Ela parou diante de um enorme retrato de família pendurado no corredor. Os pais a observavam de cima. Na pintura, cada um tinha uma mão pousada no ombro da filha. Ela parecia ter uns oito anos.

– Eu costumava fantasiar sobre ser filho único – admitiu Hans. – Como seria? Com quem a senhorita brincava nos dias chuvosos? Ou de quem copiava a lição de casa? Ou com quem brincava de trenó quando nevava?

Elsa pensou por um instante.

– Era tudo muito quieto, e eu sempre terminava a lição bem cedo. E sempre fazia tudo eu mesma.

Ele fez uma careta.

– Exibida. Meus irmãos sempre me metiam em confusão com a nossa governanta, jogando bolinhas de papel na cabeça dela e botando a culpa em mim. Já contei quando fingiram que eu era invisível? Literalmente! Por dois anos!

Elsa arregalou os olhos.

– Isso é horrível!

Hans deu de ombros.

– É o que irmãos fazem.

– Jamais saberia – disse Elsa, desviando o olhar.

Ele não se deixou abater.

– Mas a senhorita deve ter tido amigos e amigas.

– Meus pais me deixavam brincar com os filhos dos funcionários, e às vezes convidavam duques e nobres para festas e eu brincava com os filhos deles – explicou ela –, mas não havia ninguém de quem eu fosse realmente próxima. – Ela o mirou com o canto do olho. – Tenho a sensação de que minha infância foi muito mais solitária do que a sua.

– Pode ter sido, mas pelo menos a senhorita não teve que competir o tempo todo por atenção, tentando entender que lugar a vida lhe reservara. – Hans fez uma pausa. – Sua infância pode ter sido solitária, mas seu futuro não será. Tenho certeza de que terá a própria família algum dia – completou. Elsa corou e desviou o olhar, mas ele continuou: – E provavelmente vai querer ter mais do que um único herdeiro. Fico surpreso de seus pais não terem tido.

– Minha mãe não pôde ter mais filhos depois de mim – disse Elsa com suavidade. – Mas constantemente me pergunto… Deixe para lá, é ridículo.

– O quê? – perguntou ele, ávido. Era raro que ela se abrisse; mas, quando o fazia, ele vislumbrava a princesa que ela devia ter sido antes da tragédia.

Elsa olhou ao redor, tímida.

– É bobagem.

– Eu gosto de bobagens – disse ele, pegando em sua mão e a fazendo girar no próprio eixo.

Ela riu e analisou o rosto dele por um instante antes de falar.

– Sempre quis ter uma irmã – confidenciou ela. – Sinto-me mal dizendo isso, mas às vezes fantasiava sobre ter uma irmãzinha caçula. – Ela corou. – Disse que era uma bobagem.

FROZEN ÀS AVESSAS

– Não é bobagem – disse ele. – Parece que se sentia solitária. – Ele segurou a mão de Elsa, e ela o encarou com surpresa. – Mas não precisa ser mais assim.

Elsa apertou a mão dele.

– Gosto de conversar com você.

– Fico contente. – Finalmente, ele estava fazendo algum progresso. – Procuro meu lugar há muito tempo. Com a senhorita, acho que o encontrei.

Elsa abriu a boca para dizer algo.

No fim do corredor, uma porta bateu, e lorde Peterssen surgiu com o duque de Weselton. Nenhum dos dois os viram.

– Talvez devamos chamar a princesa para repassar seu discurso de coroação mais uma vez – ouviram o duque dizer. – Precisa ser perfeito.

Elsa tentou recuar. Hans a segurou e a empurrou por uma porta, para que saíssem de vista. Os dois começaram a correr, rindo enquanto passavam voando pelo corredor cheio de retratos e pelos outros cômodos, até que alcançaram a luz do dia e a liberdade.

Quando enfim chegaram aos estábulos, Elsa parou para recuperar o fôlego.

– Não consigo me lembrar da última vez em que corri assim! – disse ela, aos risos.

– Às vezes, a gente precisa de uma escapada – disse Hans. Era o que havia feito. Ele omitiu essa parte.

Elsa abriu os braços e girou.

– É libertador!

Hans nunca a havia visto agir assim tão livremente. Tinha conseguido o que queria com ela.

Ele andou até o estábulo e abriu as portas superiores das baias. Cavalos e éguas imediatamente botaram as cabeças para fora. Sitron apareceu, com a crina branca e preta se agitando lentamente com o vento. Hans acarinhou seu pescoço enquanto Elsa deu um passo adiante para esfregar a pelagem castanha. Os dois se concentraram no cavalo em vez de um no outro. Os estábulos estavam em completo silêncio.

– Sabe, é doido – disse Hans –, mas nunca encontrei alguém que pense igualzinho a...

– A você? – disse Elsa, parecendo tão surpresa quanto ele.

– Sim. – Hans analisou o rosto dela. – Talvez sejamos feitos...

– Um para o outro – disse Elsa, completando a frase dele de novo.

Os dois começaram a rir. Talvez um cortejo oficial estivesse mais próximo do que Hans imaginava.

– O duque adoraria – disse Elsa, irônica.

Pelo jeito, ela conhecia o tipinho do duque muito bem.

– Lorde Peterssen também – disse Hans, esfregando a mão no corpo de Sitron. – Ouvi os dois conversando. Eles acham que eu sou um ótimo candidato. – *Para comandar este reino.* Ele olhou de soslaio para ela.

O rosto de Elsa estava difícil de ler.

– Eles acham?

Você sabe que acham, ele quis dizer, mas manteve a paciência. Já tinha ido longe demais. Nunca haviam estado tão próximos quanto naquela semana.

– Mas não importa o que acham. O que importa é o que nós achamos.

Ele voltou a olhar para ela.

– Exatamente. E gosto de como estamos neste exato momento.

Hans tentou não parecer decepcionado.

– Eu também.

O duque queria que ele a pedisse em casamento antes da coroação, mas Hans sabia que aquilo podia ser capcioso. O noivado não precisava acontecer naquele dia. Nem no dia seguinte. Hans sabia, no fundo do coração, que eles governariam Arendelle juntos muito em breve.

Se Elsa fosse esperta, ela o deixaria assumir a liderança. E se não fosse… Bem, acidentes aconteciam. Tudo de que Arendelle precisaria para sobreviver era um novo rei.

CAPÍTULO ONZE

ANNA

FINALMENTE! O DIA HAVIA chegado!

Anna encarou o grande círculo vermelho que havia desenhado no calendário e tentou não berrar de empolgação. Em vez disso, agarrou um travesseiro na cama e abafou os gritinhos nele. Ela havia esperado aquele dia por três anos!

Três anos de planejamento, de contagem regressiva e de sonhos.

Três anos para descobrir o que exatamente falaria para os pais.

E, em três anos, ainda não havia encontrado as palavras certas para dizer a eles sobre o plano.

Mamãe, papai, eu tenho dezoito anos agora, Anna ensaiou em pensamento pela milionésima vez. *Já sou adulta, e é hora de começar a minha vida, e é por isso que eu... que eu...*

E essa era a parte em que ela se engasgava.

Sempre que pensava em contar aos pais que deixaria Harmon, sentia uma queimação horrível no estômago. Eles eram os pais dela. Eles a tinham acolhido quando era um bebê, depois a tinham amado e cuidado dela. Anna não queria machucá-los.

Queria que Freya estivesse aqui.

Ela pensava muito naquilo. Mesmo já fazendo três anos que Freya havia perecido no mar com o rei e com a rainha, Anna ainda pensava nela todos os dias. Se havia alguém que podia convencer a mãe de Anna de que Arendelle era um ótimo lugar para iniciar uma nova vida, Freya era essa pessoa. E a mãe de Anna ficaria aliviada de saber que havia gente que era quase da família a observando de perto.

Mas Freya havia morrido. Anna teria que passar por aquilo sozinha.

O quarto cor-de-rosa que havia adorado por tanto tempo parecia infantil agora, mas ela ainda amava cada centímetro do espaço – especialmente o assento sob a janela, com a vista para o sopé da montanha. Arendelle parecia tão próxima e, ao mesmo tempo, tão distante. Anna tocou uma das torres de madeira do castelo em miniatura que o pai havia feito para ela tanto tempo antes. Lágrimas encheram seus olhos. Os pais a amavam tanto… Como diria aquilo sem partir o coração deles?

Com comida!

É claro!

Ela prepararia para eles a sobremesa mais perfeita que conseguisse. Algo que não costumavam fazer toda hora na padaria. Eles ficariam tão felizes com o doce, e o estômago dos dois ficaria tão satisfeito, que ouviriam o que Anna tinha a dizer sobre Arendelle. E ela sabia exatamente o que fazer: um bolo de cenoura!

Havia feito um bolo de cenoura para o pai uma vez, e ele tinha gostado tanto que passou uma semana comendo o doce todos os dias. A mãe reclamara, dizendo que ele estava comendo muito açúcar, e ele respondera: "Eu tenho uma padaria! É claro que como muito açúcar!". Todos tinham rido e concordado que o bolo de cenoura era a melhor coisa que Anna já havia feito.

Aquele era o bolo que ela precisaria fazer para convencê-los a aceitar o plano.

Ela olhou para o relógio. Depois de preparar pães e doces a manhã toda, os pais provavelmente estariam fazendo uma pausa, relaxando na varanda. O pai poderia até estar tirando um cochilo. Ela escapuliria sem ser notada e voltaria logo para trabalhar. O bolo estaria pronto para a hora do jantar. Aliás, o bolo poderia ser *o* jantar. Anna sempre quis fazer algo do tipo.

Ela foi até a porta e o calor do verão a atingiu em cheio. *De que ingredientes preciso? Tenho tudo, menos cenoura, certo? Temos uma padaria*, lembrou a si mesma, sem olhar para onde estava indo. *O que mais eu poderia… CARAMBA!*

Ela trombou com um homem que carregava um enorme bloco de gelo. O impacto fez o gelo voar e se espatifar no chão, quebrando em um milhão de pedacinhos diante do mercado.

– Ei! – resmungou o estranho. – Você vai ter que pagar por…
– Ele se virou e a encarou, surpreso. – Oh. – Seus olhos se arregalaram, e ele deu um passo para trás. – É você.

– É *você*! – Anna estava igualmente surpresa. Ela se lembrava dele, daquele dia anos antes. Ela o havia procurado muitas vezes depois, mas nunca o tinha visto de novo. – Você é o garoto que fala com a sua rena.

Como se estivesse ouvindo, a rena apareceu no campo de visão dela, cutucando as costas do estranho.

– Não sou um garoto, pra começo de conversa. E eu falo *como se fosse* a minha rena – disse ele. – O nome dele é Sven. Ele queria cenoura, mas, como você quebrou a minha entrega de gelo, ele vai ter que ficar sem.

A rena bufou.

Ele se virou para o animal.

– Não estou sendo rude – sussurrou ele, mal-humorado. – Ela quebrou o gelo. Por isso, vamos ficar sem cenoura – acrescentou. A rena bufou outra vez. – Tá bom! – Ele se virou de volta para Anna. – Sven disse que estou sendo grosso com você. – Kristoff olhou para os pés. – Me desculpa… Mesmo que tenha sido culpa sua.

– Foi um acidente – disse Anna. Ela não podia deixar de notar que o cabelo loiro e desgrenhado dele caía sobre os olhos castanhos. Os dois se encararam por um instante. Então, ambos desviaram o olhar. – Posso pagar você em biscoitos, se quiser – ofereceu ela. – Faço os melhores do vilarejo.

A rena começou a resfolegar.

– Você faz os *únicos* do vilarejo – disse o rapaz, impassível.

– Quem disse? – questionou Anna. – Por acaso perguntou sobre mim por aí?

Ele puxou a touca de lã na cabeça.

– Não. Talvez.

Ela corou.

– Eu me chamo Anna. Os meus pais são os proprietários da Tomally Pães e Doces. Qual é o seu nome?

– Kristoff – respondeu ele, e então se virou para a rena. – Sven, precisamos buscar mais gelo antes que...

Nesse momento, Goran surgiu do mercado, viu o gelo espalhado pelo chão e colocou as mãos na cabeça.

– Ai, não! Eu fiquei esperando essa entrega a manhã inteira!

Anna fez uma careta. Goran tocava o mercado desde que ela se conhecia por gente. Os pais dela se sentiam gratos pelo fato de que ele topava trocar mercadorias. Um pão doce de canela às vezes servia de pagamento quando ela esquecia o dinheiro para as compras.

– Perdão, senhor. Aconteceu um imprevisto. – Kristoff olhou Anna pelo canto do olho. – Posso trazer mais, mas vai demorar algumas horas.

– Algumas horas? Eu preciso desse gelo *agora* pra manter meus produtos frescos nesse calor! – reclamou Goran.

– Posso trazer o gelo pro senhor ainda esta tarde – prometeu Kristoff –, mas se eu já pudesse pegar os produtos de que preciso ia ser mais rápido. O meu cortador de gelo já tá com o fio cego. E o Sven tá sem cenouras. – A rena bufou.

– Sem gelo, sem negócio – disse Goran.

– Mas o senhor já fez isso antes – relembrou Kristoff, ficando irritado. – Me ajuda um pouco!

– Hoje, não! – Goran cruzou os braços na frente do peito. – Preciso do gelo agora.

FROZEN ÀS AVESSAS

– Goran, talvez eu possa ajudar. Que tal uns pãezinhos de can... – começou Anna, mas Kristoff a encarou.

– Dá uma licencinha enquanto lido com esse trapaceiro.

Goran semicerrou os olhos e se aprumou. Anna nunca tinha notado como ele era alto. Era ainda mais alto do que Kristoff.

– Do que você me chamou?

Kristoff quase encostou o nariz no dele.

– Eu disse...

Anna saltou para se colocar entre os dois.

– Olha, acho que isso é tudo culpa minha! O senhor precisa de gelo, e ele precisa de um cortador de gelo. Será que não dá pra chegar em um meio-termo?

– Não preciso da sua ajuda – disse Kristoff.

– Precisa, sim, senhor – grunhiu Goran.

– Goran, pendura as cenouras e o cortador de gelo na minha conta – insistiu Anna. – Já trago alguns pãezinhos de canela pra deixar o senhor mais alegrinho e Kristoff vai voltar com o gelo em um piscar de olhos. – Anna olhou de um homem para o outro. – Todo mundo feliz?

Sem falar uma palavra, Goran entregou as cenouras para Anna, então voltou para dentro do mercado para apanhar um cortador de gelo. Anna sorriu para Kristoff, satisfeita, mas ele não parecia tão alegre.

– Não preciso de caridade – disse ele.

– E quem disse que eu fiz caridade? Você vai pagar o Goran e, se quiser me pagar em gelo, tá ótimo. Agora, você já sabe onde me encontrar. - Ela dividiu o maço de cenouras em dois, estendeu uma parte para Kristoff e deu um tapinha na cabeça da rena. – Tchauzinho, Sven!

Anna praticamente saltitou pela rua até chegar em casa. Tinha a sensação de que veria Kristoff de novo.

Mas, primeiro, ela precisava fazer um bolo. Quanto antes terminasse, mais rápido conseguiria colocar um ponto final naquela conversa. Repassava a receita na cabeça quando os pais entraram na padaria, conversando.

– Nada mudou, Johan. Já faz três anos! Talvez nunca mude. Ela tem o direito de saber a verdade – dizia a mãe.

– Quem tem o direito de saber a verdade? – perguntou Anna, enquanto separava uma série de tigelas e colheres de pau. – E os senhores deviam estar descansando! Acabaram de arruinar minha surpresa! – Ela tentou fazer graça, mas os pais pareciam incomodados. – Qual é o problema? É sobre mim?

O pai e a mãe trocaram olhares.

O pai parecia desconfortável.

– Anna Ursinha, a gente não sabe como contar isso pra você sem correr o risco de trair a nossa melhor amiga – disse ele.

Melhor amiga? Trair?

– Tem a ver com a Freya? – perguntou Anna.

A mãe concordou com a cabeça.

– Ela é minha amiga mais antiga e mais querida. Sempre será.

– É claro que é – disse Anna. A mãe nunca havia superado a morte de Freya, assim como ela. – Penso nela o tempo todo também.

– Você pensa? – perguntou o pai.

FROZEN ÀS AVESSAS

– Claro. É meio por isso que queria fazer esse bolo de cenoura pra vocês. Tenho uma coisa pra contar também, mas agora que estão falando em traição, tô ficando preocupada.

A mãe tocou o braço de Anna.

– A gente não quer preocupar você. Seu pai e eu estávamos apenas discutindo uma coisa...

– Pelos últimos três anos – suspirou o pai.

– E a gente não quer manter você na ignorância – acrescentou a mãe. – Mas a situação é complicada.

– A gente fez uma promessa à Freya – disse o pai. – Mas também não queremos que você passe o resto da vida sem saber a verdade.

Os olhos de Anna se arregalaram.

– Quer dizer que *é* sobre mim... *e* sobre a Freya?

O pai soou como se estivesse com dificuldade de respirar.

– Sim e não.

Eles estavam começando a assustá-la.

– O que é?

– Eu a conheci muito antes de você, Johan – disse a mãe. – Se a maldição nunca se quebrar, ela...

– Maldição? – O braço de Anna escorregou e ela derrubou uma tigela do balcão. O pai pegou a vassoura do gancho na parede e começou a varrer. – Desculpa! É que achei que não existia isso de maldição... Isso existe?

A mãe de Anna hesitou e olhou para o esposo.

– Não quis dizer uma maldição propriamente dita. É só uma palavra.

– Uma palavra pra algo que não existe – tentou clarificar Anna.

A mãe não respondeu.

– Johan, se as coisas não mudarem, ela vai passar a vida inteira sem saber que tem outra família por aí.

O pai parou de varrer.

– *Nós* somos a família dela, Tomally – disse ele, suavemente. – Que bem vai fazer contar pra ela? Ela não pode mudar as coisas. Quem acreditaria nela?

Os olhos da mãe se encheram de lágrimas.

– Você está certo. Não quero colocar nossa filha na mira do perigo, mas também não quero carregar esse segredo pro túmulo.

A conversa não estava fazendo sentido para Anna.

– Tem algo a ver com os pais que me deram pra adoção?

As rugas no rosto da mãe ficaram mais profundas.

– Bem, sim...

– A Freya os conhecia? – perguntou Anna. Ela sempre havia se perguntando aquilo. Freya era parte essencial da vida dela desde sempre. Talvez Freya soubesse de algo que Anna não sabia. O silêncio encheu o cômodo enquanto um encarava o outro. – Tudo bem – disse Anna, enfim. – Se sabem quem eles são e não querem me contar, eu entendo. Não me importa. – Ela buscou as mãos deles. – Vocês foram os melhores pais que qualquer filho poderia ter.

O pai e a mãe estenderam os braços para um abraço no mesmo momento. Eram uma família de abraçadores e gargalhadores. Anna os apertou com força, sem querer se separar deles.

O pai olhou para ela com lágrimas nos olhos.

– Anna Ursinha, esses segredos não nos pertencem, então a gente não pode contar nada. Espero que respeite isso.

– Respeito, mas também tenho um segredo que gostaria de compartilhar com vocês. – O bolo não tinha ficado pronto, mas já que tinham aberto o coração, aquele era o momento perfeito para falar com eles. – E também tem a ver com a Freya.

A mãe de Anna pareceu impactada.

– Não é… Sabe… – Anna sentiu o coração batendo mais forte. Os lábios ficaram subitamente secos, mas não podia parar agora. Ela se lembrou de como Freya sempre dizia: "Seja verdadeira consigo mesma". Estava sendo verdadeira. – Quero me mudar para Arendelle.

Os pais permaneceram perfeitamente imóveis. Anna continuou.

– Vocês dois sabem que eu quero viver em Arendelle desde que me conheço por gente. Amo Harmon, mas parece que existe um mundo inteiro lá fora que estou perdendo. Um mundo que fica no sopé dessa montanha. – Anna apontou para a janela que dava para Arendelle. – Prometo que não vou me mudar sem um plano. Vou abrir minha própria padaria quando juntar dinheiro suficiente; e, até lá, vou trabalhar em uma padaria próxima ao castelo. Freya sempre disse que tem várias por lá! Várias! Não só uma, como a gente tem por aqui.

Parecia que o gato tinha comido a língua dos pais de Anna.

– Eu sei que vou viver longe de vocês, mas virei visitá-los e vocês podem ir me visitar também. – Eles ainda não a tinham interrompido, então ela continuou. – Tenho dezoito anos, já é hora de começar minha própria vida. A Freya sempre falava sobre como eu amaria Arendelle, e sei que ela estava certa.

A mãe concordou com a cabeça, compreensiva, enchendo Anna de esperanças.

– Acho que você ainda é muito nova – soltou o pai.

– Eu já tenho dezoito anos – sussurrou Anna.

– Johan… – começou a mãe.

Ele negou com a cabeça.

– Tomally, você sabe que estou certo. Uma mulher só é maior de idade depois dos vinte e um. Me desculpa, Anna. Mas você ainda não tá pronta. Não é… seguro. – Ele olhou para a esposa. – Arendelle não é o lugar para você agora. Precisamos de você por aqui.

– Mamãe? – disse Anna, mas a mãe balançou a cabeça.

– Seu pai está certo – respondeu a mãe. – Estamos ficando velhos, Anna Ursinha, e essa padaria é coisa demais pra gente dar conta. Sempre foi nosso sonho que, um dia, você cuidasse dela.

A ideia perturbou Anna. Ela sabia que os pais estavam cansados de se levantar antes de o sol nascer e de trabalhar o dia inteiro. Mas ficar para sempre em Harmon não era o que ela queria. Anna sentia aquilo no fundo do coração e sonhava com aquilo – sonhos cheios de neve e de vozes. Às vezes, parecia que alguém estava procurando por ela. Mas aquilo era bobagem.

– Os senhores sabem que amo essa padaria, e amo estar com vocês, mas sempre sonhei em viver em Arendelle – disse Anna, com gentileza. – Sinto que fui feita para algo maior. A vida é curta, e perder Freya me ensinou isso. Não quero esperar nem mais um dia pra começar minha própria vida.

A mãe e o pai olharam um para o outro.

FROZEN ÀS AVESSAS

– Ela ainda não está pronta – o pai disse para a mãe, com firmeza. – Não é seguro.

– Eu sei. – A mãe olhou para Anna. – Queremos que você realize todos os seus sonhos, inclusive o de viver em Arendelle, e vai chegar lá. Sei do fundo do meu coração, assim como você, Anna Ursinha. – Ela apertou a mão da filha. – Mas ainda não é a hora. Confia na gente.

– Entendi – disse Anna, mas não entendia de verdade. Ela piscou para afastar as lágrimas dos olhos e se conteve para não falar mais nada. Nunca desobedecia aos pais e não o faria agora, mas três anos pareciam um longo tempo de espera.

CAPÍTULO DOZE

ELSA

QUERIA TER O PODER *de parar o tempo*, pensou Elsa, diante da janela do quarto, observando o fluxo de pessoas enchendo a praça ao redor da estátua de bronze da família. Os portões estavam abertos e a capela, preparada. O coral que ela ouvia praticar havia dias estava pronto para se apresentar. E o tempo para os próprios ensaios também acabara. Ela devia parar de se preocupar, mas sabia que não conseguiria. O tempo parecia voar, e Elsa não poderia contê-lo.

Ela já havia se arrumado, com a ajuda de Gerda. O vestido era lindo, mas não havia sido feito para ser confortável. E tampouco havia sido criado com ela em mente. Elsa quase parecia uma boneca brincando de trocar de roupinhas, vivendo no corpo de outra pessoa. Mas ela continuava relembrando a si mesma de que só precisaria usar aquele vestido por algumas horas. Daria conta. Não havia o que fazer além de esperar ser chamada.

FROZEN ÀS AVESSAS

Queria poder parar o tempo, desejou Elsa mais uma vez, mas sabia que aquilo não era possível.

Os momentos passados ao lado de Hans alguns dias antes a haviam distraído um pouco, mas ali, de volta ao quarto, não havia como escapar dos próprios pensamentos. *Papai e mamãe, queria tanto que vocês estivessem aqui ao meu lado. Não posso fazer isso sozinha.*

Elsa ouviu alguns grunhidos e se virou. Olaf estava tentando mover o baú aos pés da cama, sem muito sucesso.

– Olaf! – Elsa foi correndo até ele. – O que está fazendo?

– Procurando a Anna, ué – explicou ele. – Era pra ela estar aqui hoje.

Elsa se abaixou, sentindo a tristeza quase a massacrar.

– Nós nem sabemos quem ela é.

– Mas eu sei que ela ia querer ver você! – disse o boneco de neve, animado. – Talvez ela esteja aqui no baú. Ela adorava se esconder nele.

Elsa estava prestes a perguntar o que Olaf queria dizer com aquilo quando ouviu uma batida à porta.

Era a hora.

Olaf foi abraçá-la.

– Boa sorte! – disse, depois correu para se esconder atrás da cama dela. – Vou ficar bem aqui, esperando você voltar.

Elsa abriu a porta. Hans aguardava, vestido em um uniforme de gala branco.

– Princesa – disse ele com um sorriso, estendendo o braço –, a senhorita está pronta para ser levada até a capela?

Não, ela quis dizer, mas estava feliz de vê-lo ali. Hans tinha ideias ótimas. Oferecera-se para acompanhá-la até a cerimônia e ela aceitara, sabendo que a presença dele a acalmaria.

– Ah, vejam só – disse o duque, surgindo do nada. – A própria imagem do amor juvenil.

O duque, por outro lado, não a deixava nada calma. O que ele estava fazendo ali?

Ele ajustou os óculos de aros finos e fitou o casal por sobre o narigão. Havia engomado e penteado o cabelo grisalho para trás, especialmente para a ocasião, e estava vestido com traje militar completo, incluindo um cinturão dourado e medalhas penduradas no casaco.

– Que belo dia é esse para vocês dois!

Lorde Peterssen correu pelo corredor até alcançá-lo.

– Creio que a *futura rainha* decidiu que o príncipe Hans é quem irá acompanhá-la até a cerimônia. – Então, fez um gesto na direção do duque. – Que tal eu levá-lo até a capela e arrumar um lugar para o senhor nas primeiras fileiras?

Abençoado seja lorde Peterssen!

O duque o ignorou.

– Estava aqui pensando como as pessoas ficarão exaltadas quando virem Hans das Ilhas do Sul de braços dados com ela pela primeira vez em público. Não estarão só ganhando uma rainha, mas também um potencial novo rei. Hoje seria um ótimo dia para anunciar o noivado. Que tal?

Elsa sentiu o rosto corar. Lorde Peterssen coçou a cabeça, desconfortável. Hans desviou o olhar.

FROZEN ÀS AVESSAS

Estava ficando farta da pressão do duque. Ela nem pensava em casamento. Hans e ela haviam desenvolvido uma amizade adorável que talvez se tornasse algo mais, mas Elsa tinha uma coroa em que pensar primeiro, e segredos que a consumiam. Além disso, era o dia de sua coroação.

Ela ouviu o barulho de algo quebrando vindo do quarto. *Olaf!*

– Vossa graça, Elsa e eu já discutimos isso. – A voz de Hans soou seca. – Os deveres dela vêm primeiro.

Lorde Peterssen aquiesceu.

– É claro! Ainda assim, anunciar o noivado hoje, no mesmo dia em que Elsa se apresenta diante de seu reino, mostraria aos súditos que ela será uma rainha do povo – insistiu o duque. Elsa não podia crer no que ouvia. Estava borbulhando de raiva. – Princesa? – pressionou o duque. – A senhorita não concorda comigo?

– Creio que essa conversa deva ficar para depois – disse lorde Peterssen, conferindo o relógio de bolso. – A capela já está cheia. Começaremos a cerimônia em breve.

Hans olhou para Elsa, como se a questionasse.

– Ele tem um bom ponto, mas a decisão é sua. O que acha?

– Eu... – Elsa hesitou, sentindo os dedos começarem a formigar. Independentemente de quanto gostasse da companhia de Hans, eles se conheciam havia pouco tempo. Ela não sabia o que era exatamente, mas algo a deixava com o pé atrás.

– Você pediu a mão da princesa adequadamente? – perguntou o duque, cutucando o braço de Hans. – Uma princesa merece um pedido adequado.

O rosto de Hans ficou vermelho.

– Não, mas...

– Peça a mão da moça! – disse o duque, jovial. Lorde Peterssen passou a mão pelos cabelos ralos. – Hoje é o dia!

– Elsa! – Era Olaf. Ele nunca a havia chamado quando ela estava com outras pessoas. – Elsa! – Talvez ele estivesse em apuros.

Lorde Peterssen pareceu confuso.

– Perdoem-me, mas creio que esqueci uma coisa em meu quarto – disse ela. Seu corpo inteiro começava a formigar.

Hans não pareceu ouvi-la, pois já se ajoelhava.

A sensação nunca havia tomado seu corpo inteiro antes. Subitamente, sentia-se como se as paredes estivesse se fechando ao seu redor. Ela precisava voltar para Olaf.

O príncipe olhou para ela, tímido.

– Princesa Elsa de Arendelle, quer se casar comigo?

– *Elsa*! – chamou Olaf, de novo, mais alto do que antes.

– Creio que Gerda está me chamando – disse Elsa, acanhada, enquanto olhava para Hans. Ela sentiu o rosto ruborizar. – Se me permite um momento...

Hans não conseguiu esconder a surpresa.

– Claro, certamente... – a voz dele morreu.

O duque suspirou.

– Esperaremos pela senhorita... e por sua resposta – disse, com um sorrisinho.

Hans se levantou rapidamente e ajeitou as medalhas no casaco. Evitou fazer contato visual com ela. A situação toda era

FROZEN ÀS AVESSAS

desconfortável e o duque fazia tudo parecer pior. Elsa estava chateada, mas precisava ver Olaf e descobrir o que havia de errado.

Abriu uma fresta da porta, entrou e a fechou atrás de si. Olaf estava bem ao lado dela, saltando para cima e para baixo.

– Olaf, qual é o problema? – sussurrou Elsa. – Você não pode gritar assim! Alguém...

– Acho que encontrei um negócio! – comemorou ele. – Empurrei o seu baú pra longe demais, ele bateu na escrivaninha e seu cofre caiu! Vem ver!

O cofre verde de Elsa estava tombado de lado, vazio. O interior da tampa era revestido de veludo, mas agora havia uma ponta do tecido solta, mostrando um compartimento oco. Parecia que havia algo por trás do forro.

– Viu só? – Olaf apontou. – Minhas mãos não entram direito aí, mas tem alguma coisa atrás desse paninho verde! Olha só! Olha só!

Olaf estava certo. Com cuidado, Elsa arrancou o veludo, revelando o espaço escavado. Um pedaço de tela havia sido escondido cuidadosamente lá dentro.

Elsa desdobrou a tela com avidez. Ficou chocada ao ver que era uma pintura.

À primeira vista, parecia com o retrato da família que estava pendurado no Grande Salão. Mas na verdade aquela pintura tinha quatro pessoas: o rei, a rainha, Elsa e uma outra garotinha.

A criança parecia alguns anos mais nova que Elsa, e era a cara do rei. Tinha grandes olhos azuis, cabelos de um ruivo brilhante, presos em duas tranças, e uma miríade de sardas pintando o nariz.

Usava um vestido de um tom pastel de verde e segurava o braço de Elsa como se nunca mais o fosse largar.

Elsa tocou a pintura e começou a chorar.

– É Anna! – disse. Ela tinha certeza.

As memórias a inundaram tão rápido que parecia estar se afogando.

– Eu lembro – disse Elsa, surpresa, e então caiu desmaiada.

CAPÍTULO TREZE

ELSA

Treze anos antes...

HAVIA FARINHA PARA TODOS os lados.

Ela cobria o chão, espalhava-se por toda a superfície da mesa de madeira e um pouco tinha ido parar até no cabelo de Anna. A menininha de cinco anos não se importava. Ela tirou mais uma xícara de farinha do pote e a jogou no ar.

– Parece neve! – disse Anna, enquanto a farinha caía. Uma de suas tranças estava se soltando, embora tivessem arrumado seu cabelo só uma hora antes. – Tenta, Elsa! Tenta!

– Você está fazendo uma bagunça. – Elsa sorriu, apesar de tudo, e tentou se limpar um pouco.

– Princesa Anna, *por favor*, tente manter a farinha na tigela – implorou Olina.

– Mas, senhorita Olina, é tão mais legal jogar pra cima assim, ó! – disse Anna, rindo enquanto atirava mais farinha no ar.

– Por que não preparam a massa enquanto eu deixo o forno pronto? – sugeriu Olina.

– Tá bom. Anna, pode vir me ajudar. – Elsa tirou do rosto uma mecha solta do cabelo loiro e começou a bater a manteiga derretida com uma colher de pau. Anna subiu em um banquinho colocado ao lado de Elsa e observou.

Juntas, adicionaram açúcar, farinha, extrato de baunilha e leite. Revezaram a vez de misturar até que a massa de biscoito assumiu um tom pálido de amarelo. Elsa quebrou os ovos – já que, da última vez, Anna havia tentado e acabara derrubando as cascas na receita de biscoitos que seriam servidos ao rei de Sondringham.

Elsa ainda batia a massa quando Anna se cansou e começou a correr pela cozinha. Elsa riu, deixando a colher de lado para correr atrás dela. Subitamente, a mãe surgiu e agarrou as duas pela cintura.

– Isso parece delicioso, meninas – disse a mãe. – O pai de vocês vai ficar surpreso. Vocês sabem bem quanto ele ama *krumkakes*.

– *Cum caquis*. – Anna se esforçava para falar a palavra direito, mas nunca conseguia. – *Culum caques*?

Elsa e a mãe riram.

– *Krumkakes* – disse a mãe, pronunciando a palavra com clareza. – Faço essa receita desde que tinha a idade de vocês. Costumava preparar esses biscoitos com a minha melhor amiga.

– Foi com ela que você aprendeu a fazer bolos e biscoitos com amor – disse Anna.

– Foi, sim – concordou a mãe, arrumando a trança direita de Anna.

Juntas, elas se apinharam ao redor do forno, enquanto Olina o acendia e colocava a chapa decorada de ferro sobre a chama para aquecê-la. A chapa de *krumkakes* tinha o brasão de armas de Arendelle gravado, um toque especial que o pai amava. A mãe colocou uma concha de massa no centro da chapa e fechou a parte de cima, mantendo-a sobre a chama. Juntas, contaram até dez; então, ela virou a chapa para o outro lado e contaram até dez outra vez. A parte mais difícil do processo era tirar a massa já assada da chapa, de modo que a pudessem envolver em um molde cônico que daria forma ao biscoito. Nem Olina nem a mãe deixavam as meninas ajudarem nessa parte. Olina dizia que os calos na ponta dos dedos dela eram de tanto se queimar na chapa. Mas, quando o biscoito esfriava, ele era removido do cone e as duas garotas tinham permissão de polvilhar açúcar sobre eles. Às vezes deixavam o biscoito cônico sem recheio, mas em outras adicionavam um creme doce. O pai preferia sem nenhum complemento. Em um piscar de olhos, prepararam dezenas de biscoitos, e ainda tinham massa para preparar pelo menos mais uma dezena.

– Por que não vão continuando? Volto já, já – disse Olina, enxugando as mãos no avental. – Só preciso receber a entrega dos vegetais.

– Posso tentar usar a chapa? Por favorzinho? Posso tentar? – implorou Anna.

– Não, meu bem – disse a mãe. – Você vai queimar os dedinhos.

FROZEN ÀS AVESSAS

Anna viu a mãe retirar a chapa do fogo e puxar dela a massa assada. Ela envolveu a massa no cone de preparar *krumkakes* para dar forma ao biscoito.

– Vossa majestade? – Kai apareceu na porta da cozinha. – O rei solicita que a senhora compareça à câmara do conselho.

A mãe olhou para as filhas.

– Já volto – prometeu. – Não toquem na chapa até que alguém, Olina ou eu, esteja de volta.

Elsa concordou, mas Anna já estava na ponta dos pés, colocando massa no centro da chapa.

– Anna! Mamãe disse para não tocarmos nisso!

– Eu consigo – insistiu Anna, contando baixinho e depois virando o lado da chapa. – Quero fazer meu próprio biscoito pro papai.

– Espere a senhorita Olina – disse Elsa, mas Anna era impulsiva. Ela odiava regras.

Elsa, por outro lado, as seguia à risca.

Anna abriu a chapa e tentou tirar a massa crocante.

– Ai! – gritou, derrubando a chapa no chão e balançando os dedos sem parar. – Me queimei! – Anna começou a chorar.

– Deixe-me ver. – Elsa pegou a mão da irmã.

Dois dedos estavam vermelhos e irritados. Elsa precisava de algo frio para fazer os dedos de Anna pararem de arder por causa da queimadura. Ela viu uma bacia de cobre cheia de água sobre a mesa. Olina ainda demoraria alguns minutos. Elsa colocou a ponta dos dedos sobre a bacia e se concentrou na água. Segundos depois, um brilho azul surgiu ao redor de suas mãos, que começaram a produzir flocos de neve e cristais de gelo.

130

Anna parou de chorar.

– Uiaaaa.

Em segundos, a água na bacia estava totalmente congelada.

– Coloque a sua mão aqui para esfriá-la um pouco – instruiu Elsa, enquanto o gelo estalava. Anna correu para tocá-lo. Nenhuma das duas ouviu a mãe voltando.

– Meninas! – A voz da mãe era perigosamente baixa.

Elsa escondeu as mãos atrás das costas, mas era tarde demais. Ela a havia desobedecido, usando seu poder em público, onde alguém poderia ver.

– A senhorita sabe muito bem que...

– Como os biscoitos estão indo? – perguntou Olina, voltando com uma cesta cheia de vegetais frescos, que colocou sobre o balcão. Levou um susto quando viu a bacia de cobre que tinha acabado de encher com água. – Céus! O que aconteceu com a minha bacia? Como a água pode ter congelado sozinha em uma noite tão quente?

A mãe empurrou Anna e Elsa para trás.

– Muito estranho mesmo! Olina, Anna queimou os dedos no forno. Vou colocar um curativo neles e levar as meninas para a cama.

– Mas os biscoitos... – protestou Elsa.

A mãe lhe direcionou um olhar severo.

– Olina vai terminá-los e vocês podem servi-los ao seu pai no desjejum de amanhã. Chega de cozinha por hoje.

Olina não disse nada. Ainda estava ocupada demais encarando a bacia, surpresa.

Elsa baixou a cabeça.

– Sim, mamãe.

No quarto em que as meninas dormiam juntas, a mãe aplicou uma pomada nos dedos de Anna, colocou nela sua camisola verde preferida e a mandou buscar o pai para a hora da historinha. O luar entrava pela grande janela triangular enquanto Elsa vestia a camisola azul atrás do biombo. Ela podia ouvir a mãe cantando uma canção de ninar enquanto recolhia as bonecas que Anna havia deixado largadas pelo chão. A mãe já estava ao lado da cama quando Elsa deitou-se nela.

– Desculpe, mamãe – disse Elsa, ainda se sentindo mal.

A mãe se sentou na beira da cama.

– Eu sei. E sei que não é por sua culpa que Anna se machucou. Olina e eu deveríamos estar olhando, mas quando não podemos...

– É meu dever tomar conta de Anna – recitou Elsa, obediente.

– Não – disse a mãe. – É seu dever ser uma boa irmã mais velha, mas também é seu dever proteger a si mesma. E se Olina entrasse enquanto você usava seu dom?

Elsa viu as linhas de expressão na testa da mãe ficarem mais fundas. Ela odiava chateá-la.

– Ela não viu.

– Mas poderia ter visto – lembrou a mãe. – Você precisa ter mais cuidado, Elsa. Seu pai e eu sabemos que seu dom é realmente especial, mas até que saibamos mais sobre ele, queremos que seja um segredo da nossa família. Você entende? – perguntou, e Elsa concordou com a cabeça. – Seu pai está tentando aprender o máximo que pode. Ele passa horas na biblioteca, lendo e pesquisando. – Ela olhou para as próprias mãos e as usou para envolver as de Elsa. – Até o momento, não encontramos nada que explique por que você nasceu com esses poderes.

Poderes. Era uma palavra que a mãe nunca tinha usado antes para se referir ao seu dom. Parecia mesmo poderoso ver o gelo voar das mãos em reação ao mais ínfimo dos pensamentos. Às vezes ela não precisava nem pensar no gelo; as coisas aconteciam sozinhas.

A mãe apertou mais forte as mãos de Elsa.

– Por enquanto, precisamos que você prometa que só vai usar o seu dom quando estiver perto do seu pai, de Anna e de mim.

Elsa baixou o olhar.

– Sim, mamãe, mas... Às vezes, não sei como controlar o gelo – admitiu ela. – Quando fico chateada, é pior ainda. Sei que o papai fala para eu esconder e não sentir. Mas, às vezes, quando sinto demais as coisas, não consigo controlar a neve.

A mãe a abraçou.

– Vamos aprender a controlar o seu dom para que ele não a controle. Prometo!

– Sério? – Elsa pareceu esperançosa.

– Sim. Tudo o que queremos é manter vocês em segurança – disse a mãe. – Vocês duas.

Naquele mesmo momento, ouviram as risadinhas de Anna se aproximando pelo corredor, seguidas de uma grande gargalhada do pai.

– Vou tomar mais cuidado – sussurrou Elsa.

– Boa garota. – A mãe beijou sua bochecha.

FROZEN ÀS AVESSAS

Elas olharam na direção da porta quando Anna e o pai entraram no quarto, com a garota de ponta-cabeça enquanto o pai a segurava pelos tornozelos.

– Quem está pronta para ouvir uma historinha? – perguntou o pai.

———

– Elsa... Psiuuu... Elsa? Acorda, acorda, acorda!

Os olhos de Elsa continuaram fechados.

– Anna, volte a dormir.

Ela sentiu Anna subindo na cama e depois se jogando dramaticamente em cima dela.

– Não consigo! O céu tá acordado! Então, eu tô acordada! A gente tem que brincar.

Elsa abriu um dos olhos e empurrou Anna para o lado.

– Vai brincar sozinha.

Ela ouviu Anna cair no chão e esperou pelo choro que diria se Anna havia se machucado. Aquilo a fez se sentir um pouquinho culpada – até que sentiu Anna abrindo uma das pálpebras dela.

– Quer construir um boneco de neve? – perguntou Anna, tímida.

Elsa teve que se sentar e sorrir.

Ainda era de madrugada.

O que significava que o castelo e seus ocupantes estavam adormecidos.

Ela não seria vista. Ninguém se assustaria.

Se havia um momento perfeito para Elsa praticar seu dom, era aquele.

Segundos depois, elas estavam fora do quarto, com Anna vestindo as botas e Elsa de pantufas, descendo a escada com pressa. Elsa tinha que ficar pedindo para Anna fazer silêncio o tempo todo, enquanto a irmã continuava repetindo: "Vem! Vem! Vem!".

Correram até o Grande Salão, deserto àquela hora. O cômodo era gigante, com um alto teto abaulado, detalhes em madeira e papel de parede. Geralmente era decorado para as festas, mas naquela noite estava vazio. Elas correram e deslizaram até pararem no centro do salão.

– Usa a magia! Usa a magia! – Anna pulava para cima e para baixo, empolgada.

Elsa olhou na direção das portas para garantir que estavam fechadas. Satisfeita, começou a mover as mãos ao redor de uma esfera invisível. Uma bola de neve se formou entre suas mãos, cercada por um brilho azul.

– Pronta? – perguntou, sentindo a agitação que a acometia quando estava prestes a usar magia.

Ela ergueu as mãos e lançou a bola no ar. Neve começou a cair do teto, cobrindo o chão de branco.

– Isso é demais! – maravilhou-se Anna, e seus risinhos de alegria encheram Elsa de orgulho.

Anna, mais do que ninguém, amava o dom de Elsa e implorava para que ela o usasse frequentemente. Seus pais, por outro lado, queriam que ela o mantivesse em segredo. Mas se aquele dom era capaz de trazer tanta alegria, não deveria ser compartilhado com os demais? Além disso, ela amava impressionar a irmã.

– Olha só isso – disse Elsa, e bateu o pé no chão. Gelo começou a cobrir o assoalho, estalando e formando uma pista de patinação particular.

Ver o prazer de Anna fazia Elsa querer continuar criando. Ela se concentrou mais e a neve continuou caindo, o gelo continuou se espalhando, e logo o salão se tornou um parque de maravilhas invernais. Depois, foi a vez de fazer o boneco de neve que Anna amava tanto. Elas enrolaram a parte de baixo e depois empilharam mais duas bolas no topo. A de Elsa era perfeitamente redonda, mas Anna fez a cabeça mais parecida com um cilindro. Anna disparou para a cozinha, no andar de baixo, buscando uma cenoura para servir de nariz para o boneco de neve e surrupiando alguns carvõezinhos para fazer os olhos e decorar a barriga. Elas apanharam alguns gravetos da lareira para servir de braços e cabelos.

Assim que terminou, Elsa parou ao lado do boneco de neve, enquanto Anna observava sentada em um dos tronos dos pais. E Elsa fez de conta que o boneco tinha vida própria.

– Oi, eu sou o Olaf – disse ela, com uma vozinha engraçada –, e eu gosto de abraços quentinhos!

Anna pulou do trono e se jogou na direção do boneco, quase derrubando a cabeça dele.

– Eu te amo, Olaf!

Anna não queria se afastar de Olaf, então Elsa o empurrou pelo salão enquanto Anna se agarrava nele, usando-o como parceiro de esqui. Depois, Anna quis brincar de pular em montes de neve.

Elsa atendeu o desejo dela, produzindo cada vez mais neve para que Anna saltasse de uma pilha para a outra.

– Espera aí! – Elsa disse a ela.

– Vem me pegar! – Anna deu um gritinho de empolgação enquanto pulava de pilha em pilha, vestida em sua camisola verde, cada vez mais rápido. Elsa teve que se esforçar para produzir neve mais rápido do que Anna era capaz de pular. – De novo! – gritou Anna.

– Espera! – Elsa criava as pilhas de neve cada vez mais rápido, mas só tinha uma pilha de vantagem de Anna agora. – Vai mais devagar! – gritou, mas Anna não escutou. Elsa recuou para ter mais espaço, mas seu pé escorregou e ela caiu. Quando olhou para cima, Anna já estava no ar, sem nada sob os pés. – Anna! – berrou ela, em pânico, atirando neve no ar tão rápido quanto podia.

O jato de magia atingiu o rosto de Anna em cheio.

Ela caiu sobre a pilha de neve mais próxima. E não se moveu mais.

Elsa correu até ela.

– Anna – gritou, pegando a irmãzinha no colo, mas Anna não acordava. Uma mecha de cabelo branco surgiu entre os fios ruivos.

Medo tomou conta de Elsa. Não conseguia respirar direito e seu corpo inteiro começou a tremer.

– Mamãe! Papai! – gritou, o mais alto que pôde. O gelo na sala começou a trincar e se espalhar, cobrindo todo o chão e subindo pelas paredes. Ele foi ficando mais grosso, estalando, até se chocar com Olaf e o quebrar em pedaços. – Vai ficar tudo bem, Anna – chorou Elsa, balançando-a nos braços. – Estou aqui com você.

Quando os pais entraram correndo no salão, viram Elsa sentada com o corpo imóvel de Anna nos braços. A mãe parecia tão aterrorizada que o pavor de Elsa aumentou, fazendo o gelo se espalhar ainda mais.

– Elsa, o que você fez? – gritou o pai. – Isso está ficando fora do controle!

– Foi sem querer! Perdão, Anna – disse Elsa, a voz tremendo quando a mãe pegou a irmã dos braços dela.

– Ela está congelando – disse a mãe, baixinho, com a voz repleta de medo.

– Eu sei aonde temos que ir – disse o pai, reagindo rápido e fazendo um sinal para que Elsa e a mãe o seguissem.

– A Anna vai ficar bem? Mamãe? Ela vai ficar bem? – sussurrou Elsa. Ela nunca havia sentido tanto medo. Mas ninguém respondeu. Elsa engoliu os soluços de choro.

Era por aquela razão que os pais diziam para ela tomar cuidado com seu dom. Olha só o que aconteceu com Anna. Se aquilo era o que seus poderes podiam fazer, ela não os queria mais.

Por que a magia tinha que estragar tudo? Por que ela não poderia ser normal como as outras pessoas? Raiva fluiu por seu corpo, e ela sentiu o coração bater mais rápido. Neve começou a flutuar ao redor da ponta de seus dedos, e ela era incapaz de impedir.

Não! Ela respirou fundo, tentando se acalmar.

– Elsa! – chamou a mãe.

Elsa a seguiu até a biblioteca e a viu fechar a porta atrás de si. Iduna envolveu Anna em uma coberta azul e a abraçou forte enquanto o pai tirava livros das prateleiras, procurando por algo. Ninguém disse nada. Se algo acontecesse com a irmã, Elsa jamais se perdoaria.

– É esse – disse o pai, segurando um livro vermelho. Ele parecia bem antigo, e Elsa não entendeu nada do que estava escrito nele quando Agnarr o abriu. O livro estava cheio de símbolos. Havia uma ilustração de um troll ao lado de um corpo que tinha um espírito azul escapando pela cabeça.

– Isso, é esse mesmo – concordou a mãe, enquanto um mapa caía de dentro do livro e flutuava até o chão.

Elsa viu que era um mapa de Arendelle, com marcações que indicavam um lugar nas montanhas.

O pai tocou a testa de Anna.

– Ela ainda está tão gelada...

– Precisamos procurá-los! – disse a mãe. – Não podemos esperar.

– Podemos pegar os cavalos – disse o pai. – Elsa, venha com a gente. Todo mundo em silêncio agora.

– Mãe, a Anna vai ficar bem? – perguntou Elsa, de novo.

– Fique calma – disse a mãe, e Elsa obedeceu. – Precisamos ir aos estábulos sem que ninguém nos veja.

O castelo estava estranhamente silencioso, como se cada canto dele culpasse Elsa pelo erro que tinha cometido. Ela não fez mais perguntas. Seguiu os pais até o estábulo e viu o pai selar dois cavalos. Ele ajudou a esposa a subir em um deles e acomodou Anna em seus braços. Então, fez um gesto para Elsa e a puxou para colocá-la diante de si sobre seu cavalo. Segundos depois, dispararam para fora do estábulo. A mãe os seguiu de perto. Os cavalos ganharam velocidade quando passaram pelos portões do castelo e dispararam para dentro da noite.

Elsa se concentrou no caminho diante dela e tentou ficar calma, mas continuava a congelar as coisas a seu redor sem nem perceber. O pai levava o mapa do livro e usava as luzes da aurora boreal como guia. Subiram cada vez mais para o alto da montanha, fazendo o mar lá embaixo encolher aos poucos. A certa altura, Elsa podia ter jurado ouvir a voz de um menino; mas, quando olhou para trás, tudo o que viu foi um filhote de rena. Segundos depois, não havia mais nada.

– Chegamos! – disse o pai, parando de repente e desmontando. Ele ajudou a esposa a descer do cavalo com Anna, então buscou Elsa.

Chegamos onde?

O rei olhou em volta, parado em um gramado cheio de pedregulhos limosos empilhados de maneiras esquisitas. Degraus de pedra levavam ao centro da área, como se aquele espaço tivesse tido alguma função muitos e muitos anos antes. Vapor emanava etereamente de gêiseres escondidos por todos os lados. Onde quer que estivessem, era um lugar misterioso. Elsa nunca tinha visto a mãe tão preocupada. *É tudo minha culpa*, pensou Elsa.

– Elsa, venha aqui – disse o pai, e ela correu para os braços dele. – Vai ficar tudo bem. – Foram as primeiras palavras que ele lhe disse desde que haviam deixado o Grande Salão. A mãe estava logo atrás, com Anna no colo. – Por favor! – gritou o pai para a escuridão. – Ajudem! É a minha filha!

Com quem o pai estava falando? Elsa estava prestes a perguntar quando notou que os pedregulhos começaram a balançar e, logo em seguida, rolaram escada abaixo, na direção deles.

Elsa correu para abraçar as pernas da mãe, escondendo o rosto no vestido dela. O pai puxou as três para perto, conforme os pedregulhos se aproximavam. Elsa levantou o rosto do vestido da mãe.

Ao mesmo tempo, os pedregulhos pararam de se mover e dezenas de pequenos trolls surgiram. Parecia que tinham sido esculpidos na pedra. O musgo que havia crescido em suas costas era como enfeite, e eles tinham cristais de diferentes cores pendurados no pescoço. Ostentavam pequenos tufos de musgo esverdeado no topo da cabeça e nas orelhonas; o branco dos olhos, que ficavam juntinhos, brilhava à luz do luar. Os trolls faziam Elsa pensar em porcos-espinhos.

– É o rei! – gritou um dos trolls, enquanto eles se aproximavam. Outro, ornado com uma longa capa feita de musgo, moveu-se para a frente do grupo. Ele usava um intricado colar de contas. – Abram espaço para o Vovô Pabbie!

– Vossa majestade. – Vovô Pabbie fez uma mesura. Ele buscou a mão de Elsa. – Ela nasceu com os poderes ou foi amaldiçoada?

Elsa inspirou fundo. *Como ele sabia?*

O rei parecia estar pensando a mesma coisa.

– Nasceu com eles – disse, parecendo nervoso. – E eles estão ficando cada vez mais fortes.

Vovô Pabbie fez um gesto na direção da mãe de Elsa. Ela se ajoelhou e estendeu Anna na direção do troll, que colocou a mão na testa da menina. Suas sobrancelhas peludas franziram.

FROZEN ÀS AVESSAS

– Tiveram sorte de não ter atingido o coração. O coração não é tão fácil de mudar, não. – Ele fez uma careta. – Mas é possível convencer a cabeça.

O rei olhou para a rainha, surpreso.

– Faça o que for necessário – disse a Vovô Pabbie.

– Recomendo remover toda a magia. Até mesmo as memórias sobre a magia, pra garantir – disse Vovô Pabbie.

Remover toda a magia?

– Mas aí ela não vai se lembrar de que eu tenho poderes? – perguntou Elsa, incapaz de ficar em silêncio.

– É para o bem de todos – disse o pai, tocando seu ombro.

O círculo de pessoas em que Elsa confiava já era bem pequeno. Se Anna não se lembrasse de que ela era capaz de fazer magia, com quem dividiria aquele fardo? O coração dela começou a bater mais rápido. Anna era sua aliada mais fiel. Sua companheira de confeitaria. Sua irmã. Elas não podiam guardar segredos uma da outra.

– Me escute, Elsa – disse Vovô Pabbie, gentilmente, como se pudesse ler os pensamentos dela. – Seus poderes vão ficar cada vez maiores. – Ele ergueu a mão para os céus e imagens azuis encheram o ar. Elas formaram a silhueta de uma garota em meio a muitas pessoas. A garota conjurou o floco de neve mais lindo que Elsa já havia visto. – Há beleza neles, mas também há um perigo enorme.

O floco de neve ficou vermelho e explodiu.

Os olhos de Elsa se arregalaram.

– Você precisa aprender a controlá-los – disse Vovô Pabbie. – O medo será seu inimigo.

As silhuetas das pessoas também ficaram vermelhas, mas a menina no centro continuava azul. Elsa podia sentir o medo da garota. Era aquele o destino dela? Seria um pária, diferente de todos os outros? A multidão vermelha se aproximou da garota. Elsa ouviu um grito e a imagem se desfez. Escondeu o rosto no peito do pai.

– Não! – disse ele, e olhou para a esposa. – Vamos protegê-la. Ela é capaz de aprender a controlar os poderes. Tenho certeza. Vamos manter os poderes dela escondidos de todos. – Ele olhou para Elsa e fez uma pausa. – Incluindo Anna.

– Não! Por favor, não! – implorou Elsa. Aquilo era demais. – Não vou machucá-la de novo! Eu juro. – Ela olhou para a mãe.

– Isso não é uma punição, meu bem – disse a mãe. – Você ouviu o seu pai e o Vovô Pabbie. Precisamos proteger vocês duas.

Elsa era incapaz de acreditar. Não queria que Anna não pudesse saber quem ela era de verdade. Anna acreditava no dom dela. Além dos pais, Anna era a única pessoa com a qual podia compartilhar aquele segredo. Com quem ela brincaria de fazer neve? Sem Anna, um dom como aquele não era nada divertido.

– Ela vai ficar mais segura assim, Elsa – relembrou Vovô Pabbie. – Vocês duas ficarão.

Elsa tentou pensar em algo que pudesse fazê-los mudar de ideia, mas não conseguia nem sequer chamar a atenção dos pais. Estavam concentrados em Anna. Elsa viu, em agonia, Vovô Pabbie tocar a cabeça de Anna, e então agitar a mão no ar.

O rei deu tapinhas nas costas de Elsa.

FROZEN ÀS AVESSAS

– Sei que é difícil, mas você é uma garota corajosa. Quer o que é melhor para a Anna, não quer?

– Sim – respondeu Elsa, mas ela também estava pensando: *Eu preciso de Anna. Ela é a única que entende.* – Sim, mas Anna é a única pessoa com quem posso compartilhar meu dom. Não tire isso de mim.

– Vai ficar tudo bem, Elsa – prometeu o pai.

Houve um assovio, como o som do vento, e então uma gélida nuvem azul se formou acima da cabeça deles. Aquilo fez Elsa pensar na própria magia. Ela viu imagens dela e de Anna passarem voando: as duas brincando com neve no Grande Salão, esquiando no chão congelado, construindo Olaf… Todas as coisas que já haviam feito que seriam impossíveis de fazer sem magia. Como Vovô Pabbie era capaz de puxar aquelas memórias da cabeça da irmã?

Rapidamente, as memórias dela e de Anna mudaram. A brincadeira no Grande Salão se transformou em uma cena de Anna brincando com um trenó fora do castelo. As duas esquiando no interior da construção virou uma excursão até uma lagoa próxima, e o tempo que haviam passado com Olaf no salão se tornou uma imagem das irmãs construindo um boneco de neve na floresta. As memórias das duas estavam sendo apagadas. Era mais do que Elsa podia suportar.

– Não, por favor! – gritou Elsa, sentindo um formigamento quente na ponta dos dedos. Um brilho azul tomou suas mãos.

– Não se preocupe. Vou deixar a diversão – prometeu Vovô Pabbie.

144

Mas não tinha nada a ver com diversão. Tinha a ver com as duas compartilhando o dom que Elsa havia recebido. E agora o líder dos trolls estava tirando isso delas. Elsa viu, agoniada, Vovô Pabbie embaralhar as memórias em uma bola, do mesmo jeito que ela conjurava neve. Suas mãos lentamente se moveram na direção da cabeça de Anna. Elsa já sabia o que aconteceria. Quando Vovô Pabbie a tocasse, as novas memórias substituiriam as antigas. A ligação entre Anna e Elsa estaria perdida para sempre. Elsa não podia deixar aquilo acontecer.

– Não! – gritou ela, soltando-se do abraço do pai.

A mão dela tocou a de Vovô Pabbie no mesmo momento em que os dedos dele roçaram na têmpora de Anna.

– Elsa, não! – gritou o pai, enquanto a mãe tentava segurá-la, em pânico. Mas era tarde demais.

Uma explosão de luz fez vibrar os pedregulhos ao redor. Rochas começaram a se soltar e despencar das montanhas na direção do vale aninhado entre elas. Os trolls correram, buscando proteção. A luz ficou mais brilhante, até que explodiu no que parecia um milhão de pequenas estrelas. Foi a última coisa que Elsa viu antes de o mundo ficar preto.

CAPÍTULO CATORZE

ELSA

ELSA ACORDOU DA LEMBRANÇA vívida, precisando de ar como se tivesse ficado debaixo d'água por muito tempo. Inspirou profundamente, tentando se lembrar de continuar respirando.

– Elsa! Elsa! – Olaf estava curvado sobre ela. – Você desmaiou, menina! Tá tudo bem?

Alguém batia à porta do quarto.

– Princesa Elsa! Princesa Elsa! Está tudo bem?

Era Hans.

– Por que ela não está respondendo? – Elsa o ouviu perguntar.

– Princesa? – Era lorde Peterssen. – A senhorita pode nos ouvir?

– Sim – respondeu Elsa, com a voz trêmula. – Estarei aí em um instante.

Por quanto tempo tinha ficado desacordada?

– Elsa, o que aconteceu? – perguntou Olaf.

FROZEN ÀS AVESSAS

Elsa sentou-se, sentindo o corpo amolecido como gelatina. A recordação era afiada como uma faca. Seus poderes não eram novos; os pais sabiam que ela os tivera desde sempre, mas de algum modo ela os havia esquecido. A dor da verdade e a lembrança do que tinha acontecido quase a massacraram.

– Anna era minha irmã – murmurou, entre soluços. – E minha magia a matou.

CAPÍTULO QUINZE

ANNA

O ROSTO DE ANNA estava corado de empolgação.

Era o dia da coroação!

A padaria estava lotada. Embora a maioria das pessoas que ela conhecia não fosse viajar para Arendelle para assistir à coroação da princesa Elsa, Harmon celebraria de seu próprio jeito. Muitas pessoas fechariam seus estabelecimentos mais cedo e planejavam se divertir na rua com comida, amigos queridos e dança. A mãe de Anna havia feito vários bolos para a ocasião; Goran, do mercado, levaria porco assado com batatas e o pai de Anna havia falado com alguns amigos que levariam seus alaúdes. Era um dia glorioso de verão, e ela podia sentir a atmosfera no ar.

Depois de três anos sem um verdadeiro líder, Arendelle enfim teria sua rainha.

O dia da coroação tinha tudo a ver com novos começos e renovação. Anna esperava que o dia em que também pudesse ter seu novo começo chegasse logo, mas como poderia ir contra a vontade dos pais? Ela ainda era nova. Mais ou menos. E eles precisavam da ajuda dela. Isso com certeza. Mais três anos passariam rápido... Era o que ela esperava.

– Muito obrigada, Anna! – disse a senhora Eriksen após Anna colocar vários pãezinhos de canela em um saco para ela. – Vejo você mais tarde na festa.

– Vejo a senhora hoje à noite! – disse Anna, enquanto a senhora Eriksen abrira a porta da padaria. Pela abertura, notou um jovem parado com uma rena lá fora. Eles estavam de costas para a porta. Kristoff!

Ela não podia acreditar que ele tinha vindo. Enxugou as mãos no avental e correu para fora, ouvindo a conversa de Kristoff com Sven.

– Sim, vou falar com ela. Quer dizer, talvez. – Kristoff bufou. – Você, Bulda, Vovô Pabbie... Vocês agem como se fosse fácil. Podem se autoproclamar especialistas em amor, mas nunca saíram do vale, né?

Sven resfolegou.

– Oi – interrompeu Anna, sentindo uma coisinha engraçada. Ela subitamente pensou na própria aparência enquanto reparava na dele. Kristoff usava um camisão azul brilhante e calças claras. Ela usava um vestido verde por baixo do avental coberto de farinha e glacê. Havia feito as tranças há dois dias, e elas precisavam de um trato.

– Você estava me procurando? Quer dizer, não procurando exatamente, mas você está aqui, então talvez... Tá com fome?

Ele ruborizou imediatamente.

– O quê? Sim. Quer dizer, não. Eu... – Ele balançou o maço de cenouras que tinha nas mãos. – Só queria devolver o que eu estava devendo.

– Ah. – Anna olhou para baixo. – Não precisava ter trazido de volt... Ai!

Sven trombou com Anna, fazendo-a cair nos braços de Kristoff. Os dois cambalearam para trás, despencando sobre várias sacas de farinha que os pais de Anna ainda não haviam conseguido levar para dentro da loja.

– Isso é bizarro – disse Anna, tentando se levantar. – Não porque você é bizarro. Porque a gente é... Eu sou... bizarra. – Ela se levantou. – Você é maravilhoso. Espera, o quê? – Ela nunca havia dito algo parecido antes. Realmente achava que Kristoff era maravilhoso? Precisava mudar de assunto rápido. – Então, essa é a única razão que o trouxe até aqui? Devolver as cenouras?

– Ah. É... – Kristoff parecia uma rena assustada com as luzes de uma carruagem. – É... – hesitou. Sven continuava resfolegando. – Não posso ficar. Tenho uma entrega pra fazer em Arendelle, então preciso descer a montanha.

– Descer a montanha? – interrompeu Anna. – É pra lá que eu tô indo! Quer dizer, não agora, mas daqui a três anos. Vou abrir minha própria padaria em Arendelle.

Kristoff coçou a cabeça.

– Daqui a três anos?

– Isso – disse Anna. – Meus pais querem que eu cuide da padaria deles, mas meu desejo é sair de Harmon algum dia – completou.

Kristoff só a encarou.

FROZEN ÀS AVESSAS

– Você deve me entender. Deve conhecer o reino inteiro com o seu negócio de entrega de gelo! Sua carruagem leva você pra todo canto, enquanto eu tô sempre presa aqui.

– Eu não diria *presa* – murmurou Kristoff. – Parece um lugar legal pra viver. Imagina só ter que ficar implorando o tempo todo por abrigo no celeiro das pessoas enquanto perambula pela estrada depois de ter sido criado em um campo cheio de pedregulhos.

– O quê? – Anna achou que tinha entendido errado.

– Nada, não. – Kristoff desviou o olhar.

Anna pensou de novo em Freya, em como a vida dela havia chegado ao fim. Ela não queria perder nem mais um instante em um lugar que não amasse de verdade.

– Você não entende. – Ela brincou com uma das tranças. *Três anos parece tanto tempo.*

– Ei. – Kristoff se aproximou. – Seu cabelo.

– Ah. – Ela estava acostumada com aquela pergunta. – A mecha branca? Eu nasci com ela – explicou. – É o que disseram pros meus pais. Na verdade, eles me adotaram quando eu era uma bebezinha. Eu sonhei que fui beijada por um troll.

Os olhos de Kristoff se arregalaram.

– Você disse "troll"? – Ele se aproximou para saber mais sobre aquilo.

CAPÍTULO DEZESSEIS

ELSA

– A ANNA... MORREU? – repetiu Olaf, como se não entendesse as palavras que saíam da própria boca.

Elsa viu a expressão desolada do boneco e ouviu um soluço escapar dos lábios antes que pudesse contê-lo.

– Acho que a matei.

Um brilho azul tomou seus dedos. Gelo começou a escapar deles, subindo pelas paredes e cobrindo o chão. O mundo esperava do lado de fora daquela porta, pressionando cada vez mais para entrar. O gelo não poderia ter vindo em um momento pior, mas Elsa estava consumida demais pelo luto para se importar com quem o veria.

Anna estava morta. Por isso, seus pais haviam escondido dela a existência da irmã. Não era à toa que a mãe sempre parecia tão desamparada. Elsa havia mudado o perfil da família para sempre. Como os pais poderiam perdoá-la pelo que tinha feito? E o reino?

Calma aí.

Elsa parou de chorar e pensou na estátua da fonte na praça e no retrato no corredor. Ambos mostravam uma família de três pessoas. Os pais e o senhor Ludenburg não desejariam manter a memória de Anna viva naquelas peças de arte? As pessoas não falariam por aí sobre a princesa morta? Por que os pais teriam escondido a pintura da família original no cofre de Elsa? Além disso, ninguém tinha falado uma única palavra sobre Anna antes. Na realidade, Iduna sempre havia dito às pessoas que não tivera mais filhos depois de Elsa.

– Isso não faz sentido – disse Elsa, as dúvidas surgindo rápido na cabeça dela. Sentiu o coração acelerar e o sangue pulsar nos ouvidos. Estava ignorando algo, mas o quê? – Sei que as pessoas sempre tentaram me proteger, mas como mamãe e papai teriam feito um reino inteiro se esquecer da minha irmã?

– Não sei – disse Olaf, bamboleando até ela. – Talvez essa cartinha aqui explique alguma coisa. Ficou debaixo da pintura quando você a derrubou.

Elsa ergueu os olhos, surpresa.

– Cartinha?

Olaf estendeu um pedaço de pergaminho com a mãozinha de graveto. Ela reconheceu a letra imediatamente.

Era da mãe.

– Elsa! – Lorde Peterssen e Hans a chamavam juntos agora, batendo de novo na porta. – Elsa, está tudo bem? Responda!

Elsa não respondeu. Com os dedos trêmulos, pegou a carta da mão estendida de Olaf. Enquanto isso, ouviu uma chave sendo colocada na fechadura. Com o coração aos pulos, passou os olhos pela carta, rapidamente. Não havia tempo para lê-la com calma. Em vez disso, procurou pelas respostas de que mais precisava. Os olhos capturaram palavras e frases como "trolls", "o Vale das Rochas Vivas" e "um segredo que guardamos há anos", e continuaram procurando até ela achar o que procurava.

Amamos demais você e sua irmã, mas as circunstâncias nos forçaram a mantê-las separadas.

Mantê-las separadas? Aquilo significava que Anna estava viva? Elsa começou a rir ao mesmo tempo em que chorava.

Ela não estava sozinha! Tinha uma irmã!

– Olaf, ela está viva! Anna está viva! – disse Elsa, enquanto ouvia a comoção do outro lado da porta aumentar.

O rosto de Olaf se abriu em um sorriso amplo.

– Cadê ela? A gente precisa encontrar ela!

– Eu sei! Eu sei! – Elsa olhou para a carta de novo, preparada para lê-la inteira e entender como aquilo era possível.

Nossa querida Elsa.

Se você está lendo esta carta, é porque não estamos mais por perto. Caso contrário...

FROZEN ÀS AVESSAS

A porta do quarto se abriu em um rompante.

A carta escorregou das mãos de Elsa ao mesmo tempo que Olaf mergulhava na direção do quarto de vestir. Hans correu para dentro do aposento.

– Elsa! – disse ele, com o rosto tomado pelo medo. – O que aconteceu? Você está bem?

– Estou! – insistiu Elsa, empurrando Hans porta afora enquanto ele, lorde Peterssen, Gerda e o duque tentavam entrar. Ela seguiu para o corredor, fechou a porta atrás de si e então notou que Kai e Olina também estavam por ali. Elsa se perguntou se os dois também haviam tomado parte no segredo. Será que sabiam sobre Anna e onde ela estava? Havia tantas questões novas que precisavam de respostas...

Lorde Peterssen levou as mãos ao peito.

– Pensamos que estivesse ferida.

– Não – disse Elsa, apesar de tudo. – Estou bem. Estou ótima. De verdade.

– Por que não nos respondia? – reclamou Hans. – Pensamos que...

O duque encarou Elsa por cima da armação dos óculos, com olhar severo.

– Achamos que estava fugindo do pedido de casamento do príncipe Hans.

– Pedido de casamento? – repetiu Elsa, e então se lembrou de uma vez de tudo que estavam discutindo quando ela ouviu os chamados de Olaf e correu para o quarto. – Eu...

Ela precisava ler a carta. Quais circunstâncias haviam forçado os pais a separar as duas filhas? Por que ela não tinha tomado conhecimento dos próprios poderes até a morte dos pais? Por que o resto do reino não falava sobre Anna? Se a irmã estava viva, onde ela morava? Será que Elsa a havia assustado com sua magia?

Ela precisava ler a carta imediatamente.

– Sim, o príncipe Hans está esperando uma resposta – disse o duque, apontando para o confuso Hans.

– Creio que esta conversa pode aguardar até depois da coroação – disse Hans.

– Sim, temos que ir até a capela – relembrou lorde Peterssen, dirigindo-se ao duque.

Gerda tocou o braço de Elsa.

– Princesa, a senhorita parece corada.

– Hans, eu... – Elsa olhou do príncipe para as outras pessoas presentes. Só conseguia pensar na carta da mãe. – Preciso de outro momento. – Ela estendeu a mão na direção da maçaneta. O duque segurou a porta fechada.

– Temo que a senhorita já passou tempo demais trancando as pessoas para fora – disse ele, com firmeza. – Não acha?

Elsa sentiu uma onda de raiva ao ouvir as palavras do duque.

– O senhor não pode falar com a princesa assim – disse Hans. Os dois começaram a discutir.

Elsa olhou de novo para a porta, desesperada. De um lado, uma carta com respostas sobre o seu passado; de outro, Hans e o duque tentavam decidir o futuro dela. As pontas dos dedos de Elsa começaram a formigar, e dessa vez ela não seria capaz de conter as emoções. Precisava ler a carta.

– Não vou fazer isso agora – disse Elsa, trêmula, e o duque tentou interrompê-la de novo. – Agora, se me dão licença...

O duque tocou seu braço.

– Princesa, se me permite...

Os tremores que percorriam o corpo de Elsa vinham em ondas. A gola alta do vestido coçava terrivelmente, e as emoções eram fortes demais para controlar.

– Não, não permito – disparou Elsa. – Preciso voltar para o meu quarto. Os senhores devem partir.

– Partir? – O duque parecia ultrajado. – Antes da coroação?

– Princesa, não há tempo para voltar ao seu quarto – argumentou lorde Peterssen.

– O sacerdote está esperando – acrescentou Kai.

– Princesa? – disse Gerda, incerta. – A senhorita está se sentindo bem?

Não, ela não estava se sentindo bem. Precisava ler aquela carta a todo custo. *As circunstâncias nos forçaram a mantê-las separadas.* Ela precisava encontrar Anna. Elas haviam ficado separadas por tempo demais. Elsa alternou o olhar entre o bando de gente parado diante dela e a porta do quarto. Se eles não a deixassem entrar por ali, ela encontraria outro jeito. O castelo tinha muitas passagens secretas. Daria um jeito. Elsa tentou abriu caminho pelo meio das pessoas, desesperada. As mangas do vestido pareciam apertadas; ela mal podia mexer os braços.

– Elsa, espere. – Hans estendeu a mão para segurá-la e, acidentalmente, tirou uma de suas luvas.

– Devolva minha luva! – desesperou-se Elsa.

Hans manteve a luva fora do alcance.

– Algo está preocupando a senhorita. Fale comigo, por favor – disse ele. – Deixe-me ajudá-la.

– Princesa, o sacerdote está esperando – disse lorde Peterssen.

– Weselton é um parceiro comercial próximo e deveria fazer parte da coroação – murmurava o duque.

Gerda tentou interferir.

– A princesa está incomodada.

Elsa fechou os olhos.

– Chega – sussurrou.

O duque continuou falando.

– Estava tentando ajudar a senhorita a se apresentar da melhor maneira depois de passar tanto tempo reclusa e...

Elsa precisava que ele se calasse. Tudo o que podia ouvir dentro dela eram as palavras de sua mãe.

Amamos demais você e sua irmã.

Irmã.

Irmã.

Ela tinha uma irmã!

Nada mais importava. Ela os empurrou para abrir espaço e correu pelo corredor. As vozes a seguiram.

– Espere, princesa! – gritou Kai.

Elsa estava farta da esperar. Precisava ler aquela carta. *Irmã. Irmã.* Sua respiração ficou arfante e os dedos formigavam tanto que queimavam.

FROZEN ÀS AVESSAS

– Princesa Elsa! – chamou Hans.

– Eu disse *chega*!

Gelo irrompeu de suas mãos com tamanha força que tomou o chão, erguendo-se na forma de espigões congelados que formaram uma barreira imediata entre ela e os outros. Hans saltou para desviar de um dos pingentes, que quase o acerta no peito. O duque foi derrubado. Cristais congelados flutuavam pelo ar e silenciosamente caíam até o chão.

Elsa arfou, horrorizada.

– Feitiçaria – ouviu o duque sussurrar. O rosto dele pulsava de raiva enquanto se esforçava para se levantar. – *É isso, então?* Sabia que algo esquisito estava acontecendo aqui!

Elsa agarrou a própria mão, em choque. O olhar dela encontrou o de Hans e ela viu a confusão nos olhos dele.

– Elsa? – o príncipe sussurrou.

Ela fez a única coisa que ainda podia fazer: correu.

Acelerou pelo corredor, atravessando as portas mais próximas que encontrou.

– Olha ela ali!

Sem perceber, Elsa havia deixado o castelo. Estava na praça, diante da estátua que a retratava com os pais, onde centenas de pessoas a esperavam. Quando a viram, todos começaram a aplaudir e comemorar. Elsa recuou, então ouviu vozes. Hans, Kai, o duque e lorde Peterssen estavam vindo. Sem escolha, correu escadaria abaixo, segurando o vestido da coroação enquanto disparava para o meio da multidão.

– É ela! – gritou alguém.

– Princesa Elsa! – pessoas a cumprimentavam com mesuras.

Elsa virou-se, procurando uma saída para fora da multidão.

Um homem bloqueou sua passagem.

– Nossa futura rainha!

O coração de Elsa batia acelerado. Ela tentou escapar por outro caminho.

Uma mulher carregando um bebê se adiantou.

– Vossa alteza real – disse ela, gentilmente.

Elsa imediatamente pensou na mãe e em Anna.

– A senhorita está bem? – perguntou a mulher.

– Não – sussurrou Elsa, com os olhos disparando de um lado para o outro enquanto recuava.

Suas costas trombaram com a fonte em que estava a estátua de sua família e ela se amparou com as mãos. Instantaneamente, a água na fonte congelou. O jato que cascateava alto no céu se cristalizou em pleno ar, como se estivesse se esticando para agarrá-la.

Os súditos gritaram.

– Ali está ela! – Elsa ouviu o duque gritar da escadaria do castelo. – Parem-na!

Ela viu Hans e lorde Peterssen e hesitou. Hans era sua rede de segurança, mas não podia correr o risco de o machucar. Não podia correr o risco de machucar mais ninguém. Tentou decidir qual caminho tomar, mas pessoas a cercavam por todos os lados. Será que não entendiam? Ela não conseguia controlar o que estava fazendo. Precisava ficar sozinha.

– Por favor, fiquem longe de mim! Fiquem longe!

Mais neve disparou de suas mãos e atingiu a escadaria do castelo, explodindo com tal força que os degraus congelaram. O golpe derrubou o duque novamente, atirando seus óculos para longe. Elsa arfava, em choque.

O duque se sentou, procurando os óculos.

– Monstro. *Monstro!* – gritou.

Ela não era um monstro. Não queria machucar nem uma mosca. Olhou ao redor, procurando alguém que a entendesse, mas não havia ninguém. Seu povo parecia aterrorizado. Até mesmo a mulher gentil agora tentava proteger seu bebê de Elsa.

Irmã.

Alguns anos antes, Anna havia conhecido a habilidade mágica de Elsa. Certamente, Anna seria capaz de compreendê-la novamente. Elsa precisava encontrar a irmã a todo custo.

Ela começou a correr novamente e não parou até atravessar a praça diante do castelo e chegar à vila.

– Elsa! – ouviu Hans chamar. – Elsa!

Mas continuou correndo. Vislumbrou os degraus que levavam até a água e os desceu, correndo até que não houvesse nada além de água diante dela. Não havia para onde fugir. Recuou quando viu Hans se aproximando, e o pé dela tocou a água. Instantaneamente, a superfície sob seus pés congelou. Elsa olhou para baixo, maravilhada ao ver os pequeninos cristais de gelo se espalhando. O vento começou a soprar mais forte, e neve passou a cair quando ela deu outro passo. O gelo se espalhou mais ainda, formando um caminho para que ela escapasse. A princesa o seguiu.

– Espere, por favor! – implorou Hans, correndo atrás dela com lorde Peterssen em sua cola. A neve caía com mais abundância. – Elsa, pare!

Elsa não iria parar. Encontrar a irmã era a coisa mais importante do mundo. Todos os pensamentos sobre a coroação foram embora. Ela respirou fundo e avançou pelo gelo, torcendo para que não colapsasse sob seus pés. Mas o gelo resistiu, espalhando-se enquanto ela corria por ele. Com a capa chicoteando às suas costas, Elsa sentiu a determinação fluindo pelas veias quando tomou o caminho do fiorde na escuridão crescente.

CAPÍTULO DEZESSETE

ANNA

HOUVE UM TREMOR SÚBITO sob os pés de Kristoff e Anna. Uma revoada de pássaros passou em disparada sobre suas cabeças. Sven começou a bufar e se agitar quando uma família de esquilos atravessou correndo a rua. Anna ouviu alguém gritar e viu uma rena passar à toda. Sven arrancou.

– Sven! – gritou Kristoff.

Anna e Kristoff perseguiram Sven através da praça da vila. Pessoas começavam a sair de suas casas e estabelecimentos para ver o que se passava. Pássaros e outros animais irrompiam do bosque, correndo em todas as direções.

– O que tá acontecendo? – perguntou Anna quando a comoção aumentou.

O sol desapareceu atrás das nuvens, e um vento gélido soprou através das árvores, chacoalhando-as.

FROZEN ÀS AVESSAS

– Olha lá! – alguém gritou, apontando a base da montanha.

Aquele era um dos dias de verão mais agradáveis de que Anna podia se lembrar, mas de alguma forma o fiorde parecia estar congelando. Um brilho azul flutuava sobre a água enquanto ela se solidificava, adernando as embarcações no cais. Subitamente, o congelamento repentino começou a subir pela montanha, avançando na direção deles.

– Gelo – sussurrou Kristoff.

Anna não entendia o que estava acontecendo, mas sabia que precisavam sair do caminho do que quer que estivesse chegando.

– Precisamos avisar os outros! Rápido! – gritou ela. – Sven!

Sven correu na direção dela. Anna saltou em seu lombo.

– Ei, esperem por mim! – Kristoff correu atrás deles. – Vai, Sven! Na direção da vila!

– Procurem abrigo! – gritou Anna. O brilho azul se aproximou com a trilha de gelo atrás deles, ameaçando atingi-los. – Todo mundo, pra dentro!

Kristoff finalmente os alcançou e montou em Sven, atrás de Anna.

Pessoas começaram a correr quando o vento passou, soprando forte. A temperatura despencou e o céu ficou completamente fechado. De repente, o som de uma enxurrada começou. Sven parou de supetão, derrubando Kristoff e Anna quando o brilho azul passou por eles e continuou avançando. Os dois se esforçaram para se levantar enquanto o gelo estalante se espalhava sob seus pés e uma tempestade parecia se formar ao redor deles, enchendo o ar de neve.

Anna nem percebeu que ela e Kristoff estavam se abraçando. Continuou esperando que a estranha tempestade passasse por eles; em vez disso, começou a nevar. Era pleno verão. Seu coração começou a bater mais forte. *O que tá acontecendo em Arendelle?*

———

Três dias depois, Anna ainda se perguntava isso.

Ao longo das últimas setenta e duas horas, ela havia assistido a tudo pela janela. Neve e gelo abundantes cobriam os telhados, formavam tapetes no chão e se acumulavam em montes altos. O gelo estalava, e pingentes de água escorrida congelada pendiam dos telhados, ameaçando cair e explodir no solo.

– Vamos continuar aqui dentro – disse o pai de Anna à filha e à esposa, enquanto um vento furioso soprava do lado de fora da padaria. – Vamos manter o fogo acesso até quando for possível e faremos tantos pães e doces quanto conseguirmos. Precisamos de comida. Quem sabe quanto tempo esse clima vai durar?

Mesmo com a lareira crepitando, a casa parecia mais gelada do que no pior inverno de que Anna podia se lembrar.

– Foi uma boa ideia ter colocado as galinhas e os outros animais no celeiro, mas ainda deve estar bem frio por lá – disse a mãe de Anna, esfregando os braços para se manter aquecida.

Anna olhou pela janela. As ruas estavam desertas. A neve formava montes altos diante das entradas das casas, a despeito dos esforços das pessoas para impedir o acúmulo. Eles precisavam

FROZEN ÀS AVESSAS

de um caminho para fora em caso de emergência, mas Anna não parava de pensar para onde poderiam ir com um clima daqueles. Congelariam até a morte.

– Está lotado agora, com todos os animais e o menino entregador de gelo que tá abrigado no celeiro com a rena dele.

Anna ergueu os olhos.

– Kristoff não se importa. Ele gosta de dormir em celeiros – gracejou.

A mãe olhou para ela com curiosidade.

– Vocês já se conheciam?

Anna olhou pela janela mais uma vez e tentou não deixar a mãe notar que corava.

– Um pouco. Queria que ele pudesse ficar aqui.

O pai jogou outro pedaço de madeira no fogo. O estoque de lenha estava ficando perigosamente baixo. Em breve, precisariam sair para cortar mais.

– Eu ofereci, mas ele não quer se separar da rena – disse Johan.

– Não consigo entender – disse Anna. – Como é possível nevar desse jeito no meio do verão? – Alguma coisa dentro dela dizia que algo ou alguém havia causado aquilo. – Será que Arendelle foi amaldiçoada?

A mãe e o pai de Anna trocaram olhares.

– Não existe isso de maldição, né? – insistiu Anna. Por que parecia que eles sabiam de algo que não queriam contar a ela?

Alguém bateu forte à porta. O pai e a mãe de Anna trocaram olhares de novo. O pai correu até a janela e espiou lá fora.

– Deixem que eles entrem! Rápido!

A mãe abriu a porta e a neve e o vento quase a sopraram para longe. Ela segurou com força a porta aberta para que os visitantes recém-chegados entrassem. Dois homens estavam envolvidos da cabeça aos pés em toucas, luvas e camadas de casacos e cachecóis. Ainda assim, tremiam de frio.

– A neve tá ficando mais forte – disse Goran, desenrolando o cachecol do rosto. – Se continuar caindo assim, logo vai cobrir totalmente os telhados.

– Não é possível – disse a mãe, correndo para entregar a ele uma caneca de vinho quente. – Nunca nevou desse jeito.

A expressão do senhor Larsen era sombria.

– Acho que a gente foi amaldiçoado.

– Viu só? – concordou Anna, e os pais pareceram incomodados.

– Vocês viram como essa coisa veio de Arendelle, subindo pela montanha? – continuou o senhor Larsen. – De que outro jeito podemos explicar uma nevasca dessas em pleno verão? Algo aconteceu durante a coroação da princesa Elsa. Tenho certeza!

– Ninguém de Arendelle veio trazer notícias sobre a princesa ou sobre o que aconteceu – concordou Goran. – Até onde a gente sabe, é possível que tenhamos perdido a rainha nesse clima.

A princesa Elsa era o futuro deles. Anna depositava todas as suas esperanças nela.

– Tenho certeza de que ela está bem. Não é, mamãe?

A mãe olhava para o marido.

– Certamente a princesa está segura. Provavelmente, muito ocupada, preparando o reino pra esta tempestade inesperada.

FROZEN ÀS AVESSAS

Anna olhou pela janela de novo, apertando os olhos para tentar ver sua amada Arendelle, mas a encosta estava coberta por uma camada de gelo e a nevasca não permitia ver nada. Parecia que Arendelle tinha desaparecido.

– Nesse caso, por que não mandaram notícias pra todas as vilas? – perguntou Goran. – O pessoal do castelo não viria explicar o que está acontecendo? A gente não pode continuar nessa situação. Estamos ficando sem lenha. As plantações certamente estão arruinadas a essa altura, e a gente não vai ter o que estocar pro inverno de verdade, que ainda vai chegar. Não estamos preparados pra essas condições.

– Dentro de algumas poucas semanas, a gente vai ficar sem comida – acrescentou o senhor Larsen, sombrio. – O fiorde parece estar congelado, o que significa que não tem como enviar navios atrás de ajuda. Os cavalos não vão sobreviver por muito tempo nesse clima. Estamos perdidos.

A situação era pior do que Anna havia imaginado.

– Papai, alguém precisa ir até Arendelle pra descobrir o que tá acontecendo.

O pai pousou a mão no ombro dela e tentou abrir um sorriso, que saiu fraco.

– Por que não vai até a padaria pra confirmar que o fogo ainda tá aceso enquanto sua mãe serve mais vinho quente para todos?

– Papai... – Anna tentou dizer, mas ele a interrompeu.

– Vai – disse, suavemente. – Não se preocupa.

– Ouça o seu pai – concordou a mãe.

Anna caminhou devagar até a cozinha. Olhou para trás, ouvindo os homens e a mãe conversando baixinho diante do fogo. Ele estalava e crepitava, mesmo com o vento soprando pelas frestas nas paredes. *Maldições*. Será que elas existiam? A mãe e o pai pareciam esconder algo, mas Anna concordava com o senhor Larsen: havia algo sobrenatural naquele clima e na maneira como o gelo subira pela montanha. Anna nunca havia visto algo semelhante. Talvez maldições fossem reais. Mas por que alguém ameaçaria destruir o reino? Por quanto tempo mais conseguiriam sobreviver àquilo?

Não por muito tempo.

Uma coisa era certa: alguém precisava ir a Arendelle e conseguir respostas – e rápido.

O pai de Anna não tinha condições de viajar até o castelo e procurar ajuda. Goran e o senhor Larsen também eram mais velhos. Será que seriam capazes até mesmo de descer a montanha? Precisavam de alguém que tivesse experiência de viajar em condições como aquelas. Alguém que fosse hábil no manuseio de gelo.

Kristoff.

Anna olhou para os outros de novo. Ninguém estava prestando atenção nela, parada na porta da padaria. Não viram quando subiu as escadas em silêncio e vasculhou o guarda-roupas atrás da touca, dos casacos e das luvas mais quentes que tinha. Não encontrariam o bilhete explicando a razão de sua partida até que fossem ao quarto, procurando por ela. E estavam engajados demais na conversa para percebê-la escapulindo pela porta da

FROZEN ÀS AVESSAS

padaria atrás de água, pão e outros vegetais que pudesse encontrar para servir como suprimentos. Sem dizer uma só palavra, ela abriu a porta, determinada a ajudar seu povo. Quase foi derrubada pelo vento. Anna ficou chocada ao notar como seu rosto exposto ficara gelado, mas continuou seguindo, segurando-se em corrimões e caixotes virados enquanto trilhava vagarosamente o caminho até o celeiro.

Quando chegou, encontrou Kristoff tocando seu alaúde para Sven e para os outros animais, todos aninhados ao redor do fogo. Quando a viu, o rapaz derrubou o instrumento, surpreso.

– O que você tá fazendo aqui fora com esse tempo? – perguntou.

Os dentes de Anna tiritavam de frio. Ela esfregou os braços para se aquecer.

– Quero que você me leve até Arendelle.

Ele suspirou e pegou o alaúde de volta.

– Não dou caronas.

– Vou reformular. – Ela jogou a bolsa com suprimentos nele.

– Ei! – ele se encolheu e esfregou o ombro.

– Opa, desculpa! – Ela chegou mais perto, insistente. – Me ajuda a descer a montanha. Por favor.

Sven cutucou a bolsa e Kristoff a abriu. Dentro dela havia algumas cenouras, cordas e um cortador de gelo. Ele olhou para Anna, curioso.

– Olha, a gente precisa descobrir como acabar com esse inverno. Você mesmo viu: o gelo começou em Arendelle. A gente precisa descobrir o que aconteceu lá durante a coroação que causou tudo isso. Parece... magia – disse. Kristoff não riu da sugestão, então ela continuou a falar. – A gente precisa descobrir o que tá acontecendo e, assim, achar um jeito de proteger o reino.

Kristoff puxou a touca para cobrir os olhos.

– A gente sai ao nascer do sol.

Ela pegou uma coberta de cavalo pendurada em uma das baias e jogou na direção dele. Ela atingiu Kristoff no rosto.

– Desculpa! Desculpa! Me desculpa. Eu não... – Ela pigarreou. Não havia mais tempo a perder. – A gente tem que sair agora. Neste exato segundo.

Anna estava indo a Arendelle. Não da maneira que planejara, mas iria mesmo assim. Ela pensou de novo, impressionada, no castelo congelado e na princesa. Algo dentro de si dizia que alguém precisava dela lá embaixo. Anna podia sentia aquilo até o último fio de cabelo.

CAPÍTULO DEZOITO

ELSA

A MENTE DE ELSA dava voltas enquanto grossas camadas de neve se acumulavam ao seu redor. Ela havia corrido pelo fiorde, com a água sob os pés congelando até ficar sólida como vidro a cada passo que dava. Seguira cada vez mais para dentro da floresta, só mudando de rumo quando a lua aparecia no céu. Exigia que as pernas a carregassem cada vez mais rápido para longe do castelo, da vila e da única vida que conhecia.

Anna estava viva.

Nada importava mais do que encontrá-la.

Um vento gélido fez a capa roxa ondular diante do rosto de Elsa, bloqueando sua visão. Ela a tirou do caminho, tentando encontrar um rumo. Não sabia onde estava, mas não se importava. Precisava continuar adiante para se certificar de que não seria seguida. Outra corrente de vento a empurrou para o lado. O uivo oscilante lembrava vozes.

FROZEN ÀS AVESSAS

Monstro! Monstro!

As palavras do duque ecoavam dentro da cabeça dela. Era o dia da coroação – mas, em vez de ser coroada rainha, tinha revelado seus poderes e fugido de Arendelle. O reino estava agora completamente congelado e, de algum modo, fora ela quem havia causado isso. Mas como? Sua magia permitia que criasse gelo. Será que também era capaz de mudar o clima? A ideia era impressionante e preocupante ao mesmo tempo. Era pleno verão. As pessoas não estavam preparadas para o inverno. Como fariam para se virar? Será que estavam assustadas?

Elsa pensou de novo na mulher escondendo o bebê. *Monstro.* Será que era isso que as pessoas pensavam dela agora que conheciam a verdade? Lembrou-se da expressão de lorde Peterssen quando o gelo cresceu ao redor dele como adagas. Hans mostrara-se igualmente atônito quando o brilho azul surgiu nas mãos dela e o gelo disparou pela sala. Elsa só podia imaginar o que o duque de Weselton estaria falando sobre ela para qualquer um que se desse ao trabalho de ouvir. Todos pensavam que a conheciam. A verdade é que ninguém a conhecia de verdade.

Será que Anna a conheceria?

Foi quando lhe ocorreu: será que Anna sabia que também era princesa de Arendelle? Ou será que tinha sido mantida na ignorância, assim como Elsa? Por que a existência de Anna era um segredo, para começo de conversa? Os pais obviamente queriam que ela descobrisse sobre Anna, ou não teriam escondido uma pintura e uma carta em seu cofre. Por que as haviam mantido isoladas?

Como pude partir sem aquela carta?, culpou-se Elsa, de novo. *E Olaf!* E se alguém encontrasse Olaf em seu quarto? Ao pensar nisso, seu coração começou a bater loucamente. Um brilho azul surgiu ao redor de seus dedos. Ela balançou as mãos e tentou se concentrar. *Não!* Não podia deixar seus poderes a controlarem.

A única maneira de salvar Olaf e recuperar a carta seria voltar ao castelo. Elsa se virou na direção de seu lar – ou, pelo menos, na direção em que achava que ele ficava. Arendelle estava oculta pela tempestade de neve. Não conseguiria encontrar o caminho de volta nem que tentasse.

E mesmo que conseguisse... *Monstro.* Era assim que o duque a havia chamado. E se lorde Peterssen e seus conselheiros concordassem com ele? Ela seria enviada para o calabouço. Perderia a coroa. Jamais encontraria Anna.

Só respire, lembrou a si mesma, e o brilho azul ao redor das mãos desapareceram.

Olaf era campeão em se esconder. Ao longo dos últimos anos, listaram vários lugares do quarto dela onde ele poderia desaparecer caso alguém viesse procurá-la. Se ouvisse qualquer voz do lado de fora do quarto, entraria em ação imediatamente. Além disso, ninguém entrava no quarto dela desde a morte dos pais. Era pouco provável que revirassem o cômodo agora. Com sorte, Olaf teria ouvido a comoção, pegado a carta e se escondido. Quando as coisas se acalmassem, ela daria um jeito de voltar até ele. Olaf sabia que Elsa jamais o abandonaria. Só faltava resolver o problema da carta perdida.

Pense, Elsa, pediu a si mesma. *O que você se lembra de ter lido?* Havia ficado tão empolgada que só conseguira dar uma olhada rápida na carta, procurando pelo mais importante: provas de que Anna existia. Mas também havia passado os olhos por algumas outras frases. Havia algo sobre trolls. Fazia sentido. Na visão que tivera, havia um grande grupo de trolls liderado por um que se chamava Vovô Pabbie. A família tinha viajado a cavalo para encontrá-lo, cruzando um rio e escalando montanhas até chegar a um vale. A cordilheira diante dela parecia distante e imponente. Talvez Vovô Pabbie estivesse lá! À distância, a face rochosa da Montanha do Norte se avultava, enorme e impressionante. Mesmo no verão, o pico permanecia coberto de neve. Poucos haviam tentado alcançá-lo, o que significava que ninguém a seguiria até lá. A montanha era um reino de isolamento, e parecia que Elsa era sua rainha. Ela continuaria seguindo naquela direção até que encontrasse os trolls ou até que suas pernas cedessem. Não estava nem mesmo cansada. E o frio nunca a incomodara, para falar a verdade.

———

Durante dois dias, Elsa se arrastou pela neve até chegar ao sopé da Montanha do Norte. Era um feito que não sabia se conseguiria realizar – mas, quando finalmente chegou, deparou-se com um problema maior. Ela podia não sentir frio, mas definitivamente não tinha os equipamentos para escalar uma montanha rochosa. Ou será que tinha?

Ninguém conseguiria vê-la àquela altitude. Não precisava esconder seus poderes ali, no meio da natureza selvagem. Depois de ter ficado trancada no quarto, escondendo seu segredo do mundo, de repente estava mais livre do que jamais estivera antes para usar a magia. Toda sua prática a havia levado até aquele momento: o que poderia criar para ajudar em seu alpinismo?

Elsa olhou para as mãos. Vestia apenas uma luva. As luvas haviam servido de "proteção" contra seus poderes por tempo demais. Era hora de se libertar. Ela tirou a luva e a deixou voar com o vento. Estava, enfim, livre.

Erguendo uma das mãos aos céus, concentrou-se em criar um floco de neve gigante, que se cristalizou no ar e flutuou para longe. Então, ergueu a outra mão e produziu outro floco, observando-o voar para longe também. Com a pulsação acelerada, Elsa continuou, e seu rosto se abriu em um sorriso quando percebeu que as possibilidades eram infinitas. Ali, poderia usar seu poder de verdade e ver do que era capaz.

Um brilho azul circulou seus braços, que ela movia de um lado para o outro enquanto imaginava cristais que congelavam imediatamente e depois viravam neve. *Pense grande*, decidiu, enquanto atirava um jato de gelo escarpa acima. *O que mais posso fazer?*, perguntou a si mesma. *Qualquer coisa. Tudo em que puder pensar.* Ela nunca tinha se sentido tão viva.

Elsa continuou lançando neve no ar enquanto corria para mais perto do sopé da Montanha do Norte, parando subitamente quando deparou com um desfiladeiro que renderia uma queda de pelo menos trinta metros. De novo, sua capa se agitou com o vento, atingindo-a no rosto. A veste não tinha uso na montanha. Elsa soltou o broche que a mantinha fechada e deixou a capa voar pela encosta, desaparecendo na escuridão. O desfiladeiro era um problema um pouquinho diferente. Tinha quase dez metros de largura. Seria impossível saltar por cima dele – mas, com poderes como o dela, quem precisava saltar?

Temera por muito tempo que alguém descobrisse seus poderes; mas, nas memórias que havia recuperado, a família os considerava um dom. Agora entendia o porquê: ela podia fazer coisas incríveis com as próprias mãos! Se costumava fazer parques de diversão nevados para Anna dentro do castelo, o que a impedia de criar um palácio de gelo no alto da montanha? *Liberte-se dos seus medos*, lembrou a si mesma. Ela imaginou uma escadaria de gelo conectando os dois lados do desfiladeiro. Aquilo era possível? E que tal uma escadaria que a levasse até o topo da montanha?

Qualquer coisa seria possível se ela acreditasse em seus poderes, como Anna havia feito um dia.

Elsa respirou fundo e recuou alguns passos antes de correr na direção do pico nevado. *Escadaria*, pensou, enquanto as mãos disparavam para a frente, formando vários degraus congelados que se ergueram no ar. Ela parou por uma fração de segundo antes de subir com cuidado no primeiro deles. A escada era tão robusta que Elsa correu por ela, balançando a mão de novo e de novo, criando degraus que iam até o pico da Montanha do Norte. A mente e a ponta dos dedos, de alguma forma, trabalhavam em perfeita harmonia para criar exatamente o que ela precisava, exatamente no momento certo.

Quando Elsa enfim chegou ao topo, não encontrou nenhum troll, mas a paisagem era de tirar o fôlego. Poucos montanhistas haviam subido a uma altitude daquelas – e, de onde estava, ela podia ver o reino inteiro. Arendelle estava lá longe, pequeno como um pontinho. Mesmo que ainda não tivesse encontrado os trolls, a Montanha do Norte parecia um bom lugar para recarregar as energias e pensar em como encontrar Anna. Ela construiria um palácio tão maravilhoso quanto os arredores para se abrigar. Um que refletisse a nova pessoa que era. A mãe costumava chamar aqueles poderes de dom, não costumava? E, bem, eles de fato eram. E não havia razão para escondê-los do mundo ali, no topo de uma montanha.

Elsa bateu os pés na neve, criando um floco de neve gigante que foi crescendo debaixo dela. O floco se multiplicou várias vezes, formando as fundações de seu novo lar. Em seguida, ela imaginou sua fortaleza se erguendo no ar – e aconteceu justamente isso, com a maravilha congelada crescendo e se expandindo. Dessa vez, o gelo não formou lâminas afiadas e irregulares. Ela criou colunas ornamentadas e arcos ainda mais belos do que aqueles que podiam ser encontrados no Castelo de Arendelle. Elsa acrescentou cada detalhe que achou que pudesse lembrá-la de casa, culminando na construção das torres que sustentariam os telhados. Como toque final, fez um floco de neve explodir na forma do lustre mais intrincado que conseguiu imaginar.

Diante de sua criação, Elsa soube que havia algo faltando. Tinha criado um aspecto novo para sua vida, mas não havia feito nada para mudar a própria aparência. Desfazendo o penteado desconfortável, deixou algumas mechas envolverem seu rosto. A seguir, desfez o coque apertado e trançou os cabelos para trás. E não parou por aí. Aquele vestido a havia atrasado por muito tempo. Era hora de ele ficar para trás também. Com um gesto das mãos, imaginou um novo vestido que combinava de verdade com sua personalidade e seu estilo. Algo leve e libertador. Gelo se cristalizou a partir da barra de seu vestido verde-água, formando um vestido novo de um azul-pastel que cintilava. A gola incômoda se foi, assim como as mangas compridas que restringiam seus movimentos. Seu novo vestido tinha um decote muito mais aberto, o pescoço ficava desimpedido e os braços eram envolvidos suavemente pela seda. Para terminar, Elsa produziu uma capa leve e simples em um padrão de flocos de neve únicos como ela mesma.

Quando terminou de criar a fortaleza e as novas vestimentas, o sol começava a nascer por entre as montanhas. Elsa saiu em uma de suas sacadas e se deparou com a majestade de seu novo reino.

Anna gostaria daqui, pensou, satisfeita.

Elsa só precisava encontrá-la.

Olhando além da neve e do gelo, Elsa tentou imaginar onde Vovô Pabbie e os trolls viveriam. Se não se escondiam no topo da Montanha do Norte, onde mais estariam? Ela tamborilou os dedos no parapeito congelado da sacada e pensou de novo em sua visão. Na noite em que o pai e a mãe haviam subido a montanha com ela para encontrar os trolls, o pai tinha um mapa.

Pense, Elsa. O que ele procurava? Por onde passamos? Era uma espécie de vale.

O Vale das Rochas Vivas! Ela havia vislumbrado o nome na carta. Devia ser ali que Vovô Pabbie se escondia. Baseando-se no tempo em que havia demorado para chegar à Montanha do Norte, Elsa calculava que o Vale das Rochas Vivas ficava a pelo menos alguns dias de caminhada dali, e ela teria que descer a montanha se quisesse encontrá-lo. Bocejou sem querer. Há dias não descansava. Precisava dormir; mas, quando acordasse, começaria outra jornada – que a levaria até a irmã.

CAPÍTULO DEZENOVE

ANNA

— **ISSO AQUI É** demais! – exclamou Anna enquanto subia no banco ao lado de Kristoff e admirava o trenó.

O veículo era muito superior ao do seu pai. A parte de cima do trenó de Kristoff era feita de uma madeira escura e brilhante; a inferior, pintada à mão, era preta e vermelha, com triângulos beges delimitando a borda. O padrão a lembrava de dentes. Deixava claro que não se devia mexer com aquele trenó. Anna jogou a sacola de suprimentos na parte de trás; ela aterrissou ao lado do alaúde avermelhado de Kristoff, que também carregava a própria bolsa e alguns equipamentos de montanhismo.

– Cuidado! – grunhiu Kristoff. – Você quase quebra meu alaúde.

– Foi mal! – Anna fez uma careta. – Não sabia que você ia levar seu *alaúde* nessa viagem. Não sei se você vai ter tempo pra tocar nos próximos dias.

Kristoff olhou para ela.

– Só está no trenó porque carrego todos os meus bens e os do Sven aqui. A gente acabou de terminar de pagar o trenó, então não quero que você estrague nada.

– Entendi, desculpa. – Anna dobrou os braços sobre o colo, feliz de ter encontrado as luvas antes de fugir de casa.

Ela só estava tentando puxar assunto. Como poderia saber que Kristoff não vivia em uma casa como ela? E lá estava ela saindo de casa sem permissão para tentar salvar Arendelle. Os pais entenderiam – ou pelo menos ela assim esperava.

Embora não fossem ficar exatamente empolgados quando descobrissem que ela tinha deixado Harmon com o entregador de gelo, que era praticamente um total estranho.

No que ela estava pensando?

Como uma garota que nunca havia deixado a vila antes poderia salvar o reino inteiro de uma tempestade de neve maluca em pleno verão?

Seguindo os instintos, decidiu Anna. Fosse intuição ou outra coisa, ela sabia que alguém a procurava. Ou era isso, ou a neve já a estava deixando meio lelé.

O trenó atingiu um monte de neve e Anna caiu em cima de Kristoff. Os olhares deles se encontraram por um instante e ela sentiu o rosto queimar antes de ambos desviarem o olhar. Anna foi mais para o lado, para evitar que aquilo acontecesse de novo.

– Se segura aí – disse ele, olhando para a frente enquanto estralava as rédeas. – A gente gosta de ir rápido.

Rapidez era exatamente do que ela precisava. Tinha que ir até Arendelle descobrir o que vinha causando aquele clima e então voltar a Harmon antes que os pais começassem a se preocupar. Quem ela estava tentando enganar? Eles provavelmente já estavam bem preocupados.

Relaxa, Anna, disse a si mesma. *Concentre-se no seu plano e tente aproveitar a viagem.* Estava enfim deixando a vila! Ela ergueu os pés e os apoiou na parte de cima do trenó de Kristoff.

– Gosto de ir rápido.

– Ei, ei, ei! – Kristoff empurrou as botas dela. – Pode ir tirando seus pezinhos daí. Isso aqui é laca fresca. Sério, por acaso você foi criada em um chiqueiro, é? – Ele cuspiu na madeira e limpou o local onde o pé dela havia se apoiado. Um pouco da saliva voou direto no olho de Anna.

Ela limpou o rosto com o verso da luva.

– Não, fui criada em uma padaria. E você?

– Fui criado não muito longe daqui. – Ele manteve a atenção no caminho. – Fica esperta. A gente precisa ficar de olho nos lobos.

Anna suspirou. Ele não revelaria nada sobre si mesmo, não é?

Ela realmente estava viajando a Arendelle com um total estranho.

Bom, ele não seria um estranho para sempre. Afinal, tinham pela frente uma jornada de dois dias na montanha antes de chegarem a Arendelle.

Quando se cansaram, montaram acampamento no celeiro de alguém. Kristoff nem sequer perguntou se poderia usá-lo. "Quem

FROZEN ÀS AVESSAS

viria conferir com esse clima?", dissera. Depois, levantaram-se antes do sol para continuar a jornada. Anna viu Arendelle crescer, ficando cada vez mais perto. Quando o castelo surgiu no campo de visão deles naquela tarde, ela ficou maravilhada demais para falar. Arendelle era exatamente como imaginava. Mesmo coberta em neve e gelo, o castelo ficava aninhado majestosamente entre as montanhas. E a vila que o cercava era pelo menos dez vezes maior que Harmon.

– Caramba, olha o fiorde – disse Kristoff, apontando na direção do porto.

Dezenas de embarcações estavam presas na água congelada. A área, coberta de gelo e neve, parecia um cemitério de navios. A vila estava igualmente sombria. Mesmo que fosse meio da tarde, não havia ninguém na rua com aquele clima. Por todos os lados, lamparinas e bandeirolas verdes e douradas estampadas com a silhueta da princesa Elsa estavam congeladas.

– A gente precisa encontrar o pátio do castelo – sugeriu Kristoff. – Talvez alguém saiba o que tá acontecendo.

– Vira à direita no açougue, perto dos estábulos – disse Anna, sem nem pensar.

Kristoff olhou para ela, de queixo caído.

– Achei que você nunca tinha estado aqui antes.

O açougue era logo adiante. Os estábulos ficavam perto dele e Anna tinha certeza de que o pátio surgiria quando dobrassem a esquina. Ela sentiu um arrepio subindo a espinha.

– Nunca estive.

Como sabia aonde ir?

Kristoff seguiu as orientações de Anna até o pátio. Uma multidão estava reunida ao redor de uma enorme fogueira que queimava perto dos portões do castelo. Ele desceu do trenó e deu cenouras a Sven.

– Vamos ver o que está acontecendo – sugeriu Anna, dando tapinhas no lombo de Sven. – Bom trabalho, amigão. Por que não descansa um pouquinho? – Sven pareceu grato em obedecer.

Quando chegaram mais perto, Anna viu homens com uniformes verdes entregando cobertas e casacos a moradores organizados em uma fila. Alguém também os orientava sobre onde conseguir um caneco de vinho quente. Anna olhou para cima e arfou. A água na fonte havia congelado em meio à queda, curvando-se em uma forma que era igualmente bela e assustadora. Ela nunca havia visto água congelar daquele jeito antes. No meio da fonte havia uma escultura do rei, da rainha e da princesa, quando ela ainda era uma garotinha. Anna se curvou sobre a beirada da fonte, tentando olhar melhor. Então, ouviu os gritos de alguém.

– A futura rainha amaldiçoou estas terras!

Um homem pequeno e magrelo, de bigode grisalho e usando óculos e uniforme militar estava na escadaria do castelo, falando com quem quisesse ouvir.

Futura rainha? Amaldiçoou? Lá estava aquela palavra de novo. Anna se juntou a um grupo de pessoas paradas diante dele.

– Por que ela iria querer prejudicar Arendelle? – perguntou alguém. Outros concordaram, aos murmúrios.

– Ela não iria! – interrompeu outro homem. Era moreno e tinha um corpo parrudo. Seu rosto parecia gentil, ao contrário do rosto do outro homenzinho. – Meus caros, vossa futura rainha jamais os machucaria. Estamos fazendo o possível para encontrar a princesa e acabar com este inverno. Como venho falando ao longo dos últimos dias, o castelo está aberto para qualquer um que dele precise. Temos comida e cobertores suficientes para todos.

– Não seja estúpido! – disparou o homenzinho. – A comida vai acabar em algum momento. Não podemos sobreviver a esse clima maluco para sempre!

– Não deem ouvidos ao duque de Weselton – disse lorde Peterssen. – Precisamos ficar calmos.

– O que a gente vai fazer? – perguntou uma mulher, que tinha um bebê aninhado dentro de seu casaco. – Tudo o que eu plantei já morreu com esse tempo.

– A gente não tá preparado pra encarar o inverno em pleno verão – gritou um homem. – A gente mal começou a caçar e estocar comida para a temporada de frio. Não vai ter o bastante para comer nesse inverno se o clima não mudar logo.

O duque sorriu.

– Nada temam! O príncipe Hans das Ilhas do Sul salvará a todos nós.

A multidão aplaudiu sem muito entusiasmo, mas lorde Peterssen murmurou algo e se virou. Anna ficou grata de ouvir que esse tal príncipe Hans supostamente os salvaria, mas como? E do quê? Será que ele era capaz de controlar o clima?

– Perdão, mas quem é esse príncipe Hans? – perguntou ela.

– O que você tá fazendo? – murmurou Kristoff, severo.

– Conseguindo algumas respostas. – Anna agarrou a mão dele e o arrastou com ela, desviando das pessoas até que estivessem bem em frente à escadaria do castelo.

– Não estava escutando? – respondeu o duque, rudemente. – O príncipe ficará em Arendelle por um tempo e tem muita familiaridade com os assuntos do reino. Graciosamente concordou em assumir a dianteira e resolver essa situação. Precisamos pará-la, antes que seja tarde demais.

– Parar quem? – perguntou Anna.

O duque tombou a cabeça, exasperado.

– Não viu com seus próprios olhos o que ela fez? Com aquela multidão reunida para a coroação dela? Ela quase me matou!

– Não, perdão. Não vi nada – disse Anna. – Acabamos de chegar de viagem, vindos do alto da montanha. Minha vila fica lá em cima. – Ela apontou na direção de um pontinho, que estava quase completamente oculto. – A gente estava se preparando pra celebrar a coroação da rainha quando esse clima sobrenatural chegou. A gente tá preocupado com o que tá acontecendo também, e é por isso que viemos atrás de respostas. Então, se me permite, sobre quem o senhor tá falando?

– Sobre a princesa! – O duque pulou de um lado para o outro, como uma criancinha. – Ela é um monstro!

– A princesa? – repetiu Anna, o coração batendo rápido enquanto os ouvidos eram tomados por um zumbido. *Preciso encontrá-la*, pensou, de súbito, mas não tinha certeza do porquê pensava que seria capaz de fazê-lo. – Por que a princesa Elsa tentaria machucar vocês?

– Ela não tentou – interrompeu lorde Peterssen. – A princesa jamais machucaria alguém. Ela estava assustada e fugiu, mas vai voltar. Ela jamais abandonaria seu povo. – Ele olhou para o duque. – E prefiro que o senhor não chame a futura rainha de monstro.

– Ela congelou o fiorde! – exclamou um homem. – Não conseguimos tirar os navios do porto!

– A gente tá preso aqui por causa dela – gritou outra pessoa.

– Como vou dar de comer pra minha família se não tem como a gente conseguir comida? – gritou uma mulher enquanto um bebê chorava à distância. – A magia dela congelou o reino inteiro. Se a situação não tá melhor de onde esses daí vieram, então a gente tá mesmo perdido!

– Espere – interrompeu Kristoff. – Estão dizendo que a futura rainha causou essa tempestade de neve? Como?

– Feitiçaria! Bruxaria! – cuspiu o duque. – Depois que seus poderes foram revelados, ela correu pelo fiorde, criando esse inverno eterno. Ela deve ser contida! O príncipe Hans foi atrás da princesa. Quem sabe ele consegue pôr alguma razão na cabecinha oca dela.

– A princesa tem poderes? – perguntou Anna. – Ela fez toda essa neve e todo esse gelo? Mas, caramba, isso é incrível!

O duque a fuzilou com o olhar.

– Quem é você, garota?

Kristoff se aprumou, colocando o corpo na frente do dela. Ela o empurrou para o lado.

– Alguém que deseja superar esse inverno tanto quanto o senhor – disse Anna, firmemente. – E não entendo como ameaçar a princesa vai ajudar em alguma coisa.

O duque parecia sombrio.

– Sugiro que vocês encontrem um lugar para se abrigar do frio até que o príncipe Hans volte. Nunca sobreviverão a uma viagem montanha acima nessas condições. Está cada vez mais frio. Esse inverno não vai acabar até que encontremos a princesa e a façamos parar com essa loucura. – Ele seguiu para dentro do castelo, e a multidão começou a se dispersar.

– Espera! – gritou Anna. O duque a ignorou. Havia algo de que ela não gostava naquele homem. – O senhor acha que esse príncipe Hans vai encontrar a princesa sozinho? – Anna correu atrás dele. Ninguém deu ouvidos. – Espera! – Ela se virou para Kristoff. Ele e lorde Peterssen eram as únicas pessoas que restavam. – Se a princesa causou esse inverno, tem que ter sido sem querer. Ela deve estar se sentindo muito desamparada!

Lorde Peterssen esfregou as mãos diante do fogo para se manter aquecido.

– E assustada. Imagino que ela manteve esses poderes escondidos de nós por medo da nossa reação. E, de fato, nosso povo ficou tão assustado quanto ela temia. Talvez, se ela voltasse e se explicasse... – Ele olhou para o céu, e flocos de neve pousaram no rosto dele. – Espero que possamos encontrá-la antes que seja tarde demais.

Anna encarou de novo a estátua de bronze da família real, coberta de neve.

FROZEN ÀS AVESSAS

– A magia dela e as coisas que ela é capaz de fazer são tão belas.

– *Se* as pessoas estivessem preparadas para esse tipo de clima – disse Kristoff, chegando mais perto do fogo. – Ninguém quer ver neve caindo no meio do verão.

– Não, ninguém quer. – Lorde Peterssen voltou a tentar aquecer as mãos. – Só espero que o príncipe Hans a encontre e a convença a voltar para que possamos resolver essa situação.

– O senhor tem alguma ideia de aonde ela possa ter ido? – perguntou Anna.

– Não vi a princesa fugindo – admitiu lorde Peterssen –, mas muitos a viram correr pelo fiorde e depois seguir em direção à Montanha do Norte. Não é muito, eu sei. – Ele esfregou os braços. – Se me dão licença, voltarei para dentro. Por favor, peguem um pouco de vinho quente antes de tomarem o caminho de volta para casa. Com sorte, esse clima vai passar antes que tenham de retornar.

– Retornar? Mas... – Anna não podia voltar ainda. Não agora que sabia que a tempestade havia sido causada por magia, o que significava que não iria simplesmente passar. Ela precisava ajudar a trazer o verão de volta e encontrar a princesa.

Anna entendia o medo da princesa, mas por que ir para a Montanha do Norte? Será que havia algo no cume dela? Sentiu a pele formigar. *Acho que eu devia ajudar Elsa.* Quanto mais perto do castelo chegava, mais sentia isso. Agora, a intuição lhe dizia que precisava entrar no castelo, mas aquilo não fazia sentido. Se as pessoas estivessem certas, Elsa estaria em algum lugar no caminho até a Montanha do Norte. Mesmo assim, olhando para as janelas acesas e os arcos do castelo, Anna sentiu uma atração magnética. Sabia que algo esperava por ela lá dentro.

– Quer um pouco de vinho quente? – perguntou Kristoff, tirando-a de seus devaneios. – Nunca gostei muito, mas se a gente vai ter de viajar de volta pra Harmon pra contar pra todo mundo o que tá acontecendo, então a gente provavelmente devia comer e beber alguma coisinha. E conseguir mais cenoura pro Sven. – Anna passou direto por ele. – Ei! Aonde você vai?

Anna subiu a escadaria do castelo, seguindo em direção à entrada. Não havia guardas à vista, e a multidão havia se dispersado. Se havia algum momento para entrar, era aquele.

– Ei, ei, ei! – Kristoff correu para entrar na frente dela. – Você não pode simplesmente entrar no castelo real sem ser convidada!

– Fui convidada, ué. Ou quase isso. Lorde Peterssen não acabou de dizer que o castelo tá aberto pra quem quer que precise? – Anna se curvou para passar por baixo do braço dele e continuou a subir os degraus. A barra ainda estava limpa. Se ela pudesse entrar sem ser percebida, para então... bem, quem ia saber? Ela só precisava entrar.

– Lorde Peterssen se referia a quem precisa de ajuda. – Kristoff escorregou com o gelo dos degraus. – O vinho quente tá aqui do lado de fora. Ele não disse nada sobre entrar.

Mas Anna precisava entrar. Era como se o lugar a estivesse chamando. Ela podia sentir em seu corpo, mas não sabia como explicar a Kristoff.

– Eles não estão nem guardando a entrada. É como se alguém *quisesse* que a gente entrasse. Vai ser rápido. Só preciso ver uma coisinha.

– Anna! – Kristoff tentou acompanhá-la.

Ela chegou ao topo da escada e abriu a porta. No instante em que pisou dentro do castelo, foi tomada por uma estranha calma. Anna mirou o teto alto e abaulado na entrada com pé-direito duplo. O espaço tinha uma escadaria central que se separava em dois lances de degraus, ambos levando ao corredor do segundo andar. Retratos decoravam as paredes nos dois andares. *Por que raios esse salão me parece familiar?*, perguntou-se ela. *Nunca estive aqui antes.* Encarou a escadaria de novo e teve uma visão súbita de uma menininha ruiva de pés descalços, vestida em uma camisola, descendo a escadaria correndo e aos risos.

Anna deu um salto, surpresa.

– Sou eu – disse ela, baixinho, correndo na direção das escadas.

– Não me vai subir! Tá maluca? – Kristoff segurou o braço dela, mas parou de falar quando notou a expressão de Anna. – O que foi?

A imagem sumiu. *Isso não faz o menor sentido.* Os joelhos de Anna cederam.

– Opa! – Kristoff a ajudou a se levantar. – O que está acontecendo?

– Eu achei que… Eu…

Anna não sabia muito bem como explicar o que havia acabado de ver sem parecer uma maluca. Girou ao redor, tentando encontrar seu rumo, e bateu os olhos no retrato da família real. Ela chegou mais perto, encarando a pintura com curiosidade. *Freya?*, arfou, surpresa. A rainha e Freya pareciam exatamente iguais. *Como isso é possível?*, pensou. Estendeu a mão para tocar a pintura e então teve outra súbita visão. Viu uma versão mais nova de si sentada em um banco com as pernas balançando enquanto alguém pintava um retrato dela.

– Anna, fica paradinha, meu bem! – disse a pessoa.

Ela sentiu os joelhos tremerem de novo.

– Você tá bem? – perguntou Kristoff.

– É esquisito, mas sinto que já estive aqui antes. – Anna se agarrou ao braço dele para não cair.

– E já esteve? – perguntou Kristoff, baixinho.

Anna olhou para ele.

– Não. – A voz dela saiu em um fiapo.

– A gente tem que ir embora – disse ele, parecendo preocupado.

Anna negou com a cabeça.

– Não podemos. Tem alguma coisa aqui que eu preciso encontrar.

Ela o soltou e seguiu pela escadaria, subindo até o andar seguinte. Dessa vez, ele não a conteve. Em vez disso, Kristoff a seguiu em silêncio, avançando pelo longo corredor repleto de cômodos. Pelas janelas, Anna ouviu o vento uivando lá fora quando subiu mais um lance da escadaria. Parou abruptamente quando deparou com um paredão de pingentes de gelo bloqueando o caminho.

Kristoff tocou a ponta de um dos espigões.

– O que aconteceu aqui?

– Só pode ter sido a princesa, enquanto tentava fugir – sugeriu Anna. Mas o que a havia assustado, para começo de conversa? O gelo que havia criado parecia quase uma escultura, revirando-se

FROZEN ÀS AVESSAS

e assumindo um formato que Anna não conseguia identificar muito bem. Ela nunca tinha visto nada parecido. – Não sabia que o inverno podia ser tão mágico.

– Pois é... É bem bonito, né? – disse alguém atrás deles. – Mas é tão sem cor... Sabe, que mal faria um tiquinho de variedade, né? Será que a gente tem mesmo que apagar toda a alegria?

Anna e Kristoff se viraram, dando um salto no lugar. Quem se dirigia a eles era um boneco de neve que andava e falava. Tinha perninhas pequenas e parrudas, uma parte de baixo gordinha, uma cabeça oval, dentes e um nariz de cenoura. Uma nuvem de neve o seguia.

– Tava pensando em algo tipo um vermelhinho, um verde-pistache... – O boneco de neve continuou tagarelando enquanto se aproximava. – Que tal um amarelinho? Não, amarelo não. Amarelo e branco-neve? Eca... não orna nadinha. Tô certo ou tô errado? – Ele deu uma piscadinha para Anna.

Anna gritou e, por reflexo, chutou a cabeça do boneco de neve. Ela se soltou do corpo e voou até cair no colo de Kristoff.

– Oiê! – disse a cabeça.

– Você é esquisito! – Kristoff jogou a cabeça de volta para Anna.

– Eu não quero essa nojeira, não! – Anna a devolveu para ele.

– Toma que o filho é teu! – Kristoff arremessou a cabeça na direção dela de novo.

– Por favorzinho, não me derrubem, não – disse a cabeça, enquanto o corpo corria na direção de Anna, balançando os bracinhos de graveto.

A moça se sentiu mal.

– Desculpa, não vou derrubar. – Ela estava falando com um boneco de neve. Como era possível?

– Tudo bem – disse a cabeça. – A gente começou com o pé esquerdo. Será que dá pra me montar de novo? – O corpo parou ao lado dela, paciente.

O boneco de neve estava falando sério? Com cuidado, ela se aproximou com a cabeça.

– Eca! Eca! – exclamou Anna, enquanto colocava a cabeça de novo em cima do corpo. Na pressa, colocou-a de ponta-cabeça.

O homem de neve pareceu confuso.

– Espera aí, pra onde eu tô olhando agora? Por que vocês estão pendurados no teto que nem morcegos?

Anna se ajoelhou.

– Tá, espera um segundinho. – Ela inverteu a cabeça.

– Uia! Valeu, amiga! – disse o boneco de neve. – Agora tá tudo nos trinques!

Anna não tinha muita certeza disso. Estava nevando no meio do verão, a princesa aparentemente tinha o poder de criar gelo, eles estavam falando com um boneco de neve e ela experimentava a sensação de *déjà vu* mais esquisita da sua vida ali no meio do Castelo de Arendelle. Ela encarou o boneco de neve. Tinha algo familiar nele também, do formato da cabeça aos dentes proeminentes e o cabelo de gravetos. *Ele é o boneco de neve dos meus sonhos*, deu-se conta. *Foi ele que inspirou os meus biscoitos. Como é possível que eu o esteja conhecendo só agora?* Anna começou a respirar rápido. Kristoff olhou para ela com uma expressão esquisita.

FROZEN ÀS AVESSAS

– Eu não queria ter assustado vocês! Vamos começar do zero – disse o boneco de neve. – Oi, galerinha. Eu sou o Olaf e eu gosto de abraços quentinhos!

Ela tentou se acalmar.

– Olaf – Anna repetiu. *Conheço esse nome. Por quê?*

– E você é...? – Olaf a encarava, paciente.

– Ah. É... Eu sou a Anna.

– Anna. Ah, tá. – Olaf coçou o queixo. – Se bobear, eu deveria lembrar alguma coisa sobre uma Anna. Mas acho que não sei o que era.

O coração de Anna acelerou de novo. Ela se aproximou.

– Deveria, é?

– E você é...? – Olaf se dirigiu a Kristoff, estendendo um dos bracinhos de graveto.

– Fascinante – murmurou Kristoff enquanto o braço de graveto que segurava continuava a se mexer mesmo tendo se desconectado do corpo de Olaf.

– Ele é o Kristoff – respondeu Anna. – A gente veio junto até aqui. – O boneco de neve continuava a caminhar de um lado para o outro. Se Elsa era capaz de produzir gelo, então talvez também pudesse ter construído um boneco de neve que andava e falava. – Olaf... Por acaso foi a Elsa quem fez você?

– Opa, ela mesmo. Por quê? – respondeu Olaf.

Um progresso!

– Você sabe onde ela está? – perguntou Anna, prendendo a respiração.

– Opa, sei, sim. Por quê? – respondeu Olaf.

As mãos dela começaram a suar. Aquilo parecia certo. Ela estava chegando a algum lugar. Olaf sabia onde encontrar a princesa.

– E você acha que poderia mostrar o caminho pra gente?

Kristoff dobrou o graveto. Em vez de se quebrar, ele voltou ao formato original.

– Como é que esse troço funciona? – interrompeu. O graveto atingiu Kristoff no rosto.

– Ei, alto lá! – Olaf puxou o bracinho de volta e o prendeu no corpo de novo. – Tô tentando me concentrar aqui, parça. – Ele olhou para Anna de novo. – Opa, consigo, sim. Por quê?

– Vou dizer o porquê: a gente precisa que a Elsa traga o verão de volta – disse Kristoff.

– Verão! – arfou Olaf. – Ai, não sei por quê, mas sempre amei o verão, o sol e todas as coisas quentinhas.

– Sério? – Kristoff quase gargalhou. – Acho que você não tem muita experiência com o calor.

– Claro que tenho – argumentou Olaf. – Já vivi um monte de invernos, primaveras, verões e outonos, mas sempre vi tudo pela janela da Elsa. – Ele suspirou. – Às vezes, curto fechar os olhos e imaginar como seria experimentar o clima lá fora do castelo. Ou mesmo fora dos aposentos da Elsa, mas acho que é o que eu tô fazendo agorinha mesmo, né. Não dava pra esperar mais. A Elsa não voltou depois que o Hans e o duque vieram atrás dela, então eu queria sair e buscar a menina. – Ele olhou para Anna. – Ela estava procurando por você.

FROZEN ÀS AVESSAS

– Por mim? – Anna deu um passo para trás, trombando com Kristoff. – Ela nem me conhece!

O coração de Anna estava batendo tão rápido que parecia querer sair pela boca. Na cabeça dela, imagens voltaram a surgir. Ela ouviu as risadas da garotinha que tinha visto na escadaria e – de novo – viu-se sentada em um banco enquanto alguém a desenhava. Nenhuma daquelas coisas havia acontecido. Ela nunca tinha estado em Arendelle ou muito menos no castelo, mas ainda assim ambos pareciam familiares. E agora, o encontro com Olaf – que parecia predestinado. Ela não sabia muito bem por que Olaf achava que a conhecia, mas seu coração dizia que aquilo tinha que ser verdade.

– Tem certeza disso? – perguntou Olaf.

– Olaf? Você vai ajudar a gente a encontrar a Elsa?

Anna estendeu a mão. Olaf a pegou e começou a bambolear pelo corredor, seguindo na direção das escadas.

– Vem logo! A Elsa foi por aqui. Vamos trazer o verão de volta!

Kristoff balançou a cabeça enquanto os seguia.

– Você tá mesmo dando ouvidos a um boneco de neve falante?

Anna olhou para o rapaz.

– Sim! A gente não pode voltar pra Harmon ainda. Não se a gente pode ajudar a princesa e pôr um fim a esse inverno.

Kristoff suspirou.

– Beleza, mas o Sven não vai gostar nadinha disso.

Anna deu uma última olhada demorada no castelo. Tinha a sensação de que voltaria em breve. Não sabia muito bem qual era o seu destino, mas algo lhe dizia que encontrar Elsa lhe daria algumas das respostas de que precisava.

Estava tão preocupada que não notou o duque escondido nas sombras, espiando enquanto o trio inesperado deixava o castelo.

CAPÍTULO VINTE

ELSA

ASSIM QUE ELSA PARTIU em sua nova jornada, percebeu que não tinha ideia de como encontrar o Vale das Rochas Vivas. Na memória dela, não havia notado nenhum ponto de referência ou prestado atenção na rota tomada pela família. Ela era apenas uma criança. E agora, com o reino coberto de branco, encontrar o caminho era ainda mais difícil. O que ela mais precisava era de um mapa. Mas será que um mapa normal indicaria um local mágico como o vale?

Só havia uma maneira de descobrir. Ela precisava encontrar alguém que vivesse nas montanhas e conhecesse a área. Elsa usou sua magia para acelerar a busca, construindo um trenó feito de gelo para levá-la montanha abaixo. O trenó ganhou velocidade enquanto ela atravessava a floresta. Quando viu um rastro de fumaça à distância, foi direto na direção dele.

FROZEN ÀS AVESSAS

A construção estava parcialmente coberta de neve. Gelo tinha se formado numa placa instalada na varanda. Elsa deu batidinhas na placa e o gelo se quebrou, permitindo que a lesse: Posto de Comércio e Spa do Oaken. Elsa parou por um instante antes de bater. E se alguém lá dentro a reconhecesse? Entrar em um estabelecimento usando um vestido de gala a denunciaria. Com um gesto da mão, Elsa criou uma capa azul-escura brilhante com capuz. Cobriu a cabeça com o capuz e esperou que fosse suficiente para esconder o rosto conhecido. Então, subiu os degraus e entrou na loja.

Um homem vestido com um suéter estampado e um chapeuzinho decorado com o mesmo padrão estava atrás do balcão.

– Iupi! Bem-vinda *ao* grande liquidação de verão! – começou ele, trocando o gênero das palavras e falando com um sotaque que puxava os erres. – Desconto de cinquenta por cento *nos* roupas de banho, nos tamancos e no unguento que eu mesmo inventei pra se proteger *da* sol! Agora, se quiser equipamentos de inverno, aí infelizmente não temos mais muita coisa *nessa* departamento. – Ele apontou para um canto afastado da loja, onde havia um único pé de um par de sapatos de neve.

– Obrigada, mas tenho tudo de que preciso para esse tipo de clima. – Elsa permaneceu nas sombras enquanto olhava em volta, explorando o lugar pouco iluminado. As prateleiras estavam lotadas de suprimentos, de cortadores de gelo a roupas e alimentos. – O que preciso mesmo é de um mapa. – Ela fez uma pausa. – Ou de orientações para chegar ao Vale das Rochas Vivas.

Os olhos azuis dele se arregalaram.

JEN CALONITA

– Oh! Sim, *uma* mapa eu tenho sim, *ja*? Mas não conheço *essa* lugar que mencionou, meu bem. – Ele cambaleou para fora da área apertada do balcão, esforçando-se para evitar que seu corpanzil derrubasse alguns dos livros acomodados nas prateleiras às suas costas. Desenrolou um grande pergaminho e o mostrou para Elsa, indicando diferentes pontos de referência. Um deles parecia uma área rochosa que ficava logo a nordeste de onde Elsa tinha estacionado o trenó. – Espero que encontre o que está procurando, embora *essa* não seja *a* melhor *das* climas pra estar viajando por aí. *O único* pessoa *louco* o suficiente pra sair no meio dessa tempestade é você, meu bem – adicionou Oaken. – Baita ventania fria pra essa época, não? De onde será que pode ter vindo?

– Da Montanha do Norte – murmurou ela, sem pensar. Colocou algumas moedas na mão de Oaken. – Obrigada pelo mapa.

Ela saiu e descartou o capuz e a capa.

Oaken estava certo sobre a parte da ventania: o vento tinha ficado mais forte naquele dia, e muitas áreas agora estavam cobertas por uma camada grossa de gelo. Elsa subiu de novo no trenó e, usando seu poder mágico para se impulsionar, cruzou o rio e deslizou pelos arredores enquanto procurava com atenção a área rochosa que desconfiava ser o vale. Lentamente, a paisagem começou a mudar. Árvores cobertas de neve deram lugar a grandes pedregulhos. Algo neles parecia familiar. Elsa parou e escondeu o trenó atrás de uma fileira de árvores, então seguiu por um caminho irregular até chegar ao que parecia uma entrada para o vale. Quando chegou mais perto, soube que estava no lugar certo.

FROZEN ÀS AVESSAS

Era exatamente como em sua memória: gêiseres emanando vapor pontilhavam os espaços amplos da paisagem, que parecia intocada pela nevasca profunda que abatia o reino. Uma névoa baixa prejudicava a visão, mas ela reconheceu o círculo formado por centenas de pequenas rochas espalhadas em uma conformação estranha. Quando se aproximou delas, sua respiração ficou mais rápida. Aquelas eram as rochas que, em sua visão, haviam ganhado vida e começaram a rolar quando o pai chamou os trolls.

– Olá? – Elsa ouviu a própria voz ecoar pelas paredes das montanhas. – Preciso da ajuda de vocês. – As rochas não se moveram, então ela tentou uma abordagem diferente. – Vovô Pabbie? Aqui é a princesa Elsa de Arendelle. Estou tentando encontrar minha irmã.

Subitamente, as rochas começaram a se agitar. Elsa recuou quando elas tombaram em sua direção. Uma das maiores rolou até parar diante dela, transformando-se em um troll. Os outros pedregulhos se transformaram também. Ela soube imediatamente que o troll com o colar de cristais amarelos e vestimenta feita de musgo era aquele pelo qual estava procurando.

– Vovô Pabbie? – perguntou, e ele concordou com a cabeça. – Estou aqui atrás da ajuda do senhor.

– Princesa Elsa – disse ele com sua voz grave. – Faz muito tempo que não nos vemos.

Elsa olhou para os grandes olhos do troll.

– Estou procurando a minha irmã. O reino não parece saber da existência dela, mas eu lembro. As memórias voltaram como uma enxurrada na manhã do dia da minha coroação, quando vi um retrato dos meus pais comigo e com uma menininha ruiva. Soube imediatamente que era Anna.

Vovô Pabbie aquiesceu.

– Sei.

– Meus pais trouxeram Anna e eu aqui quando éramos crianças. – Lágrimas começaram a escorrer de seus olhos antes que pudesse evitar. – Sei que acidentalmente a atingi com a minha magia, mas não tinha a intenção de machucá-la – suspirou ela.

– Claro que não, pequena. – Vovô Pabbie fez um sinal e Elsa se ajoelhou diante do troll antes de pousar suas mãos nas dele. Eram ásperas e gélidas.

– Não queria que ela se esquecesse da minha magia; mas, de alguma forma, quando interferi no seu encanto, devo ter bagunçado tudo – disse ela, aos soluços. – Com isso, perdi minha irmã e meus poderes.

– Foi um erro grave – concordou ele.

– Até alguns anos atrás, eu não sabia que ainda tinha poderes. Eles apareceram de repente quando meus pais morreram – acrescentou Elsa. A lembrança ainda era tão dolorosa que machucava falar a respeito.

– Todos sentimos muito a perda de seus pais – disse Vovô Pabbie, e os trolls ao redor concordaram.

– Eu agradeço. A vida sem eles tem sido bem difícil – admitiu Elsa. – Descobrir que tenho uma irmã me deu esperanças de novo. – Seus olhos se encheram de lágrimas. – Agora, não consigo pensar em mais nada além de encontrá-la. O senhor pode me ajudar?

FROZEN ÀS AVESSAS

– Elsa, compadeço-me da sua dor, mas você deve me escutar – disse Vovô Pabbie, e os outros trolls caíram em silêncio. – Você não pode tentar encontrá-la.

Elsa puxou as mãos.

– Por que não?

– A maldição que as manteve afastadas é algo que nem eu entendo completamente – explicou ele. – Se você já se lembra de Anna, então a magia está começando a se dissipar, mas até que a maldição que as separa seja quebrada, você não pode interferir.

Maldição? Interferir? Tudo o que ela queria era reencontrar a irmã.

– Não entendo. – Elsa começou a chorar profundamente. – Como fomos amaldiçoadas? O senhor realmente não quer me ajudar a encontrá-la? Anna é a única família que ainda tenho.

Vovô Pabbie suspirou fundo.

– Não é que eu não queira. Eu não posso. Vocês só precisam esperar mais um pouco.

– Esperar? Fomos separadas por anos! – Ela soluçava. – Anna é tudo o que tenho. Por que você usaria sua magia para nos manter separadas?

– Você passou por poucas e boas, filha. Eu bem sei. Qual é a última coisa de que se lembra? – perguntou ele.

– A última coisa em minha visão foi quando tentei impedir que você apagasse as memórias da Anna. – Elsa olhou para ele. – Temi que minha magia a tivesse matado, mas então descobri uma carta dos meus pais explicando que Anna estava viva. Mas... Tive que partir antes que pudesse descobrir onde ela estava e a razão pela qual fomos separadas.

Ele estendeu as mãos novamente.

– Talvez eu possa preencher o que falta.

Vovô Pabbie tocou a testa de Elsa, e então agitou a outra mão no ar. Uma linha de estrelas branco-azuladas seguiu seus dedos, espalhando-se no céu, onde uma imagem do passado surgiu tão alta que podia ser vista tanto por Elsa quanto pelos trolls. Ela reconheceu a imagem imediatamente: mostrava seus pais, Anna e ela mesma na noite em que sem querer havia atingido a irmã com sua magia.

Era uma repetição da cena de que se lembrara no dia de sua coroação, e de novo ela assistiu à criança que havia sido tentando impedir Vovô Pabbie de apagar as memórias de Anna. Vovô Pabbie e a mãe dela a tentaram impedir, mas não foram suficientemente rápidos. Assim que sua mão tocou na do troll, houve uma explosão de luz azul. Era ali que a memória de Elsa terminava, mas a visão exibida pelo troll continuava.

Elsa viu sua versão mais nova e Vovô Pabbie serem jogados para trás. Trolls buscaram abrigo enquanto o rei protegia Anna e a esposa. Quando a poeira baixou, ela viu uma Elsa pequena inconsciente, jogada no chão. A mãe havia colocado Anna no chão delicadamente e corrido até a outra filha.

– O que aconteceu com ela? – O pai se aproximou correndo. A imagem era forte demais para suportar.

– Meus poderes se conectaram aos de Elsa. – Vovô Pabbie estava sem fôlego. – Creio que isso mudou a magia de alguma forma.

– E o que isso significa? – perguntou o pai.

Para o terror de Elsa do presente, enquanto todos conversavam, Anna começou a congelar, da ponta dos pés até o meio das pernas. Em segundos, o gelo tomaria todo o corpo da menina.

Vovô Pabbie se virou bem a tempo.

– Vossa majestade, pegue a Elsa! – gritou ele, virando-se para o rei. – Corra para algum lugar mais alto! Rápido!

O pai pegou Elsa no colo e correu pelos degraus de pedra até a entrada do vale. Quando a rainha viu o corpinho de Anna se transformando lentamente em gelo, correu até ela, mas não tinha nada que pudesse fazer. Assim como Vovô Pabbie. Elsa do presente sentiu o coração bater violentamente enquanto assistia à cena. Era um pandemônio. Mesmo alguns dos trolls estavam gritando, assustados. Mas, assim que a distância entre os corpos de Anna e Elsa aumentou, o gelo que envolvia Anna começou a derreter. A mãe pegou Anna do chão e a abraçou forte, chorando baixinho de alívio.

– O que acabou de acontecer com Anna? – gritou a mãe. – Não entendo. Achei que o senhor havia removido o feitiço.

Vovô Pabbie se ajoelhou ao lado de Anna e colocou as mãos na cabeça dela. Olhou de Anna para o rei, que segurava Elsa em um lugar mais elevado. Todos prestaram atenção quando Vovô Pabbie subiu pelos degraus até o rei e colocou as mãos na cabeça de Elsa também. O vale estava em silêncio quando ele voltou ao centro do círculo, onde estava a rainha.

– Vovô Pabbie, o que é isso? – perguntou um dos trolls.

– Temo que elas tenham sido amaldiçoadas – sussurrou Vovô Pabbie.

– Amaldiçoadas? – repetiu a mãe. – Como?

– Aconteceu quando a minha magia e a de Elsa se chocaram – explicou ele. – Estávamos tentando realizar coisas diferentes com nossos poderes: eu queria remover todas as memórias que Anna tinha da magia, enquanto Elsa as queria manter. A combinação causou uma terceira coisa totalmente diferente. Uma maldição. – Ele olhou de um lado para o outro, da rainha para o rei. – Parece que Elsa se esqueceu de seus poderes.

– Mas ela vai se lembrar deles, certo? – perguntou a mãe.

– Eventualmente. Mas, agora, seus poderes estão sobrepujados por seu medo pela irmã – explicou Vovô Pabbie. – Ela não vai se lembrar de como usá-los até que essa magia estranha se dissipe.

– E quando isso vai acontecer? – perguntou o pai.

O rosto de Vovô Pabbie era solene.

– Quando ela precisar da irmã mais do que nunca na vida.

– Mas elas precisam uma da outra agora – disse a mãe, com um tom de desespero claro na voz.

– Não podemos ter tudo o que queremos... É isso que as maldições nos ensinam – disse Vovô Pabbie, com gentileza. – A magia pode ser imprevisível, especialmente quando tipos distintos dela interagem. Parece que a maldição afetou cada irmã de uma forma diferente. Anna não pode ficar perto de Elsa sem que o gelo consuma seu corpo e chegue até o coração. E se o frio ficar muito tempo por ali, ele crescerá como o gelo, e por fim a matará – explicou ele, enquanto a mãe irrompia em lágrimas. – E Elsa, embora esteja fisicamente bem, não viverá por muito tempo se sentir saudades do amor que tem pela irmã. Anna é sua maior alegria.

Elsa do presente assistia à memória de Vovô Pabbie agoniada. Aquilo tudo era culpa dela. Se não tivesse tentado impedir o feitiço do troll, Anna não teria se ferido. Era por isso que as duas haviam sido separadas: se Elsa ficasse perto de Anna, acabaria matando a irmã. Como os pais de Elsa a haviam perdoado pelo que tinha feito?

– O senhor pode reverter o feitiço? – perguntou o rei, rouco.

Vovô Pabbie olhou para o céu e depois para o chão antes de falar.

– Não creio que seja possível – disse, e a rainha passou a chorar ainda mais. – Mas há esperança. Magia envolvida por emoções como as de Elsa pode se dissipar com o tempo. A maldição não vai durar para sempre. Quando chegar a hora e as meninas precisarem uma da outra mais do que nunca, a maldição será quebrada.

A rainha ergueu os olhos, que estavam vermelhos.

– O senhor quer dizer que, um dia, será seguro fazer com que Elsa e Anna se reencontrem?

– Sim. – Vovô Pabbie olhou para a aurora boreal que brilhava acima deles. – Sei que não é a resposta que procuram, mas o amor que suas filhas têm uma pela outra pode superar qualquer maldição – completou, e a rainha sorriu entre as lágrimas. – Mas, por enquanto, elas precisam ser mantidas separadas. Ninguém sabe por quanto tempo a magia vai durar.

Em toda a área gramada, trolls sussurravam uns com os outros sobre a situação. A mãe e o pai de Anna e Elsa tentavam processar a nova realidade, mas ela era claramente devastadora.

– Como vamos explicar isso a elas? – perguntou a mãe das garotas. – Elas ficarão com o coração partido.

– As meninas estavam sempre juntas – o rei disse a Vovô Pabbie. – Não vão querer se separar. – Ele olhou para a esposa. – Consegue imaginar o que teríamos de fazer para mantê-las separadas em diferentes alas do castelo?

– Não – concordou a mãe. – E tampouco seria seguro. Elas não entenderiam as consequências de ficarem perto uma da outra. Um acidente poderia acontecer em um piscar de olhos. Impor esse tipo de responsabilidade sobre elas, tão novas, é impossível.

– Tem razão – concordou o pai. – E se histórias se espalharem sobre o que poderia acontecer se Anna se aproximasse de Elsa? Nossos inimigos poderiam tentar usar isso contra nós. Não podemos deixar que nossas filhas caiam nas garras de pessoas com interesses escusos – disse ele, com firmeza.

– Não. – Lágrimas escorriam pelo rosto da mãe. – O que faremos?

Vovô Pabbie olhou do rei para a rainha, triste.

– Mantê-las em alas separadas, creio, não é o suficiente. E o rei está certo: ninguém pode saber das fraquezas de Anna e Elsa. Ambas são herdeiras do trono. É perigoso demais.

Elsa percebeu que o que Vovô Pabbie estava dizendo exercia grande impacto nos pais.

– Elas não vão suportar a separação – disse a mãe. – Conheço minhas filhas.

Vovô Pabbie pensou por um instante.

– Talvez eu possa ajudar. – Ele olhou para a rainha. – A magia ainda pode tornar possível o impossível. Eu posso lançar um feitiço que esconda a identidade de uma das meninas de todas as pessoas, exceto vocês, até que a maldição seja quebrada. Também posso manter as duas filhas protegidas de qualquer perigo enquanto estiverem dentro do reino, mas isso só protegerá o coração frágil delas se também removermos as lembranças que uma tem da outra – completou, e a rainha pareceu alerta. – Apenas até que a maldição seja quebrada – reassegurou o troll. – Se fizermos isso, nenhuma das garotas se lembrará da outra quando acordarem.

O entendimento do que Vovô Pabbie dizia estava estampado no rosto da rainha. Ela olhou de uma filha para a outra, separadas por apenas alguns metros.

– Isso parece tão cruel... Mas, de qualquer forma, acho que *não* temos escolha. – Ela olhou para o marido. – Pelo menos não precisarão viver sabendo da verdade que seus pais conhecem.

Vovô Pabbie olhou para ela, triste.

– Realmente, não é justo – concordou ele.

A mãe se ergueu, aprumando-se. Seu lábio inferior tremeu enquanto se virava para o marido, com os olhos cheios de lágrimas.

– Precisamos deixar que Vovô Pabbie as ajude a esquecer da existência uma da outra até que a maldição seja quebrada.

Precisamos encontrar um lugar seguro em que uma delas possa ficar. É a única maneira.

Agnarr parecia tão devastado quanto Iduna.

– Mas como decidimos quem fica conosco?

Até alguns dos trolls choravam pelo rei e pela rainha. Elsa do presente assistiu à cena com lágrimas escorrendo pelo rosto. Ela sentia a dor dos pais. A mãe enfim se pronunciou.

– Elsa ficará conosco – decidiu ela. – Ela é a próxima na linha de sucessão do trono e seus poderes são fortes demais para que ela aprenda a controlá-los sozinha – completou. O marido também chorava. – Você sabe que é assim que precisa ser, Agnarr. Quando Elsa se lembrar deles, precisaremos estar por perto para ajudá-la a entendê-los.

O pai aquiesceu.

– Você tem razão. Mas onde deixaremos Anna? – A voz dele estava trêmula.

– Existe alguém em quem confiariam a tarefa de tomar conta de sua filha como se ela fosse sua própria? – Vovô Pabbie perguntou à rainha.

– Existe – murmurou ela. – Confiaria minha vida a essa amiga. Mas pedir que crie minha filha é demais.

– Nada é demais quando feito por amor – lembrou Vovô Pabbie. – E, para aplacar sua angústia, Anna pode ser escondida à vista de todos. – O troll olhou para a rainha. – Vocês são as duas únicas pessoas que se lembrarão da verdadeira ascendência de Anna. Ainda podem vê-la quando quiserem, sem que ela saiba de sua verdadeira identidade.

FROZEN ÀS AVESSAS

O rei e a rainha olharam um para o outro, com o vale entre eles. Ambos tinham lágrimas escorrendo pelo rosto. O rei se virou para Vovô Pabbie.

– Faça o que tiver que fazer. Apenas proteja nossas filhas. – Ele hesitou, como se as palavras fossem duras demais para serem ditas em voz alta. – Ajude Elsa a se esquecer de que tem uma irmã, apague as memórias de Anna de sua vida anterior e... remova a existência de Anna da memória do reino.

Assistindo à cena, Elsa agora entendia a decisão dos pais – mas também podia sentir a dor que experimentaram, que se assemelhava à dela. Se ela não tivesse interferido...

Fechando os olhos, Vovô Pabbie ergueu as mãos para os céus de novo. Imagens que separavam a vida de Anna e Elsa passaram voando por eles, como nuvens. Ele enrolou as cenas em uma bola e as apertou contra a têmpora de Anna. Então, subiu os degraus e fez o mesmo com Elsa. Um lampejo de luz azul estrondou pelo vale como um terremoto, espalhando-se até os limites do reino antes de desaparecer.

– Feito – disse Vovô Pabbie. – Agora, tenho um presente: o futuro de vocês.

Vovô Pabbie ergueu as mãos para os céus mais uma vez e mostrou novas imagens do rei e da rainha. Uma era de Anna brincando feliz na praça da vila com um grupo de crianças. A outra era de Elsa estudando com o pai na biblioteca. Ambas estavam sorrindo. Ambas estavam se divertindo. Só não estavam juntas. A mãe e o pai tentaram sorrir, apesar da tristeza.

– Quando a hora chegar, elas se lembrarão uma da outra e voltarão a ficar juntas – prometeu Vovô Pabbie.

—

Foi a última coisa que Elsa ouviu antes que Vovô Pabbie tocasse a memória no céu e ela se recolhesse em sua mão, que ele pressionou de novo contra a própria têmpora.

– Entende por que não é seguro encontrar Anna? – perguntou, gentil.

– Mas eu me lembro de Anna – disse Elsa, erguendo a voz. – Isso não significa que a maldição foi quebrada?

Vovô Pabbie negou com a cabeça.

– Ela está começando a se quebrar. Mas, se estivesse verdadeiramente quebrada, você não seria a única que se lembraria da sua irmã: todo o reino se lembraria também.

O coração de Elsa apertou. Vovô Pabbie estava certo. Ela ainda era a única que sabia quem era Anna. Além de Olaf – e ele era uma fonte não muito confiável na melhor das hipóteses. Ela tentou conter as lágrimas.

– Como o senhor sabe que a Anna ainda não se lembra de mim? E se ela estiver por aí me procurando também?

Vovô Pabbie apertou as mãos dela com mais firmeza.

– Eu saberia. Você também. Elsa, você deve ficar calma. Posso ver além do vale, e sei o que o medo está fazendo com sua magia. O reino está mergulhado em um inverno eterno.

FROZEN ÀS AVESSAS

– Não queria que isso tivesse acontecido – disse Elsa, baixinho. – Não sei como consertar o que fiz.

– Você vai descobrir logo – reassegurou ele. – Agora, deve se concentrar em controlar os seus poderes. O resto acontecerá naturalmente. A magia está se dissipando. Posso sentir! Você está se lembrando do seu passado. Logo, Anna também estará. Mas, até que isso aconteça, vocês precisam manter distância uma da outra. Seja paciente. A vida da sua irmã depende disso.

Elsa olhou na direção do caminho que deixava o vale. Além das rochas, viu a tempestade de neve.

Achava que encontrar Anna mudaria tudo, mas estava errada. Era tudo o que Elsa tinha tentado fazer pelos últimos dias, lutando para encontrar sua família. Ela nem sequer podia fazer isso agora. Se chegasse muito perto de Anna, o gelo consumiria a irmã.

Mesmo depois de tanto tempo, estava destinada a ficar sozinha.

CAPÍTULO VINTE E UM

ANNA

– NEVE. POR QUE tinha que ser justo neve? – perguntou Anna, tremendo de frio enquanto Kristoff e Sven levavam o trenó montanha acima com ela e Olaf enfiados dentro. – Ela não podia ter uma magia tropical que cobrisse os fiordes com areia branquinha e raios de sol?

– Eu amo o sol! – intrometeu-se Olaf, com sua nevasquinha particular trombando com o banco dianteiro do trenó enquanto sacolejavam pelo caminho irregular. – Quer dizer, acho que gosto, né. É difícil saber o que o sol faz se você passa o tempo todo dentro de um castelo.

– Não acho que você ia gostar muito do sol. – Kristoff apertou os olhos para enxergar o caminho diante deles.

A nevasca havia ficado mais forte desde que haviam deixado Arendelle e despencava em camadas pesadas. Anna não sabia como Kristoff e Sven conseguiam ver aonde estavam indo. A noite

FROZEN ÀS AVESSAS

havia caído, e as pequenas lamparinas penduradas nas bordas do trenó não iluminavam muito. Precisariam procurar abrigo em breve, mas Anna não via casas ou vilarejos há horas. Subitamente, depararam-se com um paredão de neve que tornava a rota intransponível. A alternativa era um declive acidentado que nem sequer parecia um caminho de verdade.

– Tem certeza de que a Elsa veio por aqui? – Kristoff perguntou a Olaf, enquanto conduzia Sven pelo terreno inexplorado e coberto de gelo.

– Sim. Não. – Olaf coçou a cabeça com um dos gravetinhos. – Olha, de novo: tudo o que eu vi foi através de uma janela. Escutei uma gritaria louca e depois vi gelo congelando tudo. Daí eu olhei pra fora e vi a Elsa... ou pelo menos eu acho que foi a Elsa, né, porque quem mais pode produzir neve? E ela corria pelo fiorde enquanto ele congelava. E aí ela desapareceu no meio das árvores! – Olaf franziu o cenho. – E aí eu perdi ela de vista.

Kristoff tirou os olhos do caminho e virou-se para Anna.

– Lembra aqui pra mim: por que a gente tá dando ouvidos pra um boneco de neve falante? A gente tá no meio de uma nevasca, o vento tá uivando, não temos abrigo e estamos subindo a montanha de trenó seguindo um mero palpite.

– Não é como se a gente tivesse uma opção melhor – pontuou Anna. – Vai dar tudo certo. O Olaf vai ajudar a gente a encontrar a Elsa. Ele a conhece melhor do que qualquer pessoa, não conhece?

– Sim! – insistiu Olaf, enquanto o trenó fazia uma curva natural e começava a subir de novo. – Conheço muito a Elsa, porque ela me fez três anos atrás e nunca saí do quarto dela. – Seus olhos se iluminaram. – Pera aí! Tô enganado. Às vezes ela me surrupiava por uma das passagens secretas e a gente subia até a torre do sino ou até o sótão. Uma vez, a gente foi até o Grande Salão e a Elsa fez um barrancão pra gente ficar escorregando. Mas isso foi no meio da madrugada.

Anna sentiu os pelinhos da nuca se arrepiarem. Subitamente, lembrou-se de estar escorregando por um barranco de neve dentro de um grande salão quando era novinha, na companhia de uma garotinha loira – e ambas se seguravam em um boneco de neve. Ela olhou para Olaf de novo.

– Foi você que fez isso?

– Isso o quê? – perguntou Olaf.

– Isso de me fazer ver essa cena – respondeu Anna. Talvez o frio estivesse tomando conta dela.

– Que cena? – perguntou Olaf justo quando o trenó atingiu uma rocha e ergueu-se no ar. Depois, chocou-se contra o chão, e a nevasca particular de Olaf atingiu o rosto de Anna e de Kristoff.

Anna esfregou os olhos e sentiu a memória se dissipar.

A expressão mal-humorada de Kristoff foi substituída por uma de considerável preocupação.

– Acho que a gente ficou no frio por tempo demais.

– Também acho – concordou Anna. – Tô começando a ver coisas que não existem. – Ela olhou para o boneco de neve de novo. – Tipo você. Pelo menos, acho que era você. Nós dois descendo um monte de neve juntos, dentro de um salão grande.

– Isso é porque a gente fez isso! – disse Olaf.

A respiração de Anna se acelerou.

– Quando?

Os pais de Anna haviam dito que ela tinha sido adotada ainda bebê, mas e se aquilo não fosse verdade? Suas memórias mais antigas com Tomally e Johan eram de eventos mais recentes – ela começando a ir à escola, preparando pão em um banquinho ao lado da mãe, esperando Freya parar diante da casa deles. Em todas essas lembranças, ela era uma menina de seis ou sete anos. Claro, ninguém se lembra de ser bebê, mas a menina nas visões parecia-se com ela e soava muito como ela. Não devia ter mais do que quatro ou cinco. O que eram aqueles súbitos lampejos de memórias das quais não conseguia se lembrar completamente? Será que eram as lembranças de sua primeira família?

Às vezes, ela se perguntava quem eram seus pais naturais e por que a tinham dado para adoção, mas nunca havia perguntado nada para Tomally ou Johan. Não queria chateá-los com a pergunta. Sempre dizia que a única coisa de que se lembrava da vida anterior era ter sido beijada por um troll. Parecia uma coisa engraçada a se dizer quando as outras crianças perguntavam sobre sua adoção, mas a verdade era que ela realmente se lembrava disso. Parecia um sonho – uma memória vaga, na verdade – em que estava adormecida enquanto um troll conversava com ela e então lhe dava um beijo na testa. Ela havia visto aquela cena tantas vezes em seus sonhos que realmente acreditava nela. Só não compartilhava aquilo com outras pessoas.

Mencionara o ocorrido para os pais algumas poucas vezes. Agora que pensava nisso, eles nunca haviam negado.

– Olaf? – tentou Anna de novo. – Você e eu realmente esquiamos... dentro de algum lugar? – perguntou, e Olaf concordou com a cabeça. – Mas como é possível? Nunca tinha saído da minha vila até fazer esta viagem. Tem certeza de que nunca saiu do castelo antes?

A expressão de Olaf ficou confusa.

– Acho que não. Será que saí?

– Não sei – disse Anna, sentindo-se frustrada.

– Nem eu – admitiu Olaf.

– Será que vocês dois podem ficar quietinhos? – Kristoff estalou as rédeas de novo. – Tá ficando cada vez mais difícil enxergar alguma coisa com essa neve toda. Eu tô tentando me concentrar. Esse caminho é rochoso demais. A gente precisa arrumar um lugar aquecido pra vocês descongelarem os miolos e então descobrir o que a gente vai fazer em seguida. Não dá pra ficar nesse joguinho de gato e rato seguindo as instruções de um boneco de neve que não sabe pra onde tá indo.

– Mas... – começou Anna.

Kristoff a ignorou.

– Me dá um segundo. – Ele se levantou, erguendo um lampião para tentar ver além da escuridão crescente. – Pensei que a gente estava perto do vale, mas toda essa neve faz tudo ficar mais difícil de ver.

– Que vale? – perguntou Anna. Subitamente, havia começado a tremer.

FROZEN ÀS AVESSAS

– Um vale onde não neva – disse Kristoff, soando como se tivesse respondido sem pensar muito.

– Como é que existe um vale onde não neva se o reino inteiro está coberto de neve? – perguntou Olaf.

– Como é que existe um boneco de neve que fala? – rebateu Kristoff.

À distância, eles ouviram um terrível uivo de lobo.

Preciso encontrar Elsa, percebeu Anna, sentindo a necessidade quase esmagá-la.

Fechou os olhos, tentando afastar os pensamentos estranhos. Talvez Kristoff estivesse certo: ela precisava dormir.

– Não tô me sentindo muito bem – disse, e encostou a cabeça no trenó.

– Anna? – Kristoff a chacoalhou. – Não dorme agora. Tá me ouvindo? A gente vai encontrar abrigo. – Ele a fez se sentar. – Olaf, não acredito que eu tô prestes a dizer isso, mas continua conversando com ela até que a gente arrume um lugar pra parar.

– Tá bom, mas sobre o quê? – perguntou Olaf.

– Talvez sobre por que a princesa ficou loucona de pedra... Quer dizer, de gelo? – Kristoff estalou as rédeas de novo e Sven continuou a subir.

Anna fez uma cara feia para o rapaz.

– Ela não tá louca, ela tá... – Outro lampejo surgiu, e ela sentiu como se a cabeça fosse quase explodir.

Elsa, usa a magia! Usa a magia, ela ouviu uma vozinha dizer. Em seguida, viu a si mesma sentada em uma cadeira, vestida em uma camisola e batendo as mãozinhas. Ela havia dito o nome Elsa? Aquilo era impossível. Anna começou a ficar sem fôlego. *O que tá acontecendo comigo?*

– Mais rápido, Sven! – gritou Kristoff, amparando Anna com um braço. – Anna? Fica comigo, tá bom? Aguenta firme.

– Tô tentando – sussurrou Anna, mas parecia que sua cabeça estava em chamas, e ela se sentia muito, muito cansada.

– Fala com ela, Olaf! – gritou Kristoff. – O que você pode contar pra gente sobre a Elsa?

– Ela amava flores. O Hans mandava um buquê de urzes-roxas pra ela toda semana – contou Olaf. – Ele era uma das únicas pessoas que conseguia tirá-la do quarto.

– Que fofo – disse Anna, sonhadora.

Kristoff a chacoalhou de novo.

– Olaf! Continua falando!

– Ela amava luvas! – acrescentou Olaf, pulando tão alto no assento que sua cabeça se desconectou do corpo por um instante. – Ela sempre usava luvas azuis, mesmo no verão, e eu comecei a me perguntar... Sei lá, talvez ela tivesse algum siricutico com sujeira. Ah, e ela curtia ler mapas e livros que o rei e a rainha deixaram pra ela. Eu nunca conheci eles dois – disse ele, chateado. – Elsa me disse que foi depois que eles morreram que ela deixou de sair do quarto. Até este ano, quando já tava pronta pra virar a rainha. Aí, ela teve que sair um monte do quarto.

– Isso é tão triste – disse Anna. A voz dela parecia muito distante. – É como se ela estivesse se afastando do mundo. Às vezes, eu me sentia assim em Harmon. Separada do resto do reino. Eu queria ver mais coisas.

– Você vai, mas pra isso você precisa ficar acordada. *Celeiro!* – berrou Kristoff. – Ainda bem! Para aqui, Sven.

Anna viu o celeiro através da neve abundante e o mundo escureceu.

———

A próxima coisa que percebeu era que estava em algum lugar aquecido e podia sentir o cheiro de feno. Ouviu uma fogueira crepitando em algum lugar próximo. Seus olhos se abriram devagar.

– Olha quem voltou! – disse Kristoff. – Você ficou apagada por horas. Olaf, ela acordou! Eu pensei... Sei lá. – Ele passou a mão pelos cabelos. – Você precisa... Você precisa de sopa.

Sven bufou.

– Sopa? – disse Anna, grogue. Ela estava coberta com uma manta de lã e parecia estar em um celeiro grande. Podia ver cavalos e éguas mordiscando feno em suas baias e galinhas em viveiros. Uma vaca mugiu em algum lugar próximo. Todos estavam abrigados entre quatro paredes em um clima daquele.

– Sim, ela precisa de sopa – Kristoff discutiu com a rena. – Ela precisa colocar alguma coisa no estômago. Não tomou nada de vinho quente no castelo como eu e você, e você ainda comeu todas as cenouras – disse, e Sven bufou de novo. – Só tô preocupado, é isso. – Sven bateu a pata no chão. – Sim, *é só* isso. Chega,

Sven. – Kristoff estendeu um caneco para ela. – Aqui. Você vai gostar de saber que eu perguntei pras pessoas da família se podia ficar no celeiro dessa vez e elas disseram que sim. Ficaram felizes de receber notícias de Arendelle. Não que a gente tenha muitas novidades, mas ver um boneco de neve falante pareceu alegrar a criançada.

Olaf riu.

– Eles gostaram da minha nevasquinha particular, mas disseram que já tava bom de neve, né?

– Até eu acho que já tá bom de neve, e olha que eu corto gelo pra sobreviver – disse Kristoff. – Anna? Toma um pouquinho de sopa.

Ela se sentou lentamente. A cabeça ainda pulsava. Gemeu.

Kristoff levou o caneco até os lábios dela.

– Vai. Só um tiquinho.

Anna tomou um gole, sentindo a sopa aquecer seu corpo. Para alguém tão rabugento o tempo todo, Kristoff sabia ser doce quando queria.

– Obrigada.

Kristoff corou.

– Bom, é... – começou. Sven bufou de novo e Kristoff desviou o olhar. – Não foi nada. Só preciso levar você, inteira, de volta pra casa. E é pra lá que a gente tá indo: pra sua casa.

Anna arregalou os olhos.

– A gente não pode! A gente precisa encontrar a Elsa!

Kristoff se acomodou e suspirou.

– Olha como você ficou mal só de sair nesse tempo.

FROZEN ÀS AVESSAS

– Não é o tempo – insistiu Anna, mas não conseguia explicar o que estava sentindo. Sabia que parecia maluquice, mas algo lhe dizia que precisavam continuar até encontrar Elsa. Talvez a princesa soubesse o que estava acontecendo com ela. Afinal de contas, Elsa sabia usar magia. – Alguém precisa convencer a princesa a trazer o verão de volta. Ela vai ouvir o Olaf. E, se não ouvir, a gente vai fazer com que dê ouvidos pra gente.

– Tá ficando cada vez mais frio. – Kristoff colocou de lado o caneco de sopa, que Sven imediatamente começou a lamber. – A gente não pode continuar perambulando por aí com o Olaf sem ter nem ideia de pra onde a gente tá indo. Sei que você quer ajudar, mas é impossível quando tudo o que a gente tem é uma ideia vaga de que ela seguiu na direção da Montanha do Norte. Vamos encarar os fatos: ninguém sabe de verdade onde a princesa Elsa está.

– No Vale das Rochas Vivas! – disparou Olaf.

Kristoff arregalou os olhos.

– O que você falou?

– Nunca ouvi falar desse lugar – disse Anna.

– Nem eu – admitiu Olaf. – Quer dizer, eu já *ouvi* sim. Ouvi um homem dizer esse nome quando leu a carta que a mãe de Elsa escreveu pra ela. Tinha alguma coisa sobre esse tal Vale das Rochas Vivas. Só não tenho certeza do que raios isso significa.

– Eu sei onde fica o Vale das Rochas Vivas – disse Kristoff.

– Então você vai me levar até lá? – perguntou Anna.

Kristoff passou a mão pelos cabelos.

– Eu preciso mesmo?

Ela apertou as mãos dele.

– Por favor?

A fogueira crepitou e estalou enquanto Anna esperava por uma resposta. Olaf chegou mais perto. Sven bufou. Todos olhavam para Kristoff, que encarava as mãos de Anna. Finalmente, ele ergueu o olhar. Seus olhos castanhos pareciam ferozes com o brilho das chamas. Anna até aquele momento ainda não havia notado que ele tinha sardas pequeninas no rosto.

– Tá bom – disse Kristoff. – A gente sai logo de manhã, mas é melhor vocês já prepararem as bagagens.

Anna sorriu. Pela primeira vez, não discutiu.

CAPÍTULO VINTE E DOIS

ELSA

ELSA NÃO SABIA QUANTO tempo tinha se passado desde que deixara o vale para voltar à Montanha do Norte. Se não pudesse estar com Anna, o tempo não importava mais. As palavras de Vovô Pabbie ecoavam repetidamente em sua cabeça. *Seja paciente.* Ela havia sido mais do que paciente! Tinha passado os últimos três anos lidando com o luto da perda dos pais – de quem Anna provavelmente nem sequer se lembrava – e tinha vivido sem a irmã desde que era uma criança. Aquilo não tinha durado tempo demais? Quando a maldição quebraria? Ela se lembrava de Anna; ela precisava de Anna. Não era isso que Vovô Pabbie havia dito ser necessário para que a magia se dissipasse? Por que Anna não se lembrava do passado também?

E se Anna nunca se lembrasse?

Se Anna não se lembrasse dela, Elsa não voltaria mais ao reino. Ela ficaria no topo da montanha até que a maldição

233

FROZEN ÀS AVESSAS

fosse quebrada – e, se isso não acontecesse, ficaria lá em cima para sempre. Seu povo precisava de uma líder forte, não de uma rainha oprimida pelo pesar. Eles se virariam melhor sem ela.

O trenó de Elsa parou de súbito diante da escadaria que levava a seu palácio de gelo. Quando desceu, não encarava mais o novo castelo com admiração. Estava perdida na própria tristeza. Talvez tenha sido por isso que não notou as pegadas na neve próximas à porta do palácio. Foi só quando já tinha entrado que percebeu que não estava sozinha.

Elsa deu um salto, em choque.

– Como me encontrou?

– Não foi difícil sabendo onde procurar. – Hans levantou as mãos em rendição para que ela não fugisse assustada. – Eu vim sozinho. – Ele vestia um casaco naval pesado, luvas e um cachecol enrolado ao redor do pescoço. Carregava tanto uma espada quanto uma besta em bainhas presas ao cinto. As botas estavam cobertas de neve, e as bochechas e o nariz estavam corados. Elsa podia imaginar a jornada que ele tinha encarado para chegar até o topo da montanha.

– Como você... – A voz dela se perdeu.

Hans deu um passo adiante.

– Quando a senhorita correu daquele jeito, congelando o fiorde, soube que estava tentando desaparecer – disse ele. – Então, pensei: qual é o lugar mais distante ao qual Elsa poderia ir para escapar? Então, olhei para cima e a vi: a Montanha do Norte.

Talvez Hans a conhecesse melhor do que ela imaginava.

Ele semicerrou os olhos, preocupado.

– Está tudo bem?

Não, ela queria dizer. *Tenho uma irmã. Ela está viva. Quero desesperadamente encontrá-la, mas existe uma maldição que nos mantém separadas.* Mas não disse nada.

Hans olhou ao redor, impressionado.

– Construiu tudo isso sozinha?

– Sim – disse Elsa, sentindo-se novamente orgulhosa de sua criação. Ela não tinha imaginado qualquer igluzinho humilde. A construção tinha a arquitetura do castelo de sua família, com desenhos de flocos de neve e padrões intrincados que cobriam as paredes e os arcos. Cada pilar brilhava e cintilava com um brilho azul que enchia o palácio todo de luz.

– Este lugar é incrível, assim como a senhorita – disse Hans. – Tudo a seu respeito parece de algum modo diferente agora.

Ela corou.

– Hans...

– É o seu cabelo? Geralmente, não o usa solto. Gosto do seu vestido também. Este lugar combina com a senhorita. – Os olhos de Hans percorreram o salão atrás dela. – Está sozinha?

Ela expirou, lentamente.

– Estou sempre sozinha.

Hans se aproximou.

– Não está sozinha, Elsa. Estou aqui contigo. Sempre estive.

Elsa não sabia se era o tom na voz dele ou o fato de que ele havia viajado de tão longe para encontrá-la, mas algo dentro dela cedeu. Seus olhos se encheram de lágrimas.

FROZEN ÀS AVESSAS

– Sinto muito por ter revelado meus poderes daquele jeito. Não queria assustá-lo. Não queria machucar ninguém.

– Sei disso. – Ele tomou a mão dela.

– O duque estava me pressionando, a coroação estava começando, e eu tinha acabado de descobrir... – Ela se calou.

– Descobrir o quê? – insistiu Hans.

Ela se afastou.

– Nada. – Como poderia explicar a ele sobre Anna?

– Não consigo ajudá-la se não me der abertura – disse Hans. Elsa ficou em silêncio. – Eu acho que o que pode fazer é de tirar o fôlego.

Ela olhou para ele.

– Acha mesmo?

Hans sorriu.

– A senhorita foi agraciada com um dom incrível. Pense em todas as coisas que pode fazer por Arendelle com seus poderes. As pessoas estão assustadas apenas porque não entendem sua magia. Se mostrar a elas que é capaz de interromper esse inverno e, depois, explicar como sua magia pode proteger o reino, elas andarão na linha. A senhorita vai ver.

– Andar na linha? – Elsa repetiu. Não sabia se gostava muito de como aquilo soava.

Hans pareceu afobado.

– Sabe do que estou falando. As pessoas respeitarão seu poder do mesmo jeito que me respeitaram por ter vindo atrás da senhorita. – Ele buscou a mão dela de novo. – Pense em tudo o que podemos fazer pelo reino juntos.

Juntos. Elsa recuou. Então era isso, não era? Por que não tinha percebido antes? Hans não estava ali por ela, mas por si mesmo.

– Você ainda quer se casar?

Ele se ajoelhou diante dela.

– Sim. Mesmo com esses poderes, quero me casar com a senhorita. Volte e aceite sua coroa, e então poderemos governar Arendelle juntos. Nunca precisará ficar sozinha de novo. Eu prometo.

Ali estava, de novo: *Poderemos governar Arendelle juntos*. Hans cobiçava o trono. Ele não a desejava – ele desejava o poder.

– Perdoe-me, mas não posso me casar com você. Tampouco voltarei contigo. – Ela começou a subir a escadaria. – Sinto muito que tenha vindo de tão longe para nada.

– O quê? – Hans parecia incrédulo. – A senhorita precisa voltar! – A voz dele tinha um toque de desespero. – Apenas um monstro recusaria. – Ele se calou, com os olhos arregalados. – Digo...

– Por favor, vá embora – ela o interrompeu. *Monstro*. Apesar de todos os apelos, Hans a via do mesmo jeito que o duque.

– Volte comigo. Se apenas pudesse interromper o inverno... Trazer de volta o verão... – Ele parecia frustrado. – Por favor?

– Você não percebe? Não consigo – disse Elsa. – Não sei como fazer isso. Então vou ficar por aqui, onde não posso machucar mais ninguém. Sinto muito.

A expressão de Hans estava calma.

– Entendi – disse ele, suavemente. – Se a senhorita não é capaz de consertar as coisas, talvez Anna seja.

O vento que soprava pelo palácio tornou-se o único som audível.

Elsa estacou, chocada.

– O que acabou de dizer?

Hans retirou um pergaminho do bolso e o ergueu.

– Eu disse que Anna talvez possa trazer de volta o verão. É por isso que está aqui em cima, não é? Está procurando a sua irmã. Li a carta da rainha.

Elsa congelou.

– Como conseguiu isso?

– A senhorita a derrubou na pressa de fugir do castelo – disse Hans, enquanto a lia de novo. – Creio que a encontrou no dia da coroação. Por qual outra razão teria sofrido um surto de magia gelada? – Ele sorriu, presunçoso. – Não posso dizer que a culpo. Se tivesse descoberto que tinha uma irmã que esconderam de mim por anos, também ficaria meio maluco.

– A quem mais você contou sobre a carta? – sussurrou Elsa.

– Ninguém… por enquanto – disse Hans. – Esperava que a senhorita voltasse, aceitasse se casar comigo e tornasse a situação toda mais fácil. Mas, já que isso não vai acontecer, pelo menos tenho opção.

Elsa agarrou o corrimão de gelo, em pânico.

– Você não faria isso.

– Como o décimo terceiro na lista de sucessão do meu próprio reino, não posso desperdiçar as chances. – Hans andava de um lado para o outro. – Sabia que precisaria me casar para chegar ao trono em algum lugar, então, quando o duque de Weselton me contou sobre a senhorita e sobre Arendelle, fiquei intrigado. Mas nunca consegui chegar a lugar algum contigo. Era sempre tão fechada, e agora acabou com a própria vida. Quando eu contar às pessoas que a senhorita não vai retornar nem trazer o verão de volta, elas realmente acreditarão que é um monstro.

– Não! – Elsa desceu as escadas e correu na direção dele, mas Hans sacou a besta do cinto e apontou para ela. Elsa parou de súbito, surpresa.

Ela não reconhecia o homem diante dela. Não era ele quem a havia cortejado por um ano, enviado flores todas as semanas e, pacientemente, esperado que ela decidisse o seu futuro juntos.

Na verdade, Hans era o monstro.

Como ela podia ter sido tão estúpida?

– Felizmente, agora sabemos que o trono de Arendelle tem outra herdeira – disse Hans. – Quando eu mostrar esta carta às pessoas e localizar Anna, elas se sentirão em dívida comigo por ter encontrado a princesa perdida delas. Eu *sou* encantador; então, ao contrário da senhorita, Anna provavelmente aceitará se casar comigo. Depois, só faltará matarmos a senhorita para trazer o verão de volta.

– Você não é páreo para mim – respondeu Elsa. Ela sentiu um formigamento familiar nos dedos enquanto se preparava para mirar em Hans.

– Talvez não, mas eu sou o herói que salvará Arendelle da destruição. – Hans correu pelas portas do castelo e as abriu. – Guardas! Guardas! Encontrei a princesa! Ela está armada! – Ele sorriu para ela. – Ajudem-me!

Hans a enganara. A raiva borbulhava dentro dela quando ergueu as mãos, com um brilho azulado envolvendo os dedos.

– Você não vai se safar assim!

– Já me safei. – Hans apontou a besta para o teto e atirou.

FROZEN ÀS AVESSAS

A flecha atingiu o enorme lustre em forma de floco de neve. Horrorizada, Elsa viu o lustre se estilhaçar e cair em sua direção. Ela tentou saltar para fora do caminho, mas não foi rápida o suficiente. Os cristais choveram sobre sua cabeça, derrubando-a no chão. Quando conseguiu se levantar, estava cara a cara com os guardas de Arendelle. Homens que haviam dedicado a vida à proteção do reino agora brandiam espadas apontadas para a sua princesa. Então, dois homens grandes vestidos com sobretudos vermelhos correram, vindos do cômodo ao lado. Ela os reconheceu imediatamente: eram os homens do duque de Weselton.

– Nós a pegamos! – gritou um deles. – Não reaja se não quiser sair ferida.

Como ousavam ameaçá-la? Eles não tinham autoridade naquele reino. As pontas dos dedos de Elsa começaram a brilhar e os dois homens ergueram as bestas ao mesmo tempo.

– Não vou com vocês – disse Elsa. – Não se aproximem!

Ela ouviu as bestas dispararem antes de ver as flechas voando em sua direção. Então ergueu as mãos, criando uma parede de gelo como escudo. Os projéteis penetraram na superfície, que começou a rachar. Elsa correu pelo salão, tentando achar um jeito de sair do palácio. Precisava encontrar Hans e impedir que ele escapasse, mas os homens continuavam a chegar. Atirou gelo de novo e de novo, construindo barreiras congeladas ao seu redor.

– Desviem! – gritou um dos homens do duque, enquanto abriam espaço por entre as adagas de gelo que brotavam do chão. Eles vinham de direções opostas.

Elsa agitava as mãos para se proteger.

– Não quero machucar vocês! Fiquem longe!

– Atire! – Um dos homens jogou uma besta para o outro.

Elsa disparou uma corrente contínua de neve que se congelou na forma de um pingente de gelo, prendendo um homem à parede e mantendo-o imóvel. Com a outra mão, ela atirou um jato através do salão, criando uma parede congelada que empurrou os outros capangas do duque para um cômodo próximo, tirando-os de vista. Ainda assim, ela continuou se defendendo, pensando na traição de Hans e em sua irmã, que, sem saber, havia se tornado alvo do príncipe.

Seus próprios homens voltaram correndo até o salão.

– Princesa Elsa! – gritou um deles. – Não seja o monstro que eles acham que a senhorita é!

Atingida pela palavra *monstro*, ela baixou os braços, derrotada. Um dos homens do duque se aproveitou da hesitação e disparou a besta na direção dela.

Furiosa, Elsa girou os braços, e as paredes ao redor trincaram enquanto gelo novo se acumulava sobre o antigo. Ela imaginou um grande protetor e o chão começou a tremer. Gelo voou ao redor, saindo de seus dedos e espiralando como um ciclone até formar um monstro de verdade feito de neve, cuja altura equivalia a andares. Os olhos azuis da fera brilharam quando emitiu um rugido feroz.

– Vão embora! – parecia gritar a coisa, embora nem mesmo Elsa pudesse ter certeza. Podia ser apenas o barulho das paredes ruindo ao redor deles. Os guardas ergueram as espadas de novo e se prepararam para lutar contra a criatura.

FROZEN ÀS AVESSAS

Elsa aproveitou o momento para fugir. Disparou pela porta do palácio, mas deu de cara com mais guardas.

O medo tomou os olhos dos homens tão logo viram a criatura de neve gigante. Todos ergueram as bestas e apontaram para o coração de Elsa.

– Por favor. – Mal se escutava a voz dela com o ruído do vento. – Deixem-me explicar.

Eles não deram ouvidos.

– Atirar!

Flechas voaram na direção da princesa ao mesmo tempo que o monstro de neve tropeçava de costas sobre o palácio, depois de ter a perna gelada decepada. Ele perdeu o equilíbrio e tombou na escadaria, atravessando-a e caindo direto no desfiladeiro. Os degraus remanescentes começaram a tremer e se despedaçar. Elsa tentou fugir da queda, saltando antes que os degraus caíssem no abismo abaixo dela. Aterrissou com um impacto do outro lado, com o gelo rachando ao seu redor. E, então, o mundo se apagou.

CAPÍTULO VINTE E TRÊS

ANNA

O SOL NÃO SAIU na manhã seguinte. O reino estava envolto em escuridão graças à tempestade agitada que continuava a despejar neve sobre Arendelle a uma velocidade preocupante. Dadas as condições precárias, Kristoff parecia levar muito mais tempo do que o normal para chegar até o Vale das Rochas Vivas.

– Não entendo – Kristoff murmurou para si mesmo. – A gente tá viajando há horas. A gente já devia ter chegado a uma altura dessa. – Kristoff parou o trenó.

– Você tá perdido? – perguntou Anna.

– Você parece perdido! – comentou Olaf.

Anna não o culparia se estivesse. Nevava tão forte que ela não podia enxergar um palmo diante do nariz.

– Quietos! – Kristoff tirou o lampião do gancho em que estava pendurado e o agitou para a escuridão. Sven bateu as patas na neve, inquieto, enquanto Kristoff tentava enxergar algo.

FROZEN ÀS AVESSAS

Anna os viu ao mesmo tempo que Kristoff: vários pares de olhos amarelos os encaravam de volta.

Lobos.

Um grunhido se destacou sobre os outros, à distância, e uma alcateia emergiu do meio das árvores. Anna achou as presas inacreditavelmente afiadas.

Kristoff colocou o lampião de volta no gancho e agarrou as rédeas.

– Vai, Sven! – O trenó chacoalhou e Sven disparou em velocidade máxima.

– Óin, olha só! Doguinhos! Eles não são uma fofura? – disse Olaf.

– Não são cachorros, Olaf! O que a gente faz? – perguntou Anna, enquanto Kristoff tentava manter o trenó o mais distante possível da alcateia que corria atrás deles.

Ele se esticou para alcançar atrás do assento, pegou um graveto e o colocou na chama do lampião. A madeira pegou fogo imediatamente.

– Consigo dar conta de uns lobos – disse ele, agitando as labaredas no ar.

– Quero ajudar! – gritou Anna!

– Não! – Kristoff fez as rédeas estalarem com mais força.

– Por que não? – Avançavam tão rápido que a neve que caía atingia o rosto de Anna como se os flocos fossem pequenas lâminas.

– Porque não confio na sua capacidade de julgamento – disparou Kristoff.

Anna se empertigou.

– Oi?

– Você não tá pensando direito! Quem insiste na ideia de vir para fora com esse tempo quando claramente tá ficando doente? – Ele deu um chute em um lobo, fazendo o animal voar para longe. Anna nem o havia visto se aproximar.

Ela correu os olhos pelo trenó, buscando algo que pudesse usar como arma. Olaf lhe entregou o alaúde de Kristoff.

– Eu não tô ficando doente! – disse Anna.

– Você não para de desmaiar e murmurar pra si mesma – relembrou ele.

– É porque eu tô vendo coisas! – Ela balançou o alaúde no ar. Ele se chocou contra um lobo e o animal fugiu correndo.

– Eita! – Kristoff parecia realmente impressionado. – Que tipo de coisas?

Anna parou de brandir o alaúde e olhou para ele.

– Eu sei que parece maluquice, mas continuo me vendo com a princesa, quando eu era pequenininha – disse ela. Kristoff estendeu a tocha para o lado, para manter os lobos afastados. – Tipo, acho que não é uma maluquice completa. Tenho certeza de que fui beijada por um troll uma vez, mas não me lembro da coisa acontecendo.

– Você não tava brincando sobre isso? – Os olhos de Kristoff se arregalaram. – Você conhece mesmo o Vovô Pabbie?

– Quem é Vovô Pabbie? – perguntou Anna, enquanto Kristoff chamuscava um lobo prestes a aterrissar sobre ele.

Um segundo lobo abocanhou o sobretudo de Kristoff. Ele caiu para fora do trenó antes que pudesse responder à pergunta.

FROZEN ÀS AVESSAS

– Kristoff! – berrou Anna, segurando a tocha antes que ela caísse. Não havia tempo para ordenar a Sven que parasse, e provavelmente estariam perdidos se isso acontecesse.

– Aqui! – Ela ouviu o grito de Kristoff.

Ele estava agarrado a uma corda que o arrastava atrás do veículo. Os lobos logo o alcançariam. Anna botou fogo na primeira coisa que viu – o saco de dormir de Kristoff.

– Uia! – disse Olaf, enquanto o fogo tomava o acolchoado. Kristoff gritou quando as chamas passaram voando por ele, não acertando sua cabeça por muito pouco.

Os lobos hesitaram, mas depois retomaram a perseguição.

Anna correu até a traseira do trenó para ajudar o rapaz a voltar para dentro. Kristoff já estava se içando.

– Você quase tocou fogo em mim!

– Gente? – Anna ouviu Olaf dizer, mas o ignorou.

Ela terminou de puxar Kristoff para dentro do trenó.

– Mas não toquei, ué!

– Gente? – Olaf repetiu. – A gente chegou no fim do caminho!

Kristoff e Anna olharam duas vezes para ter certeza. O desfiladeiro estava uns oitocentos metros adiante e Sven disparava na direção dele, agitado pelo barulho dos lobos. Anna e Kristoff correram até a frente do trenó.

– Fica pronto pra pular, Sven! – gritou Anna.

Kristoff pegou Olaf e o jogou no colo de Anna, então ergueu os dois nos braços.

– Ei! – protestou Anna.

Kristoff lançou-a para a frente, e ela aterrissou no lombo de Sven ainda com Olaf no colo.

– Não é você que fala pra ele o que fazer! Eu falo! – Kristoff cortou a corda que prendia o trenó no instante em que alcançaram o desfiladeiro. – Pula, Sven!

Sven saltou no ar. Anna se virou para trás a fim de olhar para Kristoff, em pânico. Ele e o trenó já estavam voando. Sven aterrissou do outro lado do desfiladeiro, quase arremessando Anna e Olaf para longe enquanto tentava parar, aos trancos e barrancos. Anna pulou da rena e correu até a beira do penhasco. Kristoff pulou do trenó enquanto o veículo caía no abismo. Ela viu, horrorizada, o rapaz tentar alcançar o outro lado – mas, em vez disso, bater na borda do desfiladeiro e começar a escorregar para trás.

– Segura firme! – gritou ela. – Corda! Preciso de corda! – Anna berrou para Olaf, em pânico, mas ela sabia que tudo de que precisavam estava no trenó. *Por favor, que nada aconteça com o Kristoff,* ela implorou silenciosamente.

Subitamente, uma picareta de uma corda amarrada disparou pelo ar, voando por sobre a cabeça dela. A picareta cravou o solo diante de Kristoff.

– Agarra ela aí! – alguém gritou.

Anna olhou para cima. Um homem com cabelos ruivos e vestindo um casaco azul estava segurando a outra ponta da corda.

– Me ajuda a puxar ele pra cima – disse o homem a ela.

Anna agarrou a corda, fincou os calcanhares no chão e ajudou a puxar Kristoff de volta à segurança. Ele caiu de costas, com a respiração pesada. Anna estava tão aliviada que pensou em abraçá-lo, mas se conteve e deu a Kristoff alguns instantes para que recuperasse o fôlego. Provavelmente não era hora de tocar no assunto de dizer que seu trenó recém-quitado acabara de ser consumido pelas chamas ao bater no fundo do precipício.

Anna olhou para o salvador deles, que estava parado ao lado de um cavalo amarelo-dourado.

– Obrigada. Se você não tivesse chegado neste instante...

Ele a interrompeu.

– Claro. – Ambos sabiam o que teria acontecido se ele não tivesse chegado. – O que vocês estavam fazendo no meio dessa tempestade? É perigoso, com os lobos e esse clima.

– Exatamente o que eu acho – disse Kristoff, ofegante –, mas quando essa daqui coloca uma coisa na cabeça, ninguém tira. Eu sou o besta que deu ouvidos.

Anna estendeu a mão para cumprimentar o estranho.

– Eu sou a Anna e o cara que você ajudou a resgatar é o Kristoff.

– Eu não diria exatamente "resgatar" – resmungou Kristoff.

O homem piscou várias vezes os seus olhos castanho-claros antes de falar.

– A senhorita acabou de dizer que é a *Anna*?

– É, a gente viu o negócio do congelamento repentino acontecendo em Harmon e seguimos pra Arendelle pra ver o que estava acontecendo – explicou ela, falando em velocidade máxima. – Mas então os lobos se emparelharam com o trenó e a gente chegou no desfiladeiro e precisou pular e aí o Kristoff me jogou pra cima do Sven, que é a rena dele, e aí a gente pulou, mas o trenó ficou pra trás. O Kristoff quase ficou também, né, mas aí você chegou. – Ela sorriu, radiante. O homem ainda parecia extremamente chocado. – Mas a gente tá sem segurança agora. Eu sou a Anna. Já falei isso?

Ele apertou a mão dela e sorriu.

– Falou, mas tudo bem. – Ele tinha um belo sorriso. – É um prazer conhecê-la, Anna. Sou Hans, das Ilhas do Sul.

Anna apertou a mão dele com mais força.

– Você… O senhor é o Hans? O *príncipe* Hans?

Ele riu.

– Sim. Acho que sim. E a senhorita é *a* Anna. Estou certo?

– Ahn… sim! – confirmou ela.

Ele era engraçado. Anna riu do absurdo que era aquilo tudo. Os lobos estavam do outro lado do desfiladeiro, Kristoff estava seguro e agora de algum jeito eles tinham encontrado o príncipe Hans. Só podia ser o destino!

– Príncipe Hans! – Olaf veio correndo da floresta, onde recolhia algumas coisas de Kristoff que tinham voado para todos os lados. – É o senhor! É realmente o senhor!

Hans tropeçou na neve.

– Ah, tá tudo bem – disse Anna, que àquela altura já tinha superado o choque de encontrar um boneco de neve falante. – Foi a princesa Elsa quem fez. O nome dele é Olaf e ele tá tentando ajudar a gente a encontrá-la, pra gente enfim acabar com esse inverno.

– A gente tá procurando a Elsa agora mesmo – adicionou Olaf.

FROZEN ÀS AVESSAS

– Estão? – Hans pareceu surpreso quando ela e Olaf concordaram com a cabeça.

Kristoff se sentou e Anna soltou a mão de Hans.

– Ótimo – disse Kristoff. – Agora que a gente já sabe quem é quem, a gente precisa continuar antes que os lobos voltem. Obrigado pela ajuda, *príncipe* Hans.

Anna corou com o sarcasmo de Kristoff. Ela já estava acostumada, mas Hans era um príncipe.

– Desculpa, mas a gente passou por umas poucas e boas. Não tivemos nenhuma sorte na busca pela princesa Elsa até o momento. O senhor tem alguma notícia dela?

A expressão de Hans ficou séria.

– Não, nenhuma. E vocês?

Anna negou com a cabeça.

– Não. A gente acha que ela pode estar no Vale das Rochas Vivas; mas, com essa neve toda, não conseguimos encontrar o lugar.

– Sério? – Príncipe Hans passou a mão pelos cabelos. – Achei que ela tinha ido na direção da Montanha do Norte; por isso vim por esse caminho. Mas não vi nenhum sinal dela. Duvido que ela tenha chegado até lá, de qualquer forma.

– Por que diz isso? – perguntou Kristoff.

Hans olhou para ele de cara fechada.

– Ela é uma princesa. Você realmente acha que ela ia dar conta de chegar ao topo da Montanha do Norte sem nenhum suprimento?

Anna hesitou. Não tinha pensado naquilo antes, mas não estava convencida. Afinal de contas, ela e Olaf tinham chegado até ali, e era a primeira vez na vida que deixava Harmon. Por que Elsa não seria capaz de subir uma montanha com a ajuda de seus poderes?

– Não é impossível. – Kristoff parecia ter ouvido os pensamentos dela. Ele se colocou entre Anna e Hans. – Ela é capaz de produzir neve, então já dá pra saber que ela gosta de lugares frios.

Ah, então agora Kristoff tá do lado da Elsa?, pensou Anna. *Ele não chamou ela de louca de gelo na noite passada?*

– Olaf? Quer dizer, o boneco de neve falante, né? – Hans parecia perturbado quando acenou para Olaf. – E aí?

– Príncipe Hans! Que bom enfim conhecer o senhor! – disse Olaf, batendo palminhas. – Amo as suas flores!

Hans pareceu confuso.

– Olaf disse que o senhor enviava urzes-roxas pra princesa toda semana – disse Anna. – Ele disse que o senhor era o único que a convencia a sair do quarto.

Hans corou. Ou talvez seu rosto estivesse apenas queimado pelo vento.

– Era a flor preferida dela. Pareciam animá-la sempre. – Sua expressão se escureceu. – A princesa Elsa não confiava em muita gente. Eu sabia que ela estava infeliz, mas não imaginava que pudesse mergulhar Arendelle em um inverno eterno.

– Só pode ter sido um acidente – disse Anna, enquanto um golpe de vento jogava um punhado de neve na direção deles. – Ela não teria feito algo assim ao reino de propósito.

– Algum de vocês conhece a princesa pessoalmente? – perguntou Hans. Anna e Kristoff negaram com a cabeça. – Eu a conheço muito bem – disse ele, suavemente. – Ela estava sempre perturbada e às vezes muito nervosa. Ela estava sofrendo com a coroação.

– Verdade – intrometeu-se Olaf. – Elsa não estava nada feliz com o cabelo dela. Eles queriam que ela fizesse um penteado bacanudo, e ela disse: "Olaf, você acha que eu devia usar ele solto?". E eu disse: "Eu nem tenho cabelo, pô". – Ele apontou para os gravetos no topo da cabeça.

– Ela estava chateada com o significado da coroa – corrigiu Hans. – Ela vivia me dizendo que não estava pronta para ser rainha. Eu achava que ela só estava com um frio na barriga por causa da coroação, mas ela insistiu. Disse pra mim que não queria ser responsável por um reino inteiro. Tentei encorajá-la, dizendo que seria uma ótima governante e que eu estaria por perto, mas...

Anna tocou o braço dele.

– Parece que o senhor tentou ajudá-la.

– Eu odiava vê-la tão chateada. – Ele desviou os olhos. – Na manhã da coroação, tentei acalmá-la, mas ela estava muito irritada comigo e com alguns funcionários do castelo. E com o duque de Weselton também. Ela pediu várias vezes que ficássemos longe. Foi quando... – Hans fechou os olhos com força. – Por pouco não escapamos do salão com vida.

– Ela tentou machucar vocês? – Anna estava chocada. A princesa realmente tentaria machucar o homem que amava?

– O gelo pode ser perigoso – disse Kristoff. – Eu bem sei. Ganho a vida entregando gelo. É uma coisa linda, mas é também perigosa, e tem uma magia que nem sempre pode ser controlada.

– Exatamente. E, como disse, ela estava brava – disse Hans.
– Atirou gelo direto na nossa direção, tentando perfurar nossos
corações. – Ele olhou diretamente para Anna. – O duque escapou
por pouco.

– Não ficaria surpreso se soubesse que o cara a provocou – disse
Kristoff, com uma risadinha. – Ele parecia *superamigável* quando
a gente o conheceu.

– O duque quase foi assassinado – disse Hans, rispidamente.
– Quão amigável você seria? Perdoe-me, mas a princesa que achávamos que conhecíamos não existe mais. A que eu vi naquele dia
é… um monstro.

Elsa não abandonaria o próprio povo, abandonaria? Anna
sentiu uma pontada de dor e levou as mãos à cabeça. Estava
tendo outro lampejo. Mas, dessa vez, não era uma memória
perdida. Em vez disso, era pura dor. *Me ajude!*, ouviu alguém
gritar. *Anna! Me ajude!*

– Elsa? – sussurrou Anna enquanto caía encolhida no chão.

Kristoff correu até ela, mas Hans chegou primeiro. Os olhos dela
abriam e fechavam, fazendo o rosto do príncipe entrar e sair de foco.

– A princesa está em apuros – disse Anna. – Posso sentir.

Kristoff puxou Anna dos braços de Hans.

– Você vai pra casa. Agora. – Ele olhou para Hans. – Ela se
sentiu mal ontem, mas tentou continuar. Ela é cabeça-dura demais
pro próprio bem. Precisa se abrigar e descansar.

A dor foi embora tão rápido quanto chegou, e Anna se desven-
cilhou deles.

FROZEN ÀS AVESSAS

– É só uma dor de cabeça. Dá pra continuar. Preciso chegar ao vale. Não sei por que, mas sinto que a Elsa pode estar em perigo.

– Em perigo? – Olaf soou preocupado.

– Vale? – perguntou Hans.

– Olaf achou que ela estaria na Montanha do Norte, mas agora ele parece achar que ela está no Vale da Rochas Vivas – explicou Kristoff. Ele olhou para Hans, sério. – Alguma vez ela mencionou algo sobre isso?

Hans pensou por um instante.

– Não. Creio que não. – Ele olhou para Anna. – Mas se a senhorita crê que ela está lá e que pode estar em perigo, precisamos encontrá-la. Só tenho um cavalo, Sitron, mas carrego dinheiro e coisas para barganhar. Podemos arrumar um cavalo para a senhorita também, e então vamos encontrar esse vale juntos.

– E convencer a princesa a voltar com a gente e a ajudar seu povo – acrescentou Anna. Ela suspirou fundo e tentou se controlar. A dor havia ido embora, mas a lembrança da voz de Elsa ainda persistia. O que estava acontecendo com ela?

– Sim – concordou Hans. – Se ela não quiser a coroa, pode abdicar dela, mas deve trazer o verão de volta.

– Ei, ei! – Kristoff interrompeu e se virou para Anna. – Você não pode ir ao vale nessas condições. – Ele tocou o braço dela. – Anna, tem alguma coisa errada com você. Não sei o que é, mas você precisa descansar.

Anna forçou o maxilar.

– Alguém precisa parar esse inverno, e eu sinto… Que sou *eu* que tenho que fazer isso.

– Mas você nem a conhece – lembrou Kristoff. – E se o príncipe estiver certo? Se ela estiver tão nervosa quanto ele diz, pode machucar você.

– Ela não vai fazer isso – insistiu Anna. O vento soprava forte pela clareira e ela perdeu o equilíbrio. Hans ofereceu o ombro para ela se apoiar. – Kristoff, não posso ir pra casa agora. Arendelle precisa de ajuda. Preciso tentar fazer alguma coisa.

– Concordo – disse Hans.

– Ninguém pediu a sua opinião – disse Kristoff, e Sven bufou. Kristoff olhou para Anna. – Isso é loucura! Você não pode ir embora com esse cara que acabou de conhecer.

– Eu fui com você, não fui? – lembrou Anna. Kristoff ficou em silêncio.

– Com licença… Não acho que você deva gritar com esta dama – disse Hans. – Anna parece esperta e inteligente. Ela está tentando salvar o reino.

– Obrigada – disse Anna.

Hans não parecia hesitante ou indeciso. Podia estar preocupado com a possibilidade de Elsa não voltar com ele, mas mesmo assim queria ir atrás dela. Talvez ele conseguisse colocar alguma razão na cabeça dela. Algo lhe dizia que precisava estar com Hans quando ele encontrasse Elsa.

– Anna, presta atenção! A gente perdeu todos os nossos suprimentos, meu trenó já era, e esse tempo faz tudo ficar mais louco. – Kristoff estava ficando cada vez mais agitado. – Não é possível que você esteja pensando em continuar quando a gente nem sabe onde a Elsa tá com certeza! A gente tá se baseando no palpite de um boneco de neve!

– A gente sabe! Quando leram a carta em voz alta, eu ouvi alguém dizer "o Vale das Rochas Vivas" – relembrou Olaf.

– Você me ouviu ler a carta? – disse Hans, devagar.

– Ah, foi o senhor! – disse Olaf, alegre. – Eu deveria saber. O senhor é tão bom pra Elsa.

– Anna – tentou Kristoff mais uma vez. – Não faça isso.

Por que ele não conseguia ver como aquilo era importante? Ela não podia simplesmente voltar para casa e dizer aos pais que havia falhado. Harmon jamais sobreviveria àquele inverno eterno.

Mas era justamente esse o problema, não? Harmon não era a vila de Kristoff, era a dela. Kristoff só passava por ela para entregar gelo. Não se importava com as pessoas do mesmo jeito com que ela se importava. A única criatura com a qual ele se importava era Sven.

– Tô indo – disse ela, firme. – E não tenho problema nenhum em continuar pelo resto do caminho com o Hans. Então… Você vem com a gente?

Kristoff jogou os braços para o alto.

– Olha, eu conheço o vale muito bem, mas nem eu estou conseguindo encontrar o lugar com esse tempo. E olha que *eu* não estou ficando doente. Nós todos deveríamos voltar.

– Eu vou mesmo assim – disse ela, decidida. – Hans também. A gente pode ir todo mundo junto.

– Não. Acho que vocês três dão conta sozinhos. Eu vou tentar recuperar o que sobrou do meu trenó. Vem, Sven. – Ele deu as costas e saiu marchando.

Sven bufou, pesaroso, enquanto alternava o olhar entre Anna e Kristoff.

– Tá tudo bem, Sven – disse Anna, surpresa por não ter conseguido fazer Kristoff mudar de ideia. – Cuida dele. Eu vou ficar bem. – Ela assistiu à rena seguir Kristoff para dentro da floresta.

– Vou ficar com saudadinhas deles – disse Olaf, tristonho.

Eu também, pensou Anna.

Hans balançou a cabeça.

– Não acredito que ele vai deixar a senhorita para trás.

– Vou ficar bem – disse Anna, com firmeza.

– Não duvido. A senhorita parece ser uma líder natural. – Hans olhava para ela com tanta intensidade que Anna começou a corar. Ele apontou um rastro de fumaça à distância. – Deve haver alguma choupana naquela direção. Vamos procurar abrigo para passar a noite. – Ele estendeu a mão para ajudá-la a subir no cavalo. Anna subiu e Hans colocou Olaf diante dela. Então, ele montou no cavalo atrás da moça.

– Vamos formar uma ótima equipe, Anna. Posso sentir.

– Eu também – disse Anna, com um sorriso fraco.

Equipe. Ela gostava daquela ideia.

CAPÍTULO VINTE E QUATRO

ELSA

ELSA SENTIU A CABEÇA latejando antes de abrir os olhos.

Por que sentia tanta dor?

Então, lembrou: Hans revelando sua natureza sinistra, sua tentativa desesperada de escapar antes que ele pudesse encontrar Anna, o lustre de gelo caindo e quase a matando e a emboscada armada do lado de fora da fortaleza. Se soubesse que eles planejavam levá-la de volta para trancá-la no Castelo de Arendelle...

Ela se sentou e a manta que a cobria escorregou, revelando correntes. Elsa estava presa com manoplas, luvas de metal que a impediam de usar as mãos – ou, mais especificamente, a magia. As correntes se ligavam a uma anilha enorme no chão, restringindo seus movimentos ao espaço de alguns poucos passos. Ela puxou as correntes, esperando rompê-las, mas não teve resultado.

De novo, era uma prisioneira no próprio castelo.

FROZEN ÀS AVESSAS

As correntes eram longas o suficiente para que ela pudesse andar até a janela. Lá fora, Arendelle estava não apenas coberta em neve; estava enterrada nela. Camadas de neve se empilhavam tão alto que não era mais possível ver as casas. Ela ouviu um ruído e especulou sobre o que havia caído: uma casa? Uma estátua? Um navio? Conseguia ver as embarcações no porto, congeladas no local em que haviam sido ancoradas, e não podia fazer nada para mudar aquilo. Parecia que quanto mais em pânico ficava, pior a tempestade se tornava. Assim que sentiu as pontas dos dedos formigando, pingentes de gelo cresceram como mato no calabouço, fazendo as paredes rangerem em miséria.

Onde estavam as pessoas? Será que estavam aquecidas? Ela pensou de novo na mãe e no bebê que ela tinha assustado na praça no dia da coroação. Será que estavam seguros?

Será que Anna estava segura?

Elsa fechou os olhos, soterrada pela preocupação.

– O que foi que eu fiz? – sussurrou.

Mamãe, papai, por favor me ajudem a quebrar essa maldição, pediu ela. *O reino não vai sobreviver muito mais. Ajudem a Anna a se lembrar de quem ela realmente é!*

Como suspeitava, não houve nenhuma resposta.

Ela teria que descobrir sozinha como sair daquela situação. E a única maneira de fazer isso era escapando. Talvez, se conseguisse se comunicar com Anna sem precisar estar perto dela, pudesse dar um tranco na memória da irmã. Se pelo menos tivesse a carta como prova da verdade... Elsa se concentrou nas manoplas e elas começaram a brilhar. "Quebrem", ordenou. *Quebrem!* Em vez disso,

260

os grilhões começaram a congelar, tornando o movimento quase impossível.

A situação parecia perdida.

– Princesa Elsa?

Ela olhou para cima. Lorde Peterssen espiava por uma janelinha gradeada na parede do calabouço.

– Lorde Peterssen! – gritou ela. O gelo parou de crescer nas algemas imediatamente. Ela correu até a porta, mas foi puxada para trás pelas correntes.

– A senhorita está bem? – perguntou ele, agarrando as barras com força.

Além de Olaf, lorde Peterssen era a única pessoa na vida dela que a tratava como se fosse parte da família. O pai teria confiado sua vida a ele. Talvez ela pudesse fazer o mesmo.

– Não. Preciso encontrar uma pessoa. Desesperadamente. Lorde Peterssen, alguma vez meus pais falaram alguma coisa sobre outro filho? Uma menina? Mais nova que eu, de cabelos ruivos? O nome dela é Anna.

Por um breve instante, ela achou ter visto os olhos castanhos de lorde Peterssen brilharem.

– Eu... O nome de fato me parece familiar.

– Isso! – Elsa tentou puxar as correntes da parede com mais força para que pudesse se aproximar. – O senhor se lembra dela?

– Desculpe. Não sei de quem a senhorita estava falando – disse ele, mais alto do que o uivo do vento. – A senhorita é a única herdeira deste reino.

FROZEN ÀS AVESSAS

– Não, não sou – reforçou Elsa. – Lorde Peterssen, por favor! Preciso encontrar essa garota. Ela é só um pouco mais nova que eu. O senhor precisa começar uma busca! Preciso encontrá-la antes que o príncipe Hans a encontre.

– Príncipe Hans? – Lorde Peterssen pareceu confuso.

– Sim! O senhor não pode confiar nele! Ele não está preocupado com os interesses do reino. – Ela desejava dizer mais, mas não queria espantá-lo. – Sei que minha palavra não tem muito valor no momento, mas o senhor deve acreditar em mim.

– Não é possível procurar ninguém com esse tempo – disse ele. – Estamos ficando sem lenha, a comida está chegando ao fim. As pessoas estão congelando! Estão ficando desesperadas. O príncipe Hans foi atrás da senhorita, mas não voltou.

– Onde ele está? – As luvas que prendiam Elsa começaram a brilhar de novo.

– Ninguém sabe, e não podemos mandar alguém atrás dele no momento. O frio não é seguro nem mesmo para os animais – disse lorde Peterssen. – Os homens que a trouxeram aqui foram os únicos que conseguiram voltar. Infelizmente, o duque os encontrou antes de mim e os convenceu a trancar a senhorita neste calabouço. – Ela viu os olhos do lorde brilharem de raiva. – Os homens estão assustados depois do que aconteceu em seu palácio de gelo. Acabei de saber que a senhorita estava aqui embaixo. O duque pagará por ter reivindicado autoridade em uma terra sobre a qual não tem nenhuma.

– Então o senhor vai me libertar? – perguntou Elsa, puxando mais forte as correntes. O brilho nas luvas aumentou. – Eu posso ajudar.

– Procurei em todos os cantos a chave desta cela, mas não consegui encontrar – disse lorde Peterssen.

Elsa tentou não se desanimar.

– Sei que o senhor a encontrará. Sempre esteve por perto quando precisei.

– Sempre achei que a senhorita seria uma ótima líder. Precisamos que nos lidere agora – disse lorde Peterssen. – A senhorita vai trazer o verão de volta? Não podemos suportar por muito mais tempo.

Os ombros de Elsa caíram.

– Realmente não sei como.

– A senhorita é filha do seu pai – disse lorde Peterssen, com determinação. Ele a encarou nos olhos. – Sei que pode procurar bem fundo aí dentro de si e descobrir um jeito de interromper essa tempestade. Fomos pacientes, mas precisamos da senhorita mais do que nunca.

Seja paciente. Ela ouviu a voz de Vovô Pabbie em sua cabeça.

A tempestade se agitava lá fora, cada vez mais forte. O tempo de ser paciente tinha acabado. Ela precisava que as memórias de Anna voltassem para que a maldição se quebrasse. Aquela provavelmente era a única maneira de salvar Arendelle e o reino: precisavam fazer aquilo juntas.

– Eu sei – disse Elsa. – Quero acabar com esse inverno mais do que tudo, mas não posso fazer isso sozinha. Preciso encontrar alguém que pode me ajudar.

– Princesa, não podemos…

– Pare agora mesmo!

FROZEN ÀS AVESSAS

Houve uma comoção no corredor, seguida de uma gritaria. Lorde Peterssen foi arrancado para longe da grade. Elsa não podia ver nada de sua cela. Subitamente, vislumbrou o topo da cabeça de alguém. Um topete grisalho chacoalhava com o vento.

– Ergam-me! – ela ouviu alguém gritar.

O rosto dele apareceu por entre as barras da grade da janela.

– Princesa Elsa – anunciou o duque de Weselton –, a senhorita representa uma ameaça a Arendelle. Não vai a lugar nenhum.

CAPÍTULO VINTE E CINCO

ANNA

HANS COLETOU SUPRIMENTOS FRESCOS e pegou um segundo cavalo emprestado dos moradores da choupana que encontraram para Anna montar. O casal insistiu que eles passassem a noite ali antes de continuar viagem. Depois de tudo que tinham presenciado por causa da tempestade de neve, a aparição de Olaf não os assustou nem um pouco. Pela manhã, estavam implorando para que Anna e Hans não continuassem.

– Essas trilhas na montanha são traiçoeiras mesmo nas melhores condições – disse o homem. – E esse tempo vai tornar a viagem impossível.

– Agora também tá caindo granizo – acrescentou a mulher. – Por favor, príncipe Hans, se o senhor é quem diz ser, volte pra Arendelle.

– Talvez eles estejam certos – disse Hans, olhando pela janela da choupana. Tudo que se via era um enorme branco. – A tempestade

265

está piorando. Logo, não vamos conseguir nem sequer voltar para Arendelle.

– A gente precisa continuar – insistiu Anna. – O senhor sabe tão bem quanto eu que a única maneira de acabar com esse inverno é encontrar a princesa Elsa.

Quero fazer meu próprio biscoito pro papai!, ela ouviu uma voz infantil dizer dentro da sua cabeça. *Espere a senhorita Olina*, disse outra pessoa.

Quem era "senhorita Olina"?

– E se ela não quiser ser encontrada? – perguntou Hans, enquanto o casal colocava as últimas peças de lenha na lareira. – A senhorita não quer ouvir isso, mas Elsa só está pensando em si mesma. Ela provavelmente quer manter prisioneira cada pessoa desse reino.

Prisioneira. A cabeça de Anna pulsou de dor quando viu uma mulher loira presa a uma parede, com neve caindo ao redor. Ela estava sofrendo. *Elsa?*

– O que foi? – perguntou Hans.

– Nada. – Ela se conteve para não contar a Hans o que estava vendo. – Só uma dorzinha de cabeça.

– Talvez seu amigo estivesse certo. Este clima é demais para a senhorita. – Hans parecia levemente irritado. – Precisamos voltar para Arendelle antes que seja impossível viajar. A senhorita pode se abrigar no castelo até a tempestade passar.

– Não vai passar – lembrou Anna. *Não até que eu a ajude a parar a tempestade.*

Ela prendeu a respiração. O que a fizera pensar naquilo? Houve outro lampejo, e ela se viu pequenina escorregando com um trenó por um salão cheio de gelo. Por que tinha visões de momentos dos quais não podia se lembrar?

Hans franziu o cenho.

– A senhorita provavelmente está certa. Creio que Elsa quer que Arendelle sofra.

– Não! A princesa não faria isso, faria? – a mulher perguntou.

Para um homem supostamente apaixonado por Elsa, Hans tinha uma maneira curiosa de demonstrar seu amor. E, por mais encantador que pudesse ser, ficava repetindo o mesmo ponto sem parar.

– Não – disse Anna, cada vez mais irritada. – Acho que a princesa está assustada. Se pelo menos a gente pudesse falar com ela, tenho certeza de que daríamos um jeito nisso tudo antes que a situação piore. É por isso que a gente precisa encontrar a Elsa logo e continuar seguindo – insistiu Anna.

Hans suspirou.

– Não quero vê-la se machucar.

– Elsa jamais machucaria a Anna – interrompeu Olaf. – Ela ama essa menina mais do que tudo no mundo.

Anna e Hans olharam para o boneco de neve. Uma rajada de vento abriu a porta, derrubando a cabeça de Olaf. O marido e a esposa correram pra fechar a porta de novo.

– Ei, faz um favorzinho e pega a minha bundinha? – a cabeça de Olaf pediu a Hans.

Anna estava perdida em pensamentos.

FROZEN ÀS AVESSAS

Olaf.

Suas novas memórias.

As vozes.

Todas aquelas coisas pareciam uma coceirinha nas costas que ela não conseguia alcançar.

Por que sempre sonhava com neve?

Por que fazia biscoitos de bonecos de neve?

Por que se sentia tão atraída por Arendelle?

Talvez porque devesse estar lá naquele exato momento para ajudar Elsa. Elsa e ela pareciam ter uma conexão que Anna não entendia. Ela precisava encontrar a princesa e descobrir o porquê.

Houve batidas súbitas à porta. Todos olharam uns para os outros. Hans levou a mão à bainha.

– Abra – disse para o homem.

Um guarda em um uniforme verde caiu para dentro quando a porta foi aberta.

– Meu senhor! – gritou a mulher, enquanto ela e Anna se apressavam para ajudá-lo. O dono da casa lutou contra a força do vento para fechar a porta.

Assim que viu Hans, os olhos do guarda se arregalaram.

– Príncipe Hans! Estávamos procurando o senhor por todos os lados! – A voz dele estava rouca, e o rosto estava avermelhado por conta das queimaduras de frio. – Quando não vimos mais o senhor depois da batalha, pensamos que o havíamos perdido. Planejava continuar procurando, mas meu cavalo está sofrendo com esse frio. Eu vi a choupana e...

O dono da casa começou a cobri-lo com camadas de roupas.

– Vou colocar o seu cavalo no celeiro – disse, e calçou as botas antes de ir até a porta.

– Que batalha? – perguntou Anna. Hans a ignorou e ajudou o soldado a se aproximar do fogo. – O que aconteceu? Tá tudo bem em Arendelle?

A mulher enrolou o guarda em um cobertor. Ele aceitou, grato, enquanto tremia. Olhou para as pessoas ao redor e, então, de volta para Hans.

– Será que podemos conversar em particular?

– É claro – disse a mulher, e envolveu Anna com o braço. – Venha, querida. Vamos ver se encontramos umas roupas mais quentinhas pra você.

Mas Anna não queria ir. Não era hora de segredos.

– Tá tudo bem? – perguntou Anna aos homens. – O que não estão contando pra gente?

Hans hesitou.

– Houve uma avalanche na Montanha do Norte. Não quero chatear você considerando que abriu mão de tanta coisa para estar aqui, mas não sei se conseguiremos continuar na direção do vale com essa situação tão precária lá fora.

O guarda olhou para ele.

Hans era encantador, mas havia algo nele em que Anna não sabia se confiava.

Anna estava prestes a discutir, mas subitamente sentiu no fundo do coração – o castelo a chamava. Elsa não estava mais no vale e muito tempo antes havia deixado a Montanha do Norte. Ela não tinha certeza de como sabia aquilo, mas não estava disposta a compartilhar o que sentia.

– Vamos voltar para Arendelle – concordou ela. – Podemos esperar a tempestade passar lá no castelo. Talvez, enquanto a gente estiver por lá, dê pra encontrar alguma pista que estamos ignorando.

– Iuhu! Elsa vai ficar tão feliz de ver você! – disse Olaf, e Hans olhou para ele. – Ela tá procurado você desde sempre! – completou.

Anna não esboçou nenhuma reação.

Hans sorriu.

– O que falei antes foi de coração. A senhorita seria uma ótima líder.

– Não sei, não – disse Anna.

Hans não tirou os olhos dela.

– *Eu* sei. Vamos levar a senhorita até Arendelle para que possa ver com os próprios olhos.

CAPÍTULO VINTE E SEIS

KRISTOFF

– É OFICIAL! DECIDI uma coisa, Sven – disse Kristoff ao amigo enquanto desciam o desfiladeiro aos trancos e barrancos para ver o que havia sobrado do trenó. – Quem precisa de pessoas quando se tem uma rena?

Sven bufou. A rena estava ocupada demais observando a borda da floresta escura em busca de qualquer sinal de outro ataque de lobos. Felizmente, com a luz da lua e a neve brilhante, Kristoff e Sven podiam enxergar até uma distância considerável.

Não havia razão para olhar para trás.

No fim das contas, ele tinha deixado Anna ir com um príncipe de fala mansa e um boneco de neve para encontrar a princesa que não queria ser encontrada. Ele não estava a fim de se matar ou de matar Sven naquela brincadeira.

Sim, ele queria trazer o verão de volta – todo aquele gelo disponível dificultava a vida de quem ganhava a vida justamente vendendo gelo –, mas estava acostumado ao clima. Passava a maioria dos dias nas montanhas, coberto de neve, com roupas de lã e botas pesadas que cheiravam a suor. E quem se importava com o seu cheiro, já que não tinha ninguém por perto pra senti-lo? Só Sven. Bom, a rena também não tinha o melhor dos cheiros. Então, manda mais inverno eterno. Ele podia dar conta.

Mas Anna... O frio claramente a estava afetando. Ele havia atribuído os problemas dela a um princípio de hipotermia ou mesmo de congelamento, mas no fundo sabia que não era nada disso. Era quase como se, quanto mais perto de encontrar a princesa Elsa ela estivesse, mais as duas se conectassem. Como magia.

Que as pessoas zombassem da magia quanto quisessem. Ele sabia que ela era real.

Tinha convivido com ela a vida inteira.

Não que fosse contar isso para Anna. Por que o faria, se ela era tão insuportável? Ela tagarelava *sem parar*, e não só para ele e Sven – mas para todo mundo que conhecia!

Era impulsiva e cabeça-dura demais, a razão pela qual ele tinha se deixado convencer a ir até Arendelle, pra começo de conversa. Ela lá toda felizinha, achando que podia acabar com o inverno eterno, embora não tivesse a menor ideia de onde encontrar Elsa ou do que falar para a princesa com aquela loucura.

Kristoff avistou os restos do trenó conforme se aproximavam do fundo do precipício. Estava quase com medo de ver o tamanho do estrago. Em vez disso, concentrou-se em Sven.

– Cheguei à conclusão de que tudo o que as pessoas querem é usar você e depois trair sua confiança. – Ele usou a voz da rena de novo: – Você tá certo! As pessoas são todas malvadas! Exceto você.

Ele fez carinho no focinho de Sven.

– Óin… Valeu, amigão. Vamos ver o que a gente pode salvar aqui.

Ele olhou para o trenó e suspirou. Seu veículo tão querido estava quebrado em um milhão de pedaços. O alaúde estava destruído. O cortador de gelo devia ter voado longe, porque não estava entre as ruínas do trenó. A pouca comida que restava já tinha sido devorada pelos bichos. Não tinha muito o que salvar do trenó, mas Kristoff examinou cada item para ter certeza. Enfim, subiu no lombo de Sven.

– E agora, o que a gente faz, Sven? Não acho que consigo achar o vale, mas a gente não tem muita escolha. Também precisamos fugir desse tempo, amigão. – Ele olhou a paisagem ao redor. – A gente tem que estar perto. A gente vai encontrar o vale.

Sven não cedeu. Bufou alto.

– Sim, tenho certeza de que ela tá bem. Provavelmente, conseguiram chegar até alguma choupana. Vi um pouco de fumaça ao longe – disse Kristoff. – A gente *não* vai se juntar a eles lá. Vamos embora. Para de se preocupar.

Sven dirigiu a ele um olhar intimidador.

– Você não quer mais ajudá-la? – Kristoff disse com a voz de Sven.

– Claro que não quero mais ajudá-la! – Kristoff puxou as rédeas de Sven e eles começaram a subir o precipício. – Na verdade, essa história toda arruinou qualquer chance de eu querer ajudar qualquer outra pessoa na vida.

Enquanto subiam, uma tempestade de neve forte começou, tornando quase impossível enxergar qualquer coisa. Voltar para casa era a decisão mais sábia. Mas aquilo significava ir para o mesmo lugar aonde Anna estava indo.

Sven bufou de novo.

– É, eu sei que é pra lá que ela tá indo – disse. Sven o encarou. – Tá, talvez eu realmente dê uma de babaca aparecendo lá quando a gente podia ter ido todo mundo junto da primeira vez.

Sven bufou mais alto.

– Ele não era um total estranho. Ele é o príncipe da Elsa. – Kristoff revirou os olhos. – Então *é claro* que ele fez a coisa certa quando decidiu ir com ela. – Ele refletiu por um instante. – Tá bom. Beleza. Eu fui um babaca.

Sven se empertigou e Kristoff se sentia culpado.

– Tá, e agora? A gente vai atrás dela? Ou vai pro vale e pede desculpas?

Sven o encarou.

– É, a gente não vai mais encontrá-la com esse tempo. A gente vai pro vale e pede desculpas quando ela chegar, beleza? Saquei. Ferrei tudo.

Kristoff passou a viagem inteira até o vale consumido pela raiva de si mesmo. Anna estava enfrentando aquele tempo com um total estranho. Ele a havia abandonado quando ela mais precisava dele. Não era à toa que Bulda achava que ele nunca encontraria uma namorada.

A neve estava caindo mais forte e mais úmida do que antes, mas pelo menos a viagem estava silenciosa. Sem Anna, não havia ninguém para dizer a ele o que fazer ou para falar incessantemente sobre sua comida favorita (a dela eram sanduíches) ou quase tocar fogo nele.

Talvez ele estivesse sentindo falta de uma companhia. Até de Olaf.

Mas não contaria aquilo pro Sven.

Demoraram várias horas até chegarem ao Vale das Rochas Vivas, mas Kristoff conhecia aquela rota como a palma calejada das próprias mãos. Mesmo debaixo de toda aquela neve, era capaz de identificar a formação peculiar das rochas que marcava o lugar onde ficava sua casa. Quando se aproximaram, Kristoff desmontou de Sven e eles andaram pelo caminho cercado de rochedos até que chegaram ao vale.

Nesse instante, a neve parou de cair. O ar esquentou. O solo tinha cheiro de orvalho fresco e estava coberto de musgos. Kristoff desceu pelo caminho, entrando na neblina, e assistiu às rochas rolando em reação à sua presença. Sven bateu as patas, ansioso, com a língua para fora do focinho. Kristoff deu tapinhas nos joelhos, chamando as rochas para mais perto. Várias começaram a rolar em sua direção. Elas pararam e começaram a se desenrolar.

– O Kristoff chegou em casa! – gritou Bulda, uma troll fêmea que estava na frente, ao centro.

A mãe adotiva do rapaz estendeu os braços. Kristoff chegou mais perto e ela abraçou as pernas dele. As contas vermelhas penduradas em volta de seu pescoço pareciam ter ficado maiores desde a sua última visita. Várias brilhavam, fazendo o vestido musgo-esverdeado ficar quase laranja.

FROZEN ÀS AVESSAS

Dezenas de outros trolls se desenrolaram de suas sonecas rochosas e o cumprimentaram. Eles se chocavam uns com os outros para vê-lo.

– Iupi! O Kristoff voltou pra casa! – gritavam.

Os trolls haviam sido sua família desde que era um menininho. A vida em um orfanato não combinava com um espírito livre como o dele. Sempre que podia, fugia e seguia os vendedores de gelo de Arendelle montanha acima para ver como trabalhavam. Em uma dessas viagens, encontrou Sven, e eles se tornaram unha e carne. Depois disso, não quis mais voltar para o orfanato. Sven e o gelo eram sua nova vida. Ele até mesmo ganhava dinheiro com aquilo! Mas, em uma noite de verão, ele e Sven encontraram um tipo diferente de gelo. Ele estalava e brilhava em uma encosta montanhosa coberta de musgo. Kristoff e Sven ficaram curiosos, então seguiram o caminho montanha acima. Ele os levou direto para o Vale das Rochas Vivas. Bulda viu-os e adotou o menino e Sven na hora. Agora que pensava nisso, nunca tinha perguntado a ela por que aquele gelo havia surgido no meio do verão daquele jeito.

– Deixa eu dar uma olhadinha em você! – disse Bulda, gesticulando para que ele abaixasse até ficarem da mesma altura. Kristoff se ajoelhou. – Tá com fome? – perguntou. – Acabei de fazer sopa de pedra. Vou trazer um caneco pra você.

– Não – disse Kristoff, rápido. Ele odiava sopa de pedra. Era impossível de engolir. – Acabei de comer. É bom ver vocês todos. Alguém veio visitar ultimamente? – Ele olhou ao redor, procurando por Anna.

– Ninguém além de você! – disse Bulda. – Por quê? Tá esperando alguém?

Se dissesse que estava esperando uma garota, seria pentelhado até o fim da vida.

– Não, mas… Cadê o Vovô Pabbie?

– Tirando um cochilinho – disse um dos priminhos de Kristoff. – Mas, olha só, primo! Nasceu um cogumelo maneiro em mim! – Ele mostrou um cogumelo que crescia em suas costas musgosas.

– E eu consegui meu primeiro cristal de fogo – disse outro, erguendo uma pedra vermelha e brilhante.

– Eu expeli uma pedra do rim – disse um dos tios, mostrando uma pedrinha como prova.

– Se você não tá com saudades da minha comida, por que voltou pra casa?

Ela não deixava nada passar.

– Queria ver vocês, só isso – mentiu Kristoff.

Bulda o examinou com cuidado, e então se virou para os outros.

– Tem uma garota nessa história!

Os outros soltaram pequenas exclamações de concordância.

– Não, não, não! Nada a ver! – disse Kristoff, enquanto ficava vermelho como um pimentão.

Sven bufou alto, e vários trolls se aglomeraram ao seu redor enquanto ele batia no chão e grunhia.

– Tem uma garota nessa história, sim! – exclamou Bulda, e os outros começaram a comentar de novo.

Kristoff revirou os olhos.

FROZEN ÀS AVESSAS

– Gente, por favor! Tenho problemas maiores do que encontrar uma garota. O reino inteiro está coberto em...

– Neve? – disse Bulda. – A gente sabe. Mas a gente quer ouvir mais sobre você!

O queixo de Kristoff caiu.

– Como vocês sabem sobre a neve?

Bulda ignorou a pergunta.

– Se você gosta dessa garota, por que ela não veio pra casa com você? Você a espantou com a sua rabugice?

– Não – discutiu ele. – Isso não tem a ver comigo. Eu...

– Pois diga pra essa garota que ela nunca vai encontrar ninguém tão sensível e doce como o meu Kristoff!

Agora, ele se sentia pior ainda.

– Não tem nada a ver comigo e com essa garota! Tô falando de Arendelle! Sei que vocês não conseguem enxergar muito além dessa toca aqui, mas não são só as terras lá fora do vale que estão cobertas de neve. É o reino inteiro! E estamos no meio do verão! – exclamou. A família ficou parada, piscando. – Se vocês sabem como acabar com isso, é hora de me contar!

Um de seus priminhos puxou o vestido de Bulda.

– Achei que o Vovô Pabbie tinha dito que a gente não podia contar pra ninguém que ela esteve aqui – ele disse. Bulda fez uma careta. – O quê? Ele não falou que era um segredo?

– A Anna? Ela passou por aqui? Com o príncipe? Quando foram embora? – disse ele, atropelando-se.

Uma grande rocha rolou para a frente e Vovô Pabbie emergiu de seu cochilo. Ele estendeu as mãos para pegar as de Kristoff.

278

– Kristoff, você veio! E bem a tempo, creio – disse ele, com a voz grave.

– Cadê a Anna agora? Ela tá bem? Tá furiosa comigo? – perguntou, manso, e olhou para Bulda. – Eu sei que não devia ter abandonado ela, tá bom? A gente tá tendo uma tempestade de gelo no meio do verão. Isso não é normal.

Claro, ele agia como se a neve não fosse lá grande coisa, mas mesmo um especialista em gelo como ele sentia que estava ficando frio demais para se viver. Da última vez que havia vislumbrado o fiorde, tinha visto os navios tombados, congelados. Logo, a mesma coisa ia acontecer com as casas e outras construções. Não haveria lugar para se abrigar.

O que aconteceria com Anna?

– Tá, então onde ela tá agora? O que contaram pra Anna?

– Anna? Você quer dizer a princesa Elsa, né? Foi ela quem veio me ver.

– Não foi a Anna? – perguntou Kristoff, sentindo-se fraquejar.

– Não. Foi a princesa Elsa. Eu tentei ajudar... O pouco que posso, considerando a maldição.

– Maldição? – repetiu Kristoff. Era coisa demais pra absorver.

– Ela está correndo um perigo mortal – disse Vovô Pabbie. – Você deve encontrá-la, Kristoff.

– A princesa Elsa? – perguntou. Vovô Pabbie o estava confundindo. – Eu tentei! Ninguém sabe onde ela tá... Embora eu tenha encontrado um boneco de neve falante que conhece a princesa. E a Anna e o príncipe Hans, que é o príncipe da Elsa, supostamente vinham pra cá. – Ele olhou para a entrada do vale de novo. – Achei que estariam aqui quando eu chegasse.

FROZEN ÀS AVESSAS

– A Anna não vem – disse o Vovô Pabbie. – Ela está a caminho de Arendelle.

Kristoff recuou, surpreso.

– O senhor sabe onde a Anna está?

– O coração de Anna deve ser protegido – disse Vovô Pabbie. – São tempos perigosos para ela.

– Eu sei – concordou Kristoff. – Tô com medo que ela fique doente, mas ela está determinada a seguir tentando encontrar a princesa Elsa.

– Kristoff, você precisa me ouvir – disse ele. – Existe uma razão para Anna se sentir atraída por Elsa e para tentar encontrá-la a todo custo. A conexão entre elas é maior do que você pensa.

– Já senti isso – admitiu Kristoff. – Desde que a gente foi até Arendelle, Anna vem sentindo coisas… Sofre com dores de cabeça esquisitas, e esse boneco de neve da princesa Elsa conhece a Anna. Nada disso faz sentido.

– Ela vem sentindo coisas, é? – Vovô Pabbie coçou o queixo. – Isso é bom. Ela está começando a se lembrar do passado que foi escondido dela e de Elsa por tempo demais.

– Passado? – perguntou Kristoff, sendo tomado por uma nova lembrança. Era como se ele próprio estivesse acordando de uma soneca, uma soneca que parecia tentar impedir que ele soubesse exatamente como Anna e Elsa estavam conectadas. – Espera um pouquinho…

Vovô Pabbie deu tapinhas nas mãos dele.

– Isso. Anna e Elsa são irmãs.

– Anna é uma princesa?

– A maldição que separava as irmãs está acabando! Elsa já se lembra de quem Anna é, mas o caminho de Anna não foi tão simples. O amor pode amolecer qualquer maldição – insistiu ele –, mas até que Anna recupere as suas memórias, as duas não podem se aproximar. Isso é muito importante! Ela precisa se lembrar de Elsa antes que se encontrem cara a cara.

Kristoff sentiu o coração praticamente parar. Anna não desistiria de encontrar Elsa.

– Por quê?

– Não temos muito tempo juntos, então não vou gastá-lo explicando o passado, mas tem a ver com a maldição – explicou Vovô Pabbie. – Se Anna se aproximar de Elsa antes de se lembrar da conexão entre elas, os poderes de Elsa a transformarão em gelo.

– O quê? – A voz de Kristoff soou oca.

– O amor de uma pela outra é tão forte que a maldição está quase terminando. Elsa se lembra do passado, mas Anna ainda não chegou lá. Até que o feitiço se quebre, Anna precisa se manter longe de Elsa. – Vovô Pabbie franziu a sobrancelha. – Elsa sabe disso. É por isso que está mantendo distância da irmã. Mas temo que outra pessoa saiba da verdade, e agora esteja colocando Anna em risco. Kristoff, Anna está indo para Arendelle e Elsa também está lá.

Kristoff ficou pálido.

– O que significa... que preciso impedi-la! – completou. Sven começou a bufar vigorosamente e saltar de um lado para o outro. – Sven! – chamou Kristoff, subindo dois degraus por vez enquanto corria na direção da saída oculta do vale. Sven galopou para encontrá-lo.

FROZEN ÀS AVESSAS

Ele nem sequer se preocupou em se despedir de Vovô Pabbie, Bulda ou dos outros. Só uma coisa importava agora: salvar Anna a todo custo.

CAPÍTULO VINTE E SETE

ANNA

QUANDO ANNA, HANS E o guarda chegaram de volta a Arendelle, o reino estava quase irreconhecível. Em apenas dois dias, a neve tinha se acumulado até o segundo andar do castelo. A fogueira no pátio não existia mais havia muito tempo e a fonte com a estátua da família real estava completamente soterrada. Tiveram que lutar contra o vento para chegar às portas do castelo, que estavam congeladas e bloqueadas pelo gelo. O guarda precisou forçá-las com uma picareta para que conseguissem entrar.

Pessoas se agrupavam diante da lareira, tentando se manter aquecidas, mas era claro que tremiam de frio. O fogo estava quase se apagando. Hans e o guarda correram para conversar com um grupo de outros guardas, enquanto funcionários do castelo se ocupavam de arrumar cobertas e roupas. Anna era incapaz de se mover. Estar dentro do castelo fazia com que as memórias esquisitas tomassem sua cabeça com força total.

FROZEN ÀS AVESSAS

Uma mulher com um avental tocou seu braço.

– A senhorita está bem?

Anna se engasgou quando uma lembrança dela com aquela mesma mulher inundou sua mente. Elas estavam preparando biscoitos em uma grande cozinha, e outra pessoa estava junto... uma garota. Anna se lembrou de ter queimado os dedos no forno e da garota congelando uma tigela de água para que ela pudesse aliviar sua dor. *Elsa?* Anna levou as mãos ao peito e começou a respirar com dificuldade. Aquela era a senhorita Olina?

– Anna! Anna? Você está bem? – Hans correu até ela.

– Sim. – A respiração de Anna foi voltando ao normal. – Eu só... me senti tão esquisita. Eu... – As memórias súbitas não pareciam sonhos. Eram como pedaços faltantes de sua vida que, de alguma forma, ela tinha esquecido. Estava desesperada para descobrir o que estava acontecendo, mas se encontrava em um salão com pessoas completamente estranhas. Se pelo menos Kristoff estivesse com eles... Ele a ajudaria a entender o que se passava.

– Onde está o príncipe Hans? – gritou alguém. – Ele realmente está aqui? – O duque de Weselton abriu espaço através da multidão. Usava uma touca e estava coberto com vários cachecóis. – Príncipe! Graças aos céus, você está bem. Fiquei preocupado quando meus homens disseram que não o puderam encontrar depois da batalha.

– Onde foi essa tal batalha? – perguntou Anna. Seus dentes batiam. Ela sentia frio demais.

Hans não respondeu.

– Estou bem – disse ao duque. – Acabei me perdendo na nevasca.

O duque notou Anna e arregalou os olhos quando percebeu quem era.

– Você!

– Nos encontramos de novo. – Anna esfregou os braços para se manter aquecida. – Olá.

– Vocês já se conhecem? – perguntou Hans, confuso.

– Bom, não exatamente – dizia Anna, quando Olaf se adiantou e o duque deu um berro.

– Oi! Eu sou o Olaf e eu gosto de abraços quentinhos – disse o boneco de neve. – Eu trouxe a Anna pra casa! Espera só até eu contar pra Elsa! Cadê ela?

Casa?, pensou Anna.

– Ninguém tem permissão de ver a princesa Elsa – declarou o duque. – Ela permanece no calabouço.

– Ela está aqui? – perguntou Anna, mas sentiu o corpo cedendo. Estava muito cansada.

Uma mulher em um uniforme verde foi abrindo espaço até chegar à frente.

– Príncipe Hans, o senhor precisa fazer alguma coisa! O duque prendeu a princesa e agora levou lorde Peterssen também!

– A gente exige que lorde Peterssen saia de seus aposentos! – gritou um homem uniformizado.

Os dois continuaram a gritar com o duque, mas as vozes foram abafadas pelas memórias que tomavam a mente de Anna.

Outra mulher vestida de verde, que carregava uma touca, pousou a mão sobre o ombro de Anna.

FROZEN ÀS AVESSAS

– A senhorita está bem?

– Gerda? – sussurrou Anna, o nome surgindo de súbito na cabeça dela.

A mulher piscou, surpresa.

– Ora, eu mesma. Como a senhorita...

Um homem corpulento com cabelos que começavam a rarear apareceu ao lado dela.

Anna apontou na direção dele, trêmula.

– E o senhor é o Kai.

– Ora, isso mesmo, senhorita – disse ele, olhando para Gerda com expressão confusa. – Podemos providenciar roupas quentes ou uma caneca de vinho quente, talvez? Olina não tem ingredientes para fazer muito além disso, temo.

– Olina – repetiu Anna, vendo-se de novo como uma garotinha na cozinha junto com a cozinheira do palácio.

Era demais para suportar. Ela começou a recuar, afastando-se da multidão e das pessoas gritando pela libertação de lorde Peterssen, procurando uma rota de fuga.

– Senhorita? – Kai se adiantou, mas Anna correu por uma porta aberta.

Ela desembocou no que parecia uma galeria de retratos. O grande salão tinha um teto inclinado, revestido com painéis azuis e sustentado por vigas de madeira. Não havia muitos móveis – apenas alguns bancos e mesas –, e as paredes exibiam muitas pinturas. Anna ergueu os olhos para o retrato de uma cavaleira em batalha. Por alguma razão, podia jurar que seu nome era Joana. Na verdade, todos os retratos pareciam familiares. Anna abraçou o corpo em agonia. As mãos estavam geladas, e ela se sentia fraca demais para permanecer em pé.

Não ouviu a porta se abrindo atrás dela.

– Anna!

Hans a amparou quando ela começava a desfalecer. Ele a colocou em um dos bancos, ajeitando sua cabeça enquanto ela afundava no assento de veludo. Anna não conseguia respirar.

– O que está acontecendo comigo? – disse ela, em pânico.

– A senhorita está congelando! Aguente firme. – Hans se afastou para acender o fogo na lareira.

Anna seguiu falando.

– Eu continuo vendo coisas, ouvindo vozes… Sei o nome de gente que nunca vi antes na vida! Olaf lembra de mim, mas eu não me lembro dele… Embora sinta que deveria. – Ela olhou para Hans, com os olhos cheios de lágrimas. – Sinto como se estivesse endoidando.

Ele sorriu, gentil.

– Está tudo bem. A senhorita não está endoidando.

– Não? – perguntou Anna. Estava batendo o queixo de frio.

– Não – disse ele, e pousou a mão sobre as dela. – Acho que está se lembrando da sua vida antiga. A que tinha antes de ser adotada. – Ele olhou para ela com intensidade. – Sei que vai ser difícil de entender, mas o castelo é seu lar.

– O quê? – Anna ouviu um rugido nos ouvidos. *Preciso encontrar Elsa.*

Hans continuou:

– A senhorita é herdeira deste reino. Seus pais mandaram a senhorita embora porque Elsa a atingiu com sua magia e quase a matou.

– Não, eu... Não... Elsa não... Ela não faria... – Anna não conseguia encontrar as palavras para expressar o que sentia. Algo dentro dela começou a trincar. O que Hans dizia não fazia sentido, e mesmo assim ela sabia que ele falava a verdade.

Usa a magia! Usa a magia!, ouviu uma garotinha dizer de novo, alegremente. A garotinha era ela.

– É a verdade – insistiu Hans. – A senhorita não se lembra, mas tenho a prova bem aqui. – Ele se ajoelhou ao lado dela e tirou um pedaço de pergaminho do bolso do casaco. – Esta é uma carta da rainha para Elsa, contando toda a verdade.

O coração de Anna começou a bater mais rápido. Ela estendeu a mão para pegar a carta. Hans a afastou dela.

– Elsa é uma ameaça a este reino e deve ser punida por seus crimes, mas o legado da família de vocês continua intacto. A senhorita é a próxima na linha de sucessão do trono! Não percebe? – Hans sorriu, ávido. – Sem Elsa, o verão será restaurado. Então, eu e a senhorita governaremos Arendelle juntos.

Anna tentou se sentar. Seu corpo tremia, e tantas emoções giravam dentro dela que achou que imploria. Do que Hans estava falando?

– Achei que o senhor amava Elsa... Não ama?

A expressão de Hans se fechou quando ele se ergueu e se aprumou.

– Como herdeira, ela era preferível, com certeza. Mas depois do que aconteceu no dia da coroação, não há salvação. *A senhorita*, por outro lado... A princesa de Arendelle há muito perdida... O povo vai adorá-la depois que virem a carta da amada rainha e descobrirem quem a senhorita é. Não vê? Eu tê-la encontrado antes de Elsa foi coisa do destino.

– Elsa estava procurando por mim? Ela viu essa carta? – Anna se ergueu e cambaleou na direção dele. – Ela sabia que tinha uma – Anna saboreou a palavra antes de dizê-la em voz alta – irmã? – Seu coração começou a bater ainda mais rápido.

– Sim – disse Hans. – Não disse nada antes porque estava tentando protegê-la.

Anna ouviu o vento uivando fora da enorme janela, agitando sua estrutura. O vidro estava coberto por uma camada de gelo e ela não conseguia ver nada lá fora além de branco.

Ela e Elsa eram irmãs?

Se aquilo fosse verdade, por que não conseguia se lembrar de sua vida como princesa de Arendelle?

Por que os pais a mandariam embora? A menos que Hans estivesse certo e a magia de Elsa quase a tivesse matado...

Anna fechou os olhos com força, implorando a si mesma que se lembrasse, mas nada lhe ocorreu. Frustrada, virou-se para Hans.

– Então você descobriu que Elsa tentou me matar e queria me levar direto até ela?

Os olhos de Hans piscaram com a surpresa.

– Eu... A carta da rainha dizia que era um acidente, mas...

Havia algo que ele não estava lhe contando.

– Me deixa ler a carta, então.

Hans a colocou de novo no bolso.

– A senhorita está chateada. Por que não se acalma primeiro? Vou guardar a carta, por segurança.

Ela sentiu um lampejo de raiva.

– Então, em vez de acertar as coisas com a Elsa, você estava tentando me conquistar com a sua lábia? – disse, e o rosto de Hans corou. – Que batalha é essa sobre a qual todo mundo está falando? – perguntou, e Hans ficou inquieto. – E cadê a Elsa? Se você sabe, por que não me deixa falar com ela pra que veja por si mesma que o passado ficou pra trás? Talvez ela coloque um fim nessa tempestade.

A expressão de Hans era sombria.

– Ela já teve uma chance. Tentei conversar com ela; no palácio de gelo na Montanha do Norte, na verdade. Ela não estava disposta a negociar, o que significa que está sentenciando Arendelle e o resto do reino à perdição. Ela sabe tudo sobre a senhorita; mas, em vez de ajudá-la, ela a deixou de lado. Assim como fez com Arendelle.

– Ela não faria isso – argumentou Anna.

Hans apontou na direção da janela congelada, que ainda trepidava.

– Mas ela fez! Olhe lá para fora! Não vamos durar muito mais. As pessoas estão vindo atrás de mim, pedindo que eu as salve.

– E como você vai salvá-las? – desdenhou Anna. Hans não disse nada. – Espera. Você vai matar a Elsa? – Hans continuou em silêncio. – Você n-não pode! – ela gaguejou. – Você não tem o direito de decidir o destino dela!

Hans não esboçou reação.

– Sou eu quem vai salvar este reino, e as pessoas vão me agradecer por isso. Só lamento saber que a senhorita não estará ao meu lado quando eu conseguir.

– Você não é páreo para a Elsa – sibilou Anna, enquanto o rangido na janela ficava mais alto.

– Não. *Você* não é párea para a Elsa – devolveu Hans. – Achei que seria uma escolha melhor, mas claramente eu estava enganado. Os segredos da rainha morrerão com ela agora. – Ele estendeu a carta acima do fogo.

Anna cambaleou para a frente, alarmada.

– Não!

– Pare!

Hans e Anna se viraram. Lorde Peterssen estava parado diante da porta aberta, com um guarda de cada lado.

– Levem o príncipe – exigiu lorde Peterssen.

– Eu… Lorde… – Hans olhou em volta, procurando uma rota de fuga. – O senhor não entende. Se soubesse a verdade, saberia que esse é o único jeito.

– Ouvi tudo o que precisava ouvir. – Os olhos de lorde Peterson caíram sobre Anna. – E a princesa Elsa tentou me contar o restante. – Ele deu um sorriso suave. – Olá de novo, Anna.

Anna correu na direção dele. Ele também parecia familiar. Ela abriu a boca para falar alguma coisa e ouviu o trepidar da janela

FROZEN ÀS AVESSAS

aumentar. Quando se virou para ver o que havia, a janela se estilhaçou de repente. Vidro voou pelo cômodo; um pedaço se chocou contra lorde Peterssen e o derrubou no chão. Hans protegeu a cabeça, mas foi atingido por um pedaço da moldura da janela. Os guardas correram para ajudar o lorde a se levantar enquanto o vento uivava para dentro do salão, arrancando retratos das paredes e jogando neve para todos os lados. Foi quando Anna a viu...

A carta havia caído das mãos de Hans.

Anna a agarrou antes que voasse para longe e cambaleou para fora do cômodo, determinada a encontrar um caminho para as masmorras no subsolo.

CAPÍTULO VINTE E OITO

KRISTOFF

KRISTOFF MAL HAVIA CONDUZIDO Sven para fora do Vale das Rochas Vivas quando viu o que estava acontecendo à distância: a tempestade parecia se dirigir diretamente para o castelo. Um fio de fumaça branca se ergueu como um ciclone antes de disparar como uma explosão, fazendo com que um vento feroz rugisse pela paisagem enquanto envergava as árvores. Kristoff e Sven se preparam para o impacto, sentindo a tempestade passar por eles. O instinto do rapaz lhe dizia que aquelas condições climáticas não eram naturais. Elas tinham a ver com magia.

E com maldições.

Chegar até Arendelle o mais rápido possível ficou ainda mais importante.

– Vamos nessa, garoto! – Kristoff bateu os pés nos quartos de Sven.

FROZEN ÀS AVESSAS

Ele e Sven cavalgaram mais rápido do que nunca, correndo para dentro do vento montanha abaixo. Sua touca voou para longe na metade do caminho, e ele mal podia ver o que havia adiante por causa da nevasca ofuscante. Parecia que a viagem ia durar para sempre. Quando Sven enfim chegou ao sopé da montanha, deslizou na direção do que um dia havia sido o fiorde. Logo adiante, o ciclone de neve e gelo parecia ainda mais ameaçador. Ele rodopiou na direção deles e Kristoff e Sven correram em sua direção, preparando-se para o que quer que tivessem que encarar.

A única coisa que importava era chegar até Anna.

Anna, com seu sorriso brilhante, seu entusiasmo contagiante, seus olhos enormes e aquela necessidade de preencher cada instante com falatório.

Anna, com sua natureza felizinha e forte que o tinha salvado dos lobos… e custado a ele o trenó.

Anna, que estava disposta a arriscar a própria vida para salvar sua vila e a princesa que ela *achava* que não conhecia.

Ele tinha demorado tudo aquilo para perceber que estava caidinho por ela.

E podia ser tarde demais.

– Vamos, amigão! Mais rápido! – Kristoff encorajou Sven enquanto disparavam pelo fiorde. Ele avaliou melhor a situação.

Estavam cavalgando rapidamente pelo que parecia ser a proa de um enorme navio aprisionado no gelo. Através da nevasca, várias outras embarcações apareciam como fantasmas, os mastros estalando com o frio extremo.

Kristoff ouviu o estalido antes que entendesse o que estava acontecendo. Quando olhou para cima, viu que um enorme navio despencava na direção deles. Era tarde demais para sair do caminho. Tudo o que Kristoff podia fazer era conduzir Sven adiante, tentando desviar dos restos da embarcação que passavam voando por eles. Escaparam do navio pouco antes de ele desabar no chão, mas a força do impacto fez com que o gelo ao redor se despedaçasse. Kristoff viu a rachadura se espalhar sob seus pés, e de repente não havia nada além de água adiante. Sven parou de súbito, fazendo com que Kristoff voasse até uma ilha de gelo. Sven afundou na água.

– Sven! – gritou Kristoff, procurando freneticamente pelo melhor amigo.

Sven emergiu da água gelada, debatendo-se para conseguir subir em outro pedaço flutuante de gelo próximo.

Kristoff expirou, aliviado.

– Bom garoto – gritou. – Fica aí!

Ele lutou para ficar de pé contra o vento violento e olhou ao redor, tentando se recuperar. Vendo o castelo à distância, Kristoff encarou a ventania e avançou contra ela, esperando que Anna estivesse bem.

CAPÍTULO VINTE E NOVE

ELSA

— **LORDE PETERSSEN!** — gritou Elsa. – Kai? Gerda? Deixem-me sair! Por favor!

Ninguém respondeu.

Pelas barras da pequena janela do calabouço, ela notou as tochas tremulando no corredor. O vento uivava por entre os tijolos, quase apagando as chamas. Até as correntes que a prendiam estavam começando a congelar, dificultando os movimentos.

Ela estava presa.

Elsa se sentou no banco e encarou as luvas de metal nas mãos.

Não podia apenas assistir ao reino virando tundra congelada. Precisava que alguém encontrasse Anna e contasse a ela a verdade sobre seu passado. Talvez, e apenas talvez, aquilo a ajudasse a se lembrar de quem realmente era. A maldição seria quebrada e... O que aquilo significaria para o clima?

FROZEN ÀS AVESSAS

Mesmo que Anna soubesse quem era, Vovô Pabbie não havia dito nada sobre a irmã ser capaz de acabar com o inverno. Elsa o havia criado. Só ela poderia dar um fim nele.

Elsa tombou a cabeça contra a parede e ouviu o gelo trincar. Por que não sabia como reverter o feitiço que tinha criado?

Sei o que o medo está fazendo com sua magia, ela ouviu Vovô Pabbie dizer. *Deve se concentrar em controlar seus poderes.*

O que ele queria dizer com medo? Ela não tinha medo dos poderes, tinha? Ela temia era não ter a irmã em sua vida. Se desistisse de Anna, será que a tempestade pararia?

Não tinha certeza, e não sabia a quem perguntar.

Ela havia perdido a mãe e o pai, decepcionado o seu povo e abandonado Olaf na tentativa de escapar de sua prisão. Não havia mais ninguém para ajudá-la.

Elsa baixou a cabeça e chorou.

– Mamãe, papai... por favor, me ajudem.

A única voz que escutou foi a do vento.

– Princesa Elsa!

Ela abriu os olhos e se levantou, forçando as correntes. Alguém a chamava. Era uma garota. Mas ela não reconhecia aquela voz.

– Princesa Elsa, onde está?

– Aqui! – gritou Elsa. Não parecia Gerda ou Olina, mas não importava quem fosse. Alguém estava à procura dela. – Siga a minha voz!

– Encontrei! – A garota colocou o rosto entre as barras e espiou para dentro do calabouço.

298

Elsa não podia acreditar no que via. A garota diante dela tinha cabelos ruivos e olhos azuis. Os olhares das duas se encontraram, e as manoplas que prendiam Elsa começaram a brilhar. Curiosamente, não congelaram. O gelo derreteu.

– Anna? – sussurrou Elsa, esquecendo-se momentaneamente de todas as outras coisas.

– Isso. – Ela agarrou as barras. – Eu sou a Anna... Oi.

Anna não era um devaneio da sua imaginação. Não era um fantasma. Era real e estava do outro lado da porta do calabouço. A irmã caçula de Elsa estava ali. A maldição estava quebrada! Ela começou a chorar.

– Você sabe quem eu sou?

Anna ficou em silêncio por um instante.

– Sim.

– Você se lembra? – As lágrimas de Elsa começaram a cair mais rápido. – Você se lembrou e me encontrou.

– Eu... Esse lugar... – Anna se perdeu. Ela ergueu um pedaço de pergaminho. – Estou com a carta da rainha.

As algemas de Elsa ficaram mais brilhantes.

– Você está com a carta? Como? – Agora, elas poderiam ler a carta da mãe juntas! – Mas não interessa. A única coisa que interessa é que você voltou. Você... é real.

– Você também – sussurrou Anna. Elas continuaram a se encarar, e os únicos sons eram os da tempestade se agitando lá fora.

Então, ouviram as risadinhas.

– Eu sou real também!

FROZEN ÀS AVESSAS

Anna ergueu algo diante das barras. Era a cabeça de um boneco de neve. A cabeça sorria abertamente.

– Olaf! – exclamou Elsa. – Você está bem!

– Sim! – Olaf fez uma careta. – Mas eu saí do seu quarto. Sei que não devia.

– Está tudo bem. – Elsa riu entre as lágrimas.

– E eu encontrei a Anna! – disse Olaf, alegremente. – A gente veio pra encontrar você com o Kristoff e o Sven, mas daí o Kristoff e o Sven foram embora e a gente partiu com o príncipe Hans.

– Hans? – O sorriso de Elsa desapareceu. – Cadê ele? – perguntou. – Anna, você não pode dar ouvidos a ele!

Anna abriu a boca para responder, mas alguém a empurrou junto com Olaf para fora da vista.

– Anna! – gritou Elsa.

– Tira as mãos de mim! – Elsa ouviu Anna gritar.

– Não tô vendo nada! Não tô vendo nada! – gritava Olaf. – Junta as minhas partes de novo!

Elsa ouviu uma chave virar na fechadura e viu a porta do calabouço se abrir. A cabeça de Olaf rolou para dentro do cômodo, sem o corpo. Hans entrou logo depois, trazendo Anna como prisioneira. Havia um corte recém-aberto no supercílio direito do príncipe.

– Ora, ora, isso não é uma graça? – disse ele. – A reunião das duas irmãs.

– Deixe-a em paz! Você não pode nos machucar – gritou Elsa, enquanto suas algemas brilhavam com um azul vibrante. – Ela se lembra de tudo!

Hans sorriu.

– Será? Vamos ver.

Ele empurrou Anna, que se chocou com Elsa e então caiu para trás, lutando para respirar. Gelo se formou nos pés dela e começou a subir pelas pernas.

A maldição – não tinha se quebrado.

Sem demonstrar qualquer emoção, Hans assistia ao gelo subir pelo corpo de Anna e ao cabelo da garota ficar completamente branco. Anna estava congelando de dentro para fora. Elsa lutava contra as correntes para se soltar, mas não conseguia forçar o suficiente.

– Anna! – desesperou-se Olaf, fazendo a cabeça rolar até ela.

– Você vai matá-la! – gritou Elsa.

Hans não se moveu.

– Exatamente. – Ele olhou para Elsa enquanto Anna se revirava de dor no chão. – Você criou a própria perdição, mas ela foi bobinha o suficiente para ir atrás de você. Agora, as duas serão descartadas do jogo e eu vou governar Arendelle sozinho.

– *Não!* – gritou Elsa, em agonia.

As algemas começaram a brilhar de novo. Neve caiu diante deles, depois se espalhou pela corrente e pelas paredes. Hans olhou para cima, surpreso, enquanto o calabouço era tomado pelo gelo. Elsa tentou se soltar uma vez, depois outra, então uma terceira vez enquanto pingentes de gelo se formavam no teto e caíam sobre eles. Olaf subiu no colo de Anna assim que o gelo começou a cair. Hans cobriu a cabeça com as duas mãos.

FROZEN ÀS AVESSAS

Elsa se concentrou na janela do calabouço e forçou a magia a criar um buraco. Enfim, as pedras explodiram, levando junto metade da parede e as correntes. Cada manopla em suas mãos se quebrou ao meio, livrando-a da prisão. Elsa passou pela abertura na parede e olhou para Anna. O gelo em seu corpo começou a ceder enquanto Elsa corria na direção da tempestade e desaparecia.

CAPÍTULO TRINTA

ANNA

HOUVE UMA GRANDE EXPLOSÃO e gritaria, e então sons de homens correndo.

– A princesa escapou! – alguém gritou, mas a voz soava muito distante.

Um instante atrás, Anna sentiu como se estivesse congelando de dentro para fora. No momento em que Elsa saiu, a náusea passou e seu corpo começou a se aquecer de novo.

Que esquisito, pensou.

Usa a magia!, a vozinha dentro da cabeça dela voltara, causando uma dor instantânea. Ela tentou bloquear a memória.

Você se lembra?, Elsa tinha perguntado. Anna ficara tão surpresa com a pergunta que não soube como responder. Elsa claramente se lembrava de tudo, mas Anna ainda estava tentando entender aquelas memórias novas e as informações que Hans tinha dado. Ela não podia

FROZEN ÀS AVESSAS

acreditar que tudo aquilo era verdade: ela era a princesa perdida de Arendelle, filha do rei Agnarr e da rainha Iduna. Pensou no retrato da família real que tinha visto no castelo.

Anna ouviu o coração bater forte quando começou a juntar as peças. A maneira como Freya havia morrido, as visitas infrequentes sob capuzes escuros, a carruagem que a esperava do lado de fora da padaria. O retrato da rainha no castelo, que parecia muito com a mulher que havia sido sua tia e a melhor amiga de sua mãe.

Será que Freya e a rainha eram a mesma pessoa?

E seria essa pessoa a sua mãe biológica?

Com a visão embaçada, viu a cabeça de Olaf rolar e se reconectar ao corpo. De repente, aquilo ficou claro: Freya *era* a rainha Iduna.

O boneco de neve a cutucou com o nariz de cenoura.

– Anna? Tá tudo bem?

Anna se forçou a se sentar e respondeu que sim. Então, ouviu mais alguém falando.

– Príncipe Hans! – Um guarda se inclinava para examinar alguém caído no chão a alguns passos dela.

– A princesa – grunhiu Hans. – Tentei impedi-la de piorar a tempestade, mas ela me atingiu com magia. Ela está... fugindo.

– Mentiroso! – disse Anna, mas sua voz estava fraca. O calabouço aos poucos se tornava nítido para ela outra vez. Neve invadia o cômodo por uma grande abertura na parede.

Hans apontou para Anna.

– Elsa atingiu Anna também. O corpo dela inteiro começou a congelar.

Elsa não a atingira. Ela só havia ficado feliz em ver Anna. Mas por que tinha fugido?

Elsa? Acorda, acorda, acorda!, disse uma vozinha, dentro de sua cabeça. *Quer construir um boneco de neve?*

Era a própria voz de Anna, mas muito tempo antes. As memórias começavam a voltar mais rápido. *Preciso encontrar Elsa.*

– Homens, ajudem Anna enquanto vou atrás da princesa – ouviu Hans dizer.

– Não! – Anna gritou quando os guardas se aproximaram dela. Ela viu Hans se preparar para encarar o vento e desaparecer pela abertura na parede. Ele tinha a espada em riste, pronto para atacar. *Ele vai matar a Elsa*, pensou Anna. *Preciso impedir.* – Eu tô bem! – disse aos guardas. – Alguém precisa parar o príncipe Hans! Ele vai machucar a princesa!

Os guardas olharam para ela, confusos.

– Vamos atrás da princesa! – gritou um dos guardas, avançando pela abertura. Os outros o seguiram.

Anna se forçou a ficar de pé, mas a sensação era de ter sido atropelada por algo grande. Lentamente, virou-se na direção da abertura na parede.

– Preciso encontrar a Elsa antes de Hans e dos outros – ela disse para Olaf, mas as palavras soavam esquisitas.

– Ei! Seus lábios estão azuis! – comentou Olaf.

– Olaf? Você precisa me ajudar a encontrar a Elsa rápido. É importante.

Olaf sorriu.

– Belezinha! Tô pronto! Bora!

Anna sofreu para manter o equilíbrio enquanto passava pela abertura e saía para a neve. O vento uivava. Ela não conseguia enxergar Olaf, embora ele estivesse bem na frente dela. Ao redor, ouvia coisas estalando e caindo. Uma rajada súbita de vento a fez voar para trás. Olaf foi erguido no ar, com as três peças do corpo se separando.

– Continua! – ele gritou, enquanto seus pedaços voavam para longe.

Anna ergueu o braço diante do rosto e se virou para encarar o vento. Ela precisava encontrar Elsa antes que fosse tarde demais.

CAPÍTULO TRINTA E UM
ELSA

ELSA GIROU DE UM lado para o outro, incerta sobre qual direção tomar. A capa voou diante de seu rosto e ela a empurrou para longe.

A tempestade estava tão furiosa que não havia onde se abrigar.

Ela não podia voltar ao castelo. Agora, era uma inimiga do próprio povo e da irmã.

A maldição ainda comandava a vida de Anna.

A vida de Elsa estava em ruínas.

Ela não podia salvar o povo da própria loucura.

Ela não sabia como salvar a irmã.

Ela não tinha a menor ideia sobre como parar a tempestade, independentemente de quanto quisesse.

Ela nunca tinha se sentido tão amedrontada ou sozinha.

Elsa caminhou a esmo na escuridão rodopiante, mal enxergando o navio congelado diante de si. *Que venham atrás de mim*, pensou. *Sem Anna, não tenho mais nada pelo que lutar.*

CAPÍTULO TRINTA E DOIS

ANNA

ELA HAVIA PERDIDO OLAF, não conseguia enxergar para onde estava indo, um navio tinha surgido diante dela como se fosse uma miragem e Elsa não estava à vista em lugar nenhum. Ouviu um estrondo e viu, horrorizada, o mastro do navio tombar e se despedaçar no chão congelado, fazendo voar grandes pedaços de gelo. Anna ergueu as mãos diante do rosto para se proteger.

Parecia que o mundo estava acabando, mas ela se negava a permitir.

Ainda havia tantas coisas pelas quais viver. Ela tinha um passado do qual se lembrar e uma irmã para conhecer. Arendelle precisava das duas princesas. Talvez, juntas, pudessem trazer o sol de volta.

Anna puxou a capa ao redor do corpo, tentando se aquecer, mas nada aconteceu. Ela sentia o frio nos ossos, como quando estivera

FROZEN ÀS AVESSAS

com Elsa no calabouço. Algo estava causando aquela sensação, e não era apenas o clima. Suas mãos pálidas haviam começado a congelar, com pequenos cristais de gelo se formando nos pulsos e nas pontas dos dedos.

Uma maldição.

Será que era aquilo que estava acontecendo com ela e com Elsa? Será que ela havia sido amaldiçoada e estava fadada a ficar longe da irmã? Por que os pais as haviam separado? Talvez a carta da rainha explicasse o que havia acontecido.

A carta!

Anna apalpou os bolsos do vestido, mas a carta havia sumido. Devia ter caído durante a explosão e a fuga de Elsa. Agora, não tinha nada que provasse quem ela realmente era. Elsa era a única que podia ajudá-la, e ela havia fugido. E se Hans a encontrasse antes dela?

Anna escorregou no gelo. Havia gelo demais para todos os lados, e ela se tornava parte dele. *Por favor*, implorou, recorrendo à memória de Freya – à memória de sua mãe – para se guiar. *Me ajude a encontrar Elsa.*

Ela sentiu uma vontade desesperada de se virar.

Elsa estava encolhida no chão, a poucos passos de Anna, com as mãos envolvendo a cabeça. Hans estava parado ao lado dela. Elsa ao menos sabia que ele estava ali? Ou havia desistido? *Não, Elsa!*, ela queria berrar. *Eu... Eu me lembro*, percebeu.

Anna foi tomada por um sentimento tão forte que, por um ínfimo momento, sua alma se aqueceu. Imagens tomaram sua mente: ela e Elsa conversando no quarto delas, preparando biscoitos e bolos com a mãe na cozinha, correndo pela escadaria central. *Usa a magia*, ela ouviu uma voz dizer, e agora percebia que era sua versão mais nova implorando para que Elsa criasse mais neve. Juntas, tinham esquiado pelo Grande Salão e feito anjinhos na neve. Tinham construído Olaf! Ela costumava ficar maravilhada com a magia de Elsa e sempre pedia que a irmã a usasse. *Usa a magia!*, ouviu a si mesma implorar de novo, e então viu o momento em que tudo mudou. Na tentativa desesperada de impedir que Anna caísse de um monte de neve, Elsa a havia atingido sem querer. Foi quando ela e Elsa foram separadas.

Ela se lembrava de tudo! Ela...

Anna olhou para cima. Hans erguera a espada sobre a própria cabeça e estava prestes a enterrá-la no coração de Elsa.

O coração de sua irmã.

Com a pouca força que ainda lhe restava, Anna disparou adiante.

– *Não!* – gritou, escorregando para se colocar na frente de Elsa enquanto a espada descia.

Ela ergueu a mão para impedir o golpe e sentiu o gelo se espalhando do peito para as extremidades do corpo. As pontas dos dedos tocaram a espada no mesmo instante em que congelaram, destroçando a lâmina em pedaços. Uma onda de choque emanou de seu corpo solidificado, jogando Hans para trás.

Anna soltou uma última expiração, que evaporou no ar.

CAPÍTULO TRINTA E TRÊS

ELSA

AS VIBRAÇÕES FIZERAM O solo tremer, assustando Elsa, que havia se perdido nos próprios pensamentos desesperados. A tempestade tinha parado de súbito, assim como a nevasca. Flocos estavam suspensos no ar como se o tempo tivesse parado. Demorou um instante para que Elsa entendesse o porquê.

– *Anna*! – gritou ela, erguendo-se em um salto.

Sua irmã havia virado gelo.

Anna parecia uma estátua, para sempre preservada com a mão erguida para os céus. Sua capa estava paralisada no meio do movimento, mostrando como ela havia corrido para junto de Elsa para protegê-la. Hans estava caído alguns metros adiante, com a espada ao lado. Foi tomada pela compreensão: Anna havia impedido Hans de machucá-la. Ela havia sacrificado a própria vida para salvar a de Elsa.

Elsa estendeu a mão para tocar suavemente o rosto congelado de Anna.

– Ai, Anna. Não. Não. Por favor, não. – Ela acarinhou a bochecha gélida.

A maldição havia se quebrado um segundo tarde demais. Como a magia podia ser tão cruel? *Anna. Doce, bela Anna*, pensou ela. *Não é justo. Não me abandone.*

Elsa abraçou a estátua congelada de Anna, chorando copiosamente. Não ouviu quando Olaf se aproximou dela. Mal notou o rapaz loiro de expressão devastada que havia acabado de chegar com uma rena. Através da neblina e da calmaria sobrenatural, pensou ver lorde Petersen, com uma bandagem prendendo o braço direito, além de Gerda, Kai e Olina na sacada do castelo, observando de cima. Mas o que importava isso tudo?

Talvez o reino todo tivesse acabado de acordar de um estado de sonho coletivo e agora todos se lembrassem de que Arendelle não tinha só uma princesa. Tinha duas. Tinham encontrado a princesa perdida apenas para perdê-la de novo.

Sinto muito, Anna, pensou Elsa, enquanto abraçava a irmã e sentia as lágrimas escorrendo pelo rosto. *Amo você mais do que tudo nesse mundo, e sempre amarei.* Subitamente, Elsa ouviu um arfar e sentiu Anna ceder em seus braços. Ela estava viva! Seu corpo havia se descongelado completamente. Até a mecha branca de cabelo tinha desaparecido.

– Anna! – gritou Elsa, surpresa, olhando nos olhos da irmã.

Anna a segurou.

– Eu me lembro *de você*. Me lembro de tudo – disse, e elas enfim puderam se abraçar de verdade.

Quando Elsa enfim conseguiu se afastar, olhou para Anna com novos olhos.

– Você se sacrificou por mim – disse, suavemente.

– Eu amo você – disse Anna, apertando as mãos de Elsa. Ela notou que Elsa encarava algo e se virou. – Kristoff!

– *Princesa* – disse ele. – Havia *mesmo* uma princesa Anna, e você é ela. Não dá pra acreditar. Quer dizer, dá, mas... Você é uma princesa de verdade! Eu tenho que me curvar? Me ajoelhar? Não tenho muita certeza do que fazer.

– Deixa de ser besta! Ainda sou eu! – disse Anna para Kristoff com uma risada, e o abraçou.

Elsa não podia acreditar no que estava ouvindo. Se esse Kristoff sabia quem Anna realmente era, então todas as pessoas de Arendelle e do resto do reino também sabiam. Seus olhos se encheram de lágrimas.

– Vovô Pabbie tinha razão... O amor realmente pode quebrar qualquer maldição – disse Kristoff.

– O amor pode... – repetiu Elsa. – É claro!

Todo o tempo ela tinha se deixado envolver pelo medo – medo de ficar sozinha, medo de nunca encontrar Anna, medo de destruir o reino com seus poderes. O medo que a havia mantido prisioneira desde que tinha descoberto o poder dentro de si. Era justamente como Vovô Pabbie dissera: ela precisava aprender a controlar sua magia. Se apenas abraçasse a beleza em sua vida e a mágica com

FROZEN ÀS AVESSAS

a qual havia sido agraciada – agraciada, e não amaldiçoada! –, ela poderia mover montanhas.

Ou pelo menos descongelar as terras do reino.

Elsa olhou para as próprias mãos, fascinada. A resposta estava diante dela o tempo todo.

– Amor!

– Elsa? – perguntou Anna.

Elsa analisou com cuidado o que estava sentindo: era pura alegria misturada com o maior amor que já havia experimentado. Tinha uma irmã que amava profundamente. Focar naquele amor e no amor que sentia pelos pais e pelo povo ajudou a acalmar sua alma até então assustada. Era obrigação dela proteger o reino, e agora podia fazer aquilo.

Os pensamentos cheios de amor fizeram seus dedos formigarem como quando usava a magia, mas dessa vez seu corpo parecia diferente. Seus dedos começaram a se aquecer.

Elsa ergueu as mãos aos céus e os flocos sob os seus pés começaram a se erguer. A neve virou água e jorrou como um gêiser. Até onde podia enxergar, o gelo estava subindo aos céus e evaporando. O fiorde descongelava, permitindo que as embarcações voltassem a navegar. Elsa não havia sequer notado que ela própria estava sobre a proa de um navio. Só se deu conta disso quando a embarcação começou a se erguer do gelo com Anna, Kristoff, Olaf, a rena e ela em cima.

O brilho azul de seus dedos continuou a se espalhar, atravessando a água até chegar à vila. Lentamente, casas que estavam quase enterradas na neve retornaram à vida. Flores voltaram a se abrir, e tanto a planície quanto as montanhas voltaram às suas versões verdejantes. Pessoas saíam, fascinadas com como o mundo transitava do inverno de volta para o verão.

Quando o descongelamento enfim se completou, a água remanescente que tinha subido aos céus rodopiou e se transformou em um floco gigante de neve. Elsa agitou a mão uma última vez e o floco explodiu em uma bola de luz. O céu ficou azul e o sol enfim voltou a aparecer.

Anna olhou para Elsa com orgulho.

– Sabia que você ia conseguir.

– Na boa, esse é o melhor dia da minha vida – concordou Olaf, cuja nevasquinha particular era a única precipitação que havia sobrado.

Elsa ouviu gemidos e notou Hans, que levava uma mão ao maxilar. Ela imediatamente partiu em sua direção, mas Anna estendeu o braço para impedi-la.

– Ele não vale o seu tempo – disse Anna, enquanto se aproximava ela mesma do príncipe.

Hans arfou quando a viu, surpreso.

– Anna? – Ele se ergueu, empertigado. – Mas a maldição... Eu vi você virar gelo!

A expressão de Anna se fechou.

– É você quem tem um coração de gelo aqui! – Ela se virou para ir embora, depois aparentemente achou que seria melhor meter um soco na cara dele.

Hans caiu para trás, tombando por sobre a amurada do navio e se estatelando na água lá embaixo.

FROZEN ÀS AVESSAS

Eles ouviram uma comemoração à distância. Elsa olhou na direção do castelo e viu Kai, Gerda e várias outras pessoas na sacada. Vê-los aplaudindo a punição de Hans lhe deu esperanças de que soubessem a verdade sobre o príncipe. Ele não merecia ser ouvido, e ela faria questão de garantir que o povo de Arendelle pudesse confiar nela mais uma vez.

– Princesa Elsa!

Elsa correu até a amurada do navio para ver quem a chamava. Um barquinho se aproximava, remado por dois guardas e lorde Peterssen. O barquinho bateu contra o casco do navio e lorde Peterson subiu a bordo, enquanto os guardas ficavam para trás para pescar Hans da água. Lorde Peterssen olhou de Anna para Elsa antes de correr para abraçar as duas.

Os olhos dele estavam vermelhos, como se tivesse chorado.

– Ver as duas princesas de Arendelle juntas... O reino vai explodir de alegria! As pessoas estão enchendo o castelo; o reino descongelou! O verão voltou, graças às duas. – Ele enxugou os olhos úmidos e tocou o braço de Anna. – Nossa princesa perdida voltou até nós. É como se a vida tivesse duas versões: uma em que eu estava adormecido e tinha me esquecido da senhorita e outra em que a senhorita está novamente conosco. A maldição foi quebrada.

– Como sabe sobre a maldição? – perguntou Elsa, surpresa.

Lorde Peterson sacou um pedaço de pergaminho do bolso do casaco.

– Li sobre isso na carta da mãe de vocês, que encontrei no calabouço depois que ambas fugiram. – Ele a entregou para Elsa.

– Queria garantir que as senhoritas a recuperassem. As palavras de sabedoria da rainha não devem ser esquecidas.

– Muito obrigada. – Elsa olhou para a carta que achou que jamais voltaria a ver. – Nunca consegui lê-la antes que...

– Você congelasse o reino? – perguntou Olaf, e todos riram.

– Por que não a lemos juntas? – perguntou Anna, tocando o pergaminho com fascínio.

Os outros se afastaram para abrir espaço para as irmãs. Elsa e Anna sentaram lado a lado no convés e leram as palavras que a mãe havia escrito tanto tempo antes.

Nossa querida Elsa,

Se você está lendo esta carta é porque não estamos mais por perto. Caso contrário, querida menina amada, você já sabe sobre a maldição que separou nossa família muito tempo atrás. Sempre quisemos contar a você a verdade sobre o que aconteceu naquela noite, mas Vovô Pabbie – o líder dos trolls, cuja sabedoria buscamos para nos ajudar – assegurou que a maldição algum dia seria quebrada e você se lembraria de tudo sozinha.

Enquanto escrevo estas palavras, esse dia ainda não chegou. É um segredo que ocultamos de você por anos, e agora ele está escondido aqui em seu novo cofre, para garantir que você saiba da verdade se não estivermos por perto para contá-la.

Você tem uma irmã caçula, Anna – que, como você, viveu sem saber sobre isso por tempo demais. Amamos demais você e sua irmã, mas as circunstâncias nos forçaram a mantê-las separadas. Vai ser

FROZEN ÀS AVESSAS

difícil ouvir isso, mas você recebeu o dom mágico de criar gelo e neve. Quando era mais nova, sua magia atingiu Anna acidentalmente. Para salvar a vida dela, viajamos até o Vale das Rochas Vivas e apelamos pela sabedoria dos trolls, cujo líder, Vovô Pabbie, podia ajudar Anna. Porém, quando ele tentou apagar as memórias dela sobre sua magia, para a própria segurança dela, você se chateou e interferiu. Sua magia se combinou com a de Vovô Pabbie e acabou amaldiçoando você e Anna, de modos diferentes. No seu caso, sua magia se tornou dormente. Vovô Pabbie disse que ela apareceria de novo quando você precisasse da sua irmã mais do que nunca. Mas, no caso de Anna, a maldição significava que ela não poderia ficar perto de você, ou se transformaria em gelo. Até que a maldição seja quebrada, você e Anna não devem se encontrar.

Sei que você deve ter muitas perguntas. Perguntas demais, creio, para serem respondidas em uma carta – mas saiba que vocês não foram separadas por medo. Fizemos o que fizemos porque não havia escolha. Amávamos demais vocês para vê-las machucadas, e Vovô Pabbie nos apresentou uma maneira de proteger as duas.

Por favor, entenda: quando digo maldição, não me refiro aos seus poderes. Seus poderes são um dom, e espero que a essa altura seu pai e eu a tenhamos ajudado a controlá-lo.

Mas por que contar tudo isso agora? Esta carta serve para lhe dar esperanças. Você não está sozinha no mundo! Você é uma garota esperta e inteligente, Elsa, e sei que vai encontrar um jeito de entrar em contato com a sua irmã mesmo que ela esteja fora de vista. E Anna, com seu coração enorme e sua alma gentil, vai encontrar um jeito de voltar até você. Além do seu pai e de mim, o casal que adotou Anna são as únicas pessoas que sabem que vocês são irmãs. O restante de Arendelle não se lembra da sua princesa perdida. Vovô Pabbie também escondeu as memórias que vocês tinham uma da outra para aliviar a dor da separação. Quando a magia chegar ao fim, as lembranças irão voltar.

Se vocês pudessem se ver quando crianças! Eram unha e carne, tão inseparáveis que todas as manhãs descobríamos que Anna havia saído da cama dela para dormir na sua. Você era uma ótima irmã mais velha, e ainda voltará a ser.

Vocês duas encontrarão um jeito de voltar uma para a outra, tenho certeza. Vocês são, e sempre vão ser, a luz uma da outra no meio da escuridão.

Mamãe e Papai

Elsa olhou para Anna. Ambas tinham lágrimas nos olhos. Elas se abraçaram de novo e sentiram que estavam livres.

CAPÍTULO TRINTA E QUATRO

ELSA

DEMOROU ALGUM TEMPO PARA que Arendelle voltasse ao normal.

Ou melhor: para que voltasse ao novo normal.

O povo recebeu suas duas princesas perdidas de braços abertos.

Elsa, arrependida do que havia causado acidentalmente ao reino, trabalhou incessantemente para consertar as coisas. Como primeira providência, exigiu que o príncipe Hans fizesse as malas.

– A gente vai despejar o canalha de volta pro país dele – o capitão de um navio disse a Elsa enquanto conversavam nas docas. – Quero só ver o que os doze irmãos mais velhos vão pensar do comportamento dele.

– Elsa, deixe-me acertar as coisas entre nós – implorou Hans, enquanto o levavam para o navio. Ele sorriu, tentando se desculpar. – Podemos conversar?

FROZEN ÀS AVESSAS

– Ah, acho que já conversamos demais – respondeu Elsa. – Mas talvez seus irmãos lhe deem ouvidos depois de lerem minha carta. – Ela tinha uma missiva na mão, que entregou ao capitão do navio. – Contei a eles tudo o que aconteceu por aqui. Talvez você os convença a não o atirar nos calabouços – completou. A expressão de Hans congelou. – Aproveite as Ilhas do Sul, príncipe Hans.

O capitão empurrou Hans para dentro do navio. Ela desejou nunca mais encontrar trastes como ele.

O duque de Weselton, porém, resistiu e deu mais trabalho.

– *Isso é* inaceitável! – Elsa ouviu o duque gritar, enquanto era levado a um navio junto com seus homens. – Fui uma vítima do medo! – argumentou o duque. – Sofri um trauma e... *Aaaaai!* Que dor no pescoço! Tem algum médico que eu possa ver?

– O senhor pode se consultar com algum quando chegar em casa – disse-lhe Elsa, sentindo-se satisfeita. – De hoje em diante, e para todo o sempre, Arendelle não fará mais negócios de qualquer natureza com *É-Isso-Então*.

– É *Weselton*! – gritou o duque, enquanto era levado embora. – Weselton!

CAPÍTULO TRINTA E CINCO

ANNA

ENQUANTO ELSA SE PREPARAVA para o novo dia de sua coroação e trabalhava para consertar as coisas no reino, Anna decidiu viajar até sua casa na vila para visitar os pais. Kristoff a acompanhou e surpreendeu-se ao descobrir que os moradores da vila estavam tão empolgados em vê-lo como estavam em ver Anna. Os dois passaram uma longa noite diante do fogo, contando a todos sobre sua jornada e sobre a maldição que havia mantido as princesas separadas. Mas, acima de tudo, enalteceram Tomally e Johan por terem mantido o segredo da rainha tão fielmente. Quando a fogueira terminou de queimar, as pessoas voltaram para suas casas, e Kristoff e Sven se dirigiram ao celeiro (Kristoff disse que era mais confortável lá). Então, Anna se sentou com os pais adotivos na sala de estar e ouviu a história de como havia chegado até a soleira da porta deles. Os pais não tinham certeza se ela havia de fato sido

325

FROZEN ÀS AVESSAS

beijada por um troll, mas sabiam que os trolls tinham parte importante na história.

– Deixar você comigo foi a coisa mais difícil que sua mãe e seu pai fizeram na vida, mas fizeram isso por amor – disse a mãe. – A nós foi confiada a missão de manter você segura até que chegasse a hora de todos voltarem a se reunir.

– Ela começou a pensar que esse dia nunca ia chegar – acrescentou o pai. – Sempre mantive as esperanças de que um dia o reencontro fosse acontecer. Mas aí...

– O rei e a rainha pereceram no mar – completou Anna.

Aceitar o que havia acontecido com os pais ainda levaria tempo. Saber que havia perdido tantos anos de convívio com eles era doloroso, mas ela continuava se lembrando de que tivera a presença da mãe ao longo da vida sem sequer saber. "Freya" a tinha amado profundamente, assim como Tomally e Johan. Sua vida fora abençoada de muitas formas. Encontrar alegria nas histórias que tinham compartilhado ajudava a conter as lágrimas.

– Quer dizer que em todos esses anos de visitas da "Freya" ninguém percebeu que na verdade ela era a rainha? – perguntou Anna aos pais.

A mãe riu.

– Uma vez, o senhor Larson veio até a padaria e ela estava aqui. Ele chegou a fazer uma mesura porque tinha certeza de que ela era a rainha, mas seu pai o convenceu do contrário.

– Eu disse que era uma prima distante minha que tinha um baita de um mau hálito – contou o pai de Anna. – Isso o encorajou a ir embora!

Os três gargalharam, e Anna soube sem a menor sombra de dúvida que eles realmente eram os pais dela, em todos os sentidos da palavra. Que sortuda ela era por ter tido pais, biológicos e adotivos, que a amaram o suficiente para deixá-la ser livre.

Anna foi embora da vila com promessas de voltar e conversar sobre os pais a visitarem no castelo.

– A gente não perderia a coroação da sua irmã por nada neste mundo – disse a mãe, apertando-a forte antes de deixá-la se juntar a Kristoff, que esperava para levá-la para casa.

Era bom vê-lo sem as roupas de inverno, que havia trocado por uma camisa de um azul-esverdeado e uma túnica preta. O cabelo loiro brilhava sob a luz do sol.

Casa. Parecia estranho usar aquela palavra para se referir a um lugar que não frequentava desde a infância, mas o castelo parecia mais familiar do que esperava. Ela logo se acostumou com a disposição do palácio, com seu quarto e com todos os outros cômodos – fazendo até visitas a sua amiga Joana na galeria de retratos. A verdade era que estar em casa era estar junto de Elsa.

Ela só esperava que mais alguém se sentisse confortável de estar por perto também.

– Tá bom, lá vamos nós! – disse Anna.

– *Será* que dá pra tirar essa venda agora? – grunhiu Kristoff.

Ele havia passado a última hora da jornada de volta ao reino impedido de enxergar. Anna não queria que ele arruinasse a surpresa, então tinha insistido em ir na frente. Agora, eles estavam diante da fonte d'água.

FROZEN ÀS AVESSAS

– Sim! – Ela arrancou a venda dele. – Tcharam! Arrumei um trenó novinho em folha pra substituir o que ficou todo destruído.

O queixo de Kristoff caiu.

– Tá falando sério?

Anna deu um gritinho de empolgação.

– Sim! E é do modelo mais novo.

Não era só um trenó. Era uma obra-prima personalizada em forma de trenó. Tinha tanto verniz que Kristoff nunca mais precisaria polir a superfície com cuspe. Sven desfilou diante do veículo, quase como se o trenó fosse obra dele. Anna o havia decorado com um laço e colocado um alaúde novo no banco. Na traseira, ainda havia uma bolsa com um cortador de gelo, cordas e tudo o que ela achava que ele tinha perdido.

– Não posso aceitar – disse Kristoff, corando.

– Você precisa! – insistiu Anna. – Sem devolução! Sem troca! São as ordens da futura rainha Elsa. Ela nomeou você o mestre entregador de gelo oficial de Arendelle.

Ela apontou para uma medalha brilhante pendurada no pescoço de Sven.

– Ah, tá brincando.

– Claro que não tô brincando! – disse Anna. Fosse por uma ligação fraternal ou por qualquer outra coisa, Elsa parecia saber quanto Anna queria ter Kristoff por perto, mesmo sem que ela tivesse dito nada. – E – acrescentou Anna, esperando tornar a oferta mais doce –, tem até um porta-canecos. Você gosta dele?

– Se eu gosto? – Kristoff abraçou Anna e a fez rodopiar no ar. – Eu amo! Dá vontade de te dar um beijo. – Ele correu para colocá-la no chão e passou a mão pelos cabelos. – Quer dizer, dá vontade. Muita vontade. Posso? A gente podemos? Quer dizer, a gente pode? Espera. O quê?

Anna se inclinou e deu um beijo na bochecha de Kristoff.

– A gente pode, sim.

Kristoff não hesitou. Puxou Anna para si e a beijou do jeito que ela sempre o imaginara fazendo. Anna envolveu o pescoço dele com os braços e o beijou de volta.

CAPÍTULO TRINTA E SEIS

ANNA E ELSA

DEPOIS DA TEMPESTADE VEM a bonança.

Arendelle de fato experimentava um novo começo, e as pessoas mal podiam esperar para celebrar o renascimento do reino. Súditos encheram o castelo para celebrar não só a coroação de Elsa, mas também a volta da princesa perdida. Anna havia voltado para eles. Depois de tanta tristeza, Arendelle era pura alegria. As silhuetas das irmãs apareciam nas novas bandeirolas penduradas em cada mastro do reino.

E quando enfim chegou a hora de Elsa postar-se diante do sacerdote e aceitar a coroa, Anna estava exatamente onde sempre devia ter estado: ao lado de Elsa.

– Rainha Elsa de Arendelle! – declarou o bispo, apresentando-a para as pessoas na capela.

Elsa sorriu orgulhosa enquanto segurava o cetro e o orbe nas mãos. Os dedos não formigavam e ela não sentia medo algum.

FROZEN ÀS AVESSAS

Sabia que seu novo propósito era servir ao povo, e precisaria fazer aquilo com cada fibra de seu ser.

Depois da cerimônia, houve um banquete no Grande Salão, decorado com uma grande fonte de chocolate e um lindo bolo. Todos dançaram, riram e se divertiram. O próprio castelo parecia suspirar de satisfação. Por muito tempo, guardara luto, mas, agora, era de fato um lugar feliz.

Enquanto as pessoas aproveitavam a companhia umas das outras, Elsa e Anna escaparam pela entrada do salão para analisar o retrato familiar recém-restaurado. Aquele que mostrava o rei, a rainha, Elsa e Anna havia sido devolvido a seu lugar de honra. O senhor Ludenburg já havia declarado que faria uma nova escultura para a fonte da praça do castelo, de modo que ela refletisse a família de quatro membros inteira.

– Conta pra mim alguma coisa sobre eles de que eu não saiba – pediu Anna, enquanto enlaçava seu braço ao de Elsa.

Anna fazia perguntas como aquela todos os dias, e Elsa amava respondê-las. As duas ficavam acordadas até tarde, sentadas na cama uma da outra, falando sobre toda e qualquer coisa que podiam imaginar.

– Eles amavam doces quase tanto quanto eu e você – disse Elsa, enquanto voltavam para a festa. – Especialmente *krumkakes*.

Anna sorriu.

– Eu lembro de fazer esses! Você sempre comia metade antes que a senhorita Olina os colocasse para assar.

– Era você quem fazia isso! – acusou Elsa, entre risos.

– Talvez fosse a mamãe – disse Anna, mas também estava rindo.

Kristoff e Olaf assistiam às irmãs parados à porta, sorrindo.

Ninguém parecia querer deixar a festa terminar, então ela não acabou por um longo tempo. Mas quando o salão do banquete ficou quente demais e as pessoas precisaram de um pouco de ar, Elsa soube exatamente o que fazer para refrescá-las. Ela juntou todo mundo do lado de fora do castelo.

– Estão prontos? – perguntou à multidão.

Os gritos e palmas disseram o que ela precisava saber.

A magia dela não parecia mais um peso. Era de fato um dom, como a mãe sempre havia dito, e agora ela a usava para trazer alegria em vez de medo.

Elsa bateu com o pé no chão do pátio. Uma camada de gelo se espalhou lentamente pelo espaço. Em seguida, Elsa ergueu as mãos aos céus e fez os flocos de neve mais finos do mundo caírem. Em uma noite de verão como aquela, uma pista de patinação improvisada era um presente perfeito.

Pessoas escorregavam pelo pátio, aproveitando a magia que ela guardara para si mesma por tempo demais. Anna escorregou para chegar ao lado da irmã.

– Isso é tão divertido! – Anna sorriu. – Estou feliz de estar aqui com você.

Elsa segurou firme no braço dela.

– Nunca vamos nos separar de novo – prometeu. Então, transformou os sapatos de Anna em um elegante par de patins.

– Nossa, Elsa! Eles são lindos, mas eu não sei patinar – disse Anna.

FROZEN ÀS AVESSAS

Elsa segurou os braços dela e a fez rodopiar pelo gelo.

– Vamos! – disse, encorajando a irmã caçula. – Você consegue!
– As duas riram enquanto giravam ao redor da fonte na praça.

– Entendi! Entendi! Não entendi nada! – riu Anna, sem parar
de tentar patinar.

– Olha a frente! Rena passando! – disse Kristoff, enquanto ele e
Sven escorregavam para perto.

– Oi, gente! – Olaf se juntou aos outros no gelo. – Desliza e gira!
Desliza e gira! – instruiu, enquanto segurava a capa de Elsa e partia
para uma volta ao redor da praça.

Elsa sorriu, com o coração quentinho e a cabeça cheia de bons
pensamentos. Seu povo estava alegre. Ela estava feliz. E era muito,
mas muito amada por uma irmã que finalmente havia voltado para
ela. As coisas enfim eram como deveriam ser.